CW00826065

Un cœur dans le désert

Colette Becuzzi

Un cœur
dans le désert

© 2019, Colette Becuzzi
Edition : BoD - Books on Demand
12/14 rond-point des Champs Elysées, 75008 Paris
Imprimé par Books on Demand GmbH, Norderstedt,
Allemagne
ISBN : 9782322156535
Dépôt légal : septembre 2019

Sommaire

« *Les anges tiennent compte de chaque larme versée par le chagrin, et ils portent aux oreilles des esprits qui hantent les cieux de l'Infini chaque instant de joie créé par nos affections.*

Là, dans le monde à venir, nous verrons, nous sentirons toutes les vibrations et les mouvements de nos cœurs. Nous comprendrons la signification de la divinité qui est en nous et que nous méprisons parce que nous sommes poussés par le Désespoir. »

Khalil Gibran, La voix de l'éternelle sagesse[1]

---

[1]Citation tirée de l'œuvre de Christian Dawlat, *La grande sagesse du monde arabe*, Les Editions Quebecor, 2003, p. 66-67.

1. La rencontre

*« L'amour, c'est le regard d'où naît
le mal d'aimer. »*

Ibn Zamrak (1333-1393)[2]

Balancé par le pas cadencé de son chameau, il scrute intensément l'horizon. Son regard perçant saura découvrir le moindre signe de danger. Il parcourt ce désert depuis si longtemps qu'il sait entendre sa respiration, ses silences. C'est un grand cœur qui bat à l'unisson du sien. Il aime perdre son regard dans ces dunes infinies lorsqu'il parvient au sommet de l'une d'elle. Tout ce vide, toute cette immensité ne sont que le reflet de son être intérieur. Car sous cette apparente vacuité se cache la vie la plus bouillonnante qui soit, aussi bien au fond de lui que parmi ces monticules de sable vierge. Comme une plante peut naître en quelques secondes, des sentiments ont germé en lui qui l'ont parfois surpris par leur soudaineté et leur intensité. Il sait au fond de lui que l'homme et la nature ne font qu'un et que c'est grâce à cette nature sauvage que jour après jour, il a acquis sa puissance. Non pas au niveau matériel, mais bien plutôt au

---

[2]Citation tirée de l'œuvre de Christian Dawlat, *La grande sagesse du monde arabe*, Les Editions Quebecor, 2003, p. 39.

niveau de sa personnalité. Il lui suffit d'un regard pour que son interlocuteur se sente pris au piège de cette puissance.

Son physique, visage rude tanné par le soleil et encadré d'un chèche noir, nez fin et rectiligne, yeux noirs perçants lui confèrent une certaine austérité qui accroît encore le sentiment d'estime et de déférence que lui témoignent instinctivement les personnes qui traitent avec lui. C'est un caravanier respecté et craint de tous car il a établi sa réputation sur son intransigeance dans le traitement de ses affaires, ce qui lui a valu le surnom de « Noureddine l'inflexible », et une certaine honnêteté, surtout en ce qui concerne la provenance de ce qu'il propose.

Ainsi il peut vendre plus cher ses marchandises sans que les acheteurs y voient un inconvénient. Ils savent qu'ils ne sont pas trompés sur la qualité. Il est issu d'un milieu simple, mais son intelligence et son habileté à commercer des objets ou des matières nouvelles lui ont permis de devenir ce qu'il est aujourd'hui.

Bercé par le mouvement régulier de sa monture et malgré son air tranquille, il demeure aux aguets. Il goûte intensément ces instants de calme pendant lesquels il se retourne sur son passé et se souvient des moments inoubliables qu'il a vécus avec celle qui le hante encore, le jour comme la nuit.

Ses souvenirs encore vifs lui rappellent une expédition semblable à celle qu'il vient d'entreprendre. Un très long parcours qui lui fait traverser des kilomètres de contrées désertiques. Un voyage comme tant d'autres au cœur du désert pour vendre les étoffes dont il a fait provision dans les différentes oasis par lesquelles il passe, en échange d'autres marchandises telles que les cuirs et les peaux et parfois même l'or, qu'il porte dans ces contrées lointaines. Il a un sens inné de ce qui peut plaire et jusque-là ne s'est jamais trompé dans le choix de ce qu'il commerce. C'est en outre un esthète et rien de ce qu'il propose n'est vulgaire ou douteux. Chaque objet ou vêtement procure satisfaction à son acquéreur. Il pense au plaisir qu'il lira sur les visages lorsqu'il commencera à déballer sa cargaison. Il ne peut s'empêcher de sourire d'aise à l'idée que tout ce qu'il transporte sera rapidement remplacé par des marchandises bien différentes qui elles aussi partiront vers d'autres horizons afin de combler d'autres désirs ou besoins.

Il en était là de ses réflexions lorsqu'il commença à apercevoir la palmeraie dans le lointain. Il imaginait déjà le brouhaha dans le souk. Il se voyait attablé avec ses amis pour savourer le traditionnel thé à la menthe et fumer le narguilé. C'était toujours le premier réconfort qu'il s'octroyait après un long périple dans le désert. Il n'y aurait dérogé à aucun prix.

Cependant ce jour-là, il dut se rendre à l'évidence que la vie se joue parfois de nos habitudes les plus incontournables. Il venait de franchir les portes de la ville et se dirigeait vers la place lorsqu'il fut irrésistiblement attiré par une mendiante dont le seul regard démentait sa condition. À mieux l'observer, son port lui-même semblait beaucoup plus altier que celui de la femme qu'elle voulait paraître, même si elle faisait des efforts pour le cacher. Il avait rencontré tant d'êtres différents dans sa vie qu'il se trompait rarement sur la condition sociale de ceux qu'il croisait, ne fût-ce qu'un seul instant. Quelque chose l'intriguait chez cette femme et son naturel curieux tentait à l'emporter sur son envie de se désaltérer. Il s'apprêtait à descendre de son chameau lorsque la femme se tourna vers lui.

Le voyant ébaucher son geste, elle emprunta à la hâte la première ruelle qu'elle croisa. Il sauta lestement à bas de sa monture et la suivit rapidement, mais le plus discrètement possible. Cette femme l'avait intrigué et piqué au vif dans sa curiosité, il ne la lâcherait pas avant d'en savoir plus sur elle et ses agissements. Elle était agile et se faufilait rapidement de ruelle en ruelle. Mais il avait souvent dû emprunter toutes sortes d'itinéraires dans des villes si différentes qu'il lui était non pas facile, mais possible de la suivre sans perdre sa trace. Car elle semblait fort bien connaître les lieux et tentait de semer son poursuivant, comme si une intuition bien féminine lui commandait la méfiance et la prudence.

Tout en la suivant, il revoyait ce regard intense qu'il n'avait croisé qu'une fraction de seconde mais en cet instant aussi fugace que profond, il savait déjà que son cœur allait souffrir avec autant d'intensité qu'il vibrerait. Ne pas perdre la trace de cette femme mystérieuse s'imposait à lui avec de plus en plus de force à mesure qu'il la sentait essayer de lui échapper. En même temps, il se persuadait qu'il jouait avec elle au chat et à la souris et que forcément, le chat en sortirait vainqueur. C'était sans doute mésestimer l'habileté de la femme à se faire désirer dès les premiers instants d'une rencontre. Peu à peu, il se rendait compte que c'était en fait elle qui menait le jeu. Elle ralentissait parfois, puis reprenait à se hâter comme si elle connaissait parfaitement les endroits où il était difficile de la suivre. Elle se jouait de lui et piquait ainsi son orgueil. Il n'avait jamais aimé s'avouer vaincu et ce n'était pas cette femme qui allait le semer, quand bien même elle devait redoubler d'efforts pour garder non seulement son allure de mendiante mais aussi ses distances avec lui. Il ne voulait pas non plus la rejoindre trop rapidement, anxieux de savoir où exactement elle dirigeait ses pas. Il était vigilant et savait à peu près où il était malgré les dédales de ruelles qu'elle avait empruntés. Au détour d'un de ces passages qui se rapprochaient insensiblement des quartiers chics, il se retrouva soudain devant une grande bâtisse qu'il connaissait parfaitement, étant très fréquemment en affaires avec son propriétaire. Le temps de sa surprise et la femme en avait profité pour disparaître de sa vue. Il était furieux et rejoignit ses amis, non sans avoir cherché à retrouver sa trace dans les rues avoisinantes. Rien. Il en conclut qu'elle s'était peut-être introduite dans la maison à son insu. Si cet éminent personnage avait besoin de quelque chose, il pouvait nourrir l'espoir de revoir la femme. Sinon, dieu seul savait quand leurs chemins se croiseraient à nouveau.

Il passa devant la mosquée et revint vers la place. Sur la table basse, les tasses de thé fumaient. Il but avec délice, cette course effrénée l'ayant considérablement altéré. Ses compagnons de voyage se moquaient gentiment de lui, voyant en lui un meilleur commerçant qu'un chasseur de gibier. Encore, si le gibier en question en eût valu la peine ! Échauffé par les discours qu'il venait de tenir avec tous ceux qu'il avait croisés à son arrivée dans l'oasis, Ghaled le défia en lui disant :

– « Eh, Noureddine, tu commerces mieux les étoffes que les femmes ! »

Et Mohammed de renchérir :

– « Si tu lui mets la longue tenue de soie émeraude que tu penses vendre à prix d'or pour sa qualité, tu en feras une princesse ! »

À ces mots, tous partirent d'un franc éclat de rire. Bien que lancées sur le ton du badinage, Noureddine n'apprécia pas ces plaisanteries mais n'en laissa rien paraître. Il ne voulait éveiller aucun soupçon. D'autant moins qu'il savait que les rumeurs se répandaient dans le souk comme une traînée de poudre. Cependant, il supportait mal leurs railleries après la déconvenue qu'il venait de subir. Chacun se demandait quelle mouche l'avait piqué pour ainsi poursuivre une mendiante sans intérêt. Aucun d'eux n'avait donc croisé ce regard de braise et c'était tant mieux. Il leur laissa même croire qu'il pensait avoir reconnu en cette femme l'auteur d'un larcin qu'il avait subi quelques mois auparavant dans une autre oasis. Il n'en avait rien dit mais il s'était juré d'ouvrir l'œil et de la retrouver en quelque lieu que ce fut. Ce qui concordait parfaitement avec la réputation d'intransigeance qui le caractérisait.

Son instinct lui commandait de dévoiler le moins de choses possibles au sujet de cette rencontre. Il tenta donc de chasser l'image de ce regard et de participer à la conversation afin de n'éveiller aucun soupçon, de ne générer aucun commentaire oiseux. Mais il parvenait avec peine à participer aux rires et aux boutades comme ils avaient l'habitude de le faire après la tension qu'ils avaient subie dans certaines régions du désert. Il en était plutôt agacé et faisait des efforts surhumains pour paraître aussi enjoué qu'à l'accoutumée. Donner le change n'était pas son fort. Cependant il le fallait. Aussi lança-t-il la conversation sur l'organisation de la journée du lendemain.

– « Ghaled, surtout sois très vigilant avec les couleurs. Tu sais que cette fois-ci nous avons beaucoup de couleurs qui se heurtent. Sois prudent lorsque tu étaleras les soieries. Que l'œil des femmes soit toujours attiré par une harmonie de couleurs, et surtout, prends garde qu'elles n'approchent pas une étoffe de leur visage qui ne flatterait pas leur teint. Sois très attentif à cela. »

Ghaled parut très surpris de ces remarques. Noureddine lui avait toujours fait confiance. Il l'avait souvent flatté de cette qualité. Voyant sa surprise, Noureddine lui avait aussitôt présenté des excuses, arguant encore une fois de sa fatigue après cette maudite course inutile.

Il s'adressa alors à Jamel.

– « Et toi Jamel, tu te souviens, la dernière fois que nous sommes venus, il y avait ce nouvel employé au caravansérail qui a lésiné sur la nourriture des chameaux. Prends garde à ce que cela ne se reproduise pas. »

– « J'ai appris au souk qu'il vendait les portions qui restaient pour se faire de l'argent. Toutes les caravanes se plaignaient de lui. Le caïd lui a fait payer une forte amende et le responsable du caravansérail l'a mis à la porte séance tenante. Sais-tu Noureddine que c'est le troisième caravansérail d'où il a été renvoyé. S'il continue, il ne trouvera plus de travail. La nouvelle finira par être colportée dans toutes les oasis du Sahara. »

– « Ne t'en fais pas pour lui Jamel, il n'aura que ce qu'il a mérité », lui répondit Noureddine.

Tous acquiescèrent, sachant effectivement comment la réputation de quiconque se répandait bien souvent enjolivée ou exagérée, ce qui donnait un résultat alarmant. Chacun le savait, mais rien ne pouvait contrer la rumeur publique. Elle se diffusait comme une gangrène jusqu'à ce qu'elle ait gagné le désert tout entier. Noureddine le savait parfaitement, qui dissimulait du mieux qu'il pouvait les émotions fortes qui l'habitaient depuis sa rencontre avec la mendiante.

Bientôt le narguilé s'éteindrait et ce serait le signal pour que chacun aille prendre un repos bien mérité au caravansérail habituel. Enfin, il pourrait laisser ses pensées envahir son esprit. Il s'obligea à quitter la table en dernier et montra une certaine nonchalance en regagnant sa chambre, comme si cette course l'avait épuisé, alors qu'il avait hâte de se retrouver seul. Il avait du mal à comprendre ce qui lui arrivait. Il essayait de se convaincre que seule sa curiosité l'avait poussé à agir ainsi avec la mendiante. Mais le souvenir de ce regard si intense le déstabilisait. Il sentait un désir monter en lui de retrouver cette femme coûte que coûte, comme s'il en allait de sa vie. Il ne pouvait croire qu'il était amoureux, n'ayant jamais éprouvé de sentiment d'amour auparavant. Comme si un regard suffisait !

D'ailleurs, que pouvait-il bien espérer de cette rencontre ? Même si cette femme se cachait réellement derrière un travestissement, quel intérêt cela avait-il pour lui ? À quoi cette curiosité à le découvrir pourrait-elle le mener ? L'idée que cette rencontre pourrait desservir ses affaires traversa son esprit, mais il la chassa aussitôt. Comme un tentacule, l'image de la mendiante avait pris possession de son cerveau. Allongé sur sa couche, il ne trouva pas le repos escompté. Tout se bousculait dans sa tête : comment parviendrait-il à la retrouver ? Il échafaudait des plans qui ne mèneraient probablement à rien, puisqu'il ne l'avait vue parler avec personne. Comment décrire ce regard ? On se moquerait de lui si le seul indice qu'il ne pourrait jamais fournir était une paire d'yeux de braise qui l'avaient ému si profondément que rien ne pouvait l'en détacher, car ces yeux ne le quittaient plus depuis qu'il en avait croisé l'intensité. Il savait qu'elle avait eu le même ressenti. Son cœur, son corps tout entier le lui disait à chaque instant. Il essaya de se calmer en se disant qu'il affabulait. Mais si comme lui elle avait eu le sentiment de retrouver l'être qu'il avait cherché toute sa vie, un être qu'il avait l'impression de connaître depuis toujours, alors leurs chemins se croiseraient à nouveau. Il lui semblait même avoir attendu depuis toujours l'instant de ces retrouvailles…

Il évoqua son grand ami le désert pour qu'il lui vienne en aide. Chaque fois qu'un problème avait surgi dans sa vie, ce n'est qu'en ressentant au plus profond de son être le vide du désert qu'il avait pu à nouveau se remplir de calme et de sérénité. Mais aucune image du désert ne put s'imposer à son esprit tant il bouillonnait de questionnements, de plans de recherche. Il imagina même qu'en sortant du caravansérail, elle serait là à l'attendre.

2. Entre rêve et réalité

« *Un cheveu sépare le faux du vrai.* »

Proverbe persan[3]

Était-ce la fatigue ou son extrême tension mentale, des images se mirent à défiler devant ses yeux. Il vit une femme vêtue d'une longue robe rose décorée de pierres précieuses. Sa chevelure dorée, retenue par un diadème lui aussi incrusté de pierres précieuses, descendait jusqu'à sa taille. On aurait dit une princesse des mille et une nuits, n'eussent été ses cheveux blonds. Il se vit alors en tenue d'apparat. Un cortège les suivait. Tous semblaient se rendre à une grande fête donnée en leur honneur. Par un vaste hall, ils entrèrent dans une immense salle où brûlait un feu de cheminée. Il était très à l'aise dans cet univers où il semblait régner en maître. Il prit place au centre d'une table sur laquelle le couvert était dressé. Les immenses flammes qui crépitaient dans l'âtre se reflétaient dans les aiguières d'argent et les coupes d'or devant lesquelles des assiettes de fine porcelaine n'attendaient que le signal du maître des lieux pour se

---

[3]Citation tirée de l'œuvre de Christian Dawlat, *La grande sagesse du monde arabe*, Les Editions Quebecor, 2003, p. 82.

remplir des victuailles qu'on venait d'apporter. La belle femme blonde vint prendre place à ses côtés et posa sur lui un regard chaud et enveloppant qui se perdit dans le sien si profondément qu'il se sentit, comme à chaque fois qu'elle le regardait ainsi, mis à nu. Il perdit contenance un instant, détacha son regard afin de recouvrer la dignité due à son rang devant cette foule d'invités.

Des coups sonores frappés à sa porte le tirèrent de ce qu'il crut être un rêve. Et cependant, il avait le sentiment de n'avoir pas dormi, mais bien plutôt d'avoir revécu une scène qu'il connaissait parfaitement. Il avait vécu ces instants de rêve éveillé avec la sensation que c'était inscrit quelque part en lui depuis des temps fort lointains. Lieu étrange que celui qu'il venait d'évoquer, car il ne ressemblait en rien à tous les endroits, à toutes les demeures cossues où il s'était rendu jusque-là.

Les caravaniers venaient le chercher. Avec eux, il se rendit au souk afin de signaler son arrivée, même si déjà certains l'avaient aperçu en fin de matinée. Se replonger dans la foule lui permettrait de sonder les lieux sans trop se faire remarquer par son entourage car il pouvait feindre de repérer ce qui l'intéressait. C'était d'ailleurs toujours ainsi qu'il procédait à l'arrivée de chaque étape de son voyage. Au lieu de cela, il regardait les marchandises d'un œil distrait qui lui était peu coutumier et passait plus de temps à épier discrètement la foule. Au bout d'un moment, sachant intuitivement que la mendiante ne se trouverait pas dans ces lieux à une heure pareille et n'ayant aucune envie de commencer à marchander, il prétexta un état de fatigue inhabituel pour regagner sa chambre.

Il se sentait effectivement las, mais plutôt émotionnellement que physiquement. Profondément troublé par la rencontre avec cette femme, au-delà d'ailleurs de ce qu'il aurait jamais pu imaginer, son seul désir était d'être seul avec ses pensées. Où était l'homme inébranlable qu'il croyait être ? Il se sentait diminué dans sa virilité, prêt à succomber à l'appel d'un regard. Mieux valait qu'il ne la revît pas, conscient au plus profond de lui que cette femme avait déjà de l'emprise sur lui. Comment pouvait-il se laisser aller à tant de puérilité à son âge ? Aucun raisonnement ne semblait calmer le désir qu'il avait de la revoir, de sonder ce regard une fois encore. Il essayait de se persuader que cette histoire ne menait à rien de concret, que ce qu'il ressentait était un leurre et que seule la tension après la traversée du désert avait été à l'origine de son émotion. Mais une petite voix à l'intérieur lui susurrait qu'il se mentait à lui-même, que cette femme compterait tellement pour lui qu'elle ferait basculer sa vie. Il sentait même confusément que ce ne serait pas toujours pour le meilleur. Il aurait aimé cesser de se torturer l'esprit, mais en vain.

Il dormit très peu cette nuit-là, se réveillant fréquemment, en sueur parfois tant son sommeil était agité. Il fit un rêve étrange. Il se vit au bras de sa compagne, une femme jeune au corps souple comme un roseau. Ses cheveux aux tons mordorés étaient nattés derrière sa nuque en un gros chignon rond. Son teint laiteux était parsemé de taches de rousseur. Mais ce qu'il y avait de plus marquant dans toute sa personne, c'était ses yeux. Elle avait de grands yeux pers qui, à peine posés sur lui, balayaient en lui toute velléité de résistance en quelques instants. Il sentait toute l'impuissance à se refuser à elle qui le gagnait alors. Malgré le sourire angélique qu'elle affichait dans ces moments-là, son regard était empreint d'une perversité qu'elle travestissait sous des airs ingénus. Il savait combien ce regard était douloureux pour lui. Il aurait tant aimé pouvoir s'en détacher, mais il se sentait pris dans un piège infernal. Plus il tentait de lui échapper, plus ces yeux se faisaient tendres et enjôleurs et annihilaient les efforts qu'il déployait pour ne pas se soumettre à leur charme. Se sentant mollir de plus en plus et conscient d'un danger imminent, il se réveilla en sursaut. Il lui fallut un certain temps avant de comprendre que ce n'avait été qu'un cauchemar engendré par l'obstination qu'il avait montrée à vouloir à tout prix retrouver cette mendiante. Il voulut chasser ce rêve de sa mémoire, mais les dernières images avaient été tellement fortes qu'elles restaient imprégnées en lui de manière indélébile. Encore une fois, il voulut évoquer le désert de toutes ses forces pour qu'il lui apportât le calme désiré, mais il était encore subjugué par les yeux de son rêve.

Maintenant, trois paires d'yeux hantaient ses souvenirs : ceux de la mendiante, ceux des deux femmes de ses rêves. À moins que ces dernières ne fussent qu'une seule et même personne ! Comment était-il possible qu'il fût aussi sensible au regard des femmes, lui qui n'avait jamais beaucoup prêté attention à elles dans sa vie, excepté comme de fortes potentialités pour faire des bénéfices avec son commerce. Il ne se reconnaissait plus. Il allégua encore une fois la tension et la fatigue du voyage pour se donner bonne conscience. Néanmoins, il commençait à s'inquiéter sérieusement de sa faiblesse. Comment pouvait-il être à la fois cet homme fort et inflexible qu'il s'était toujours montré auparavant et celui dont l'insensibilité masculine fondait comme neige au soleil devant un regard de femme. Comment pouvait-il être aussi diamétralement opposé dans ses comportements ? Demain il se montrerait ferme et décidé s'il devait revoir la mendiante. Il ne se laisserait en tout cas pas subjuguer par ces yeux dévastateurs. Il aurait la parade avec ce regard dur que d'aucuns lui disaient avoir lorsqu'ils le rencontraient pour la première fois.

Il se rendormit et lorsqu'à l'aube il se leva, il se sentit épuisé. Il n'avait pas très envie de se rendre au souk, mais il le devait. Il souhaitait d'ailleurs revoir la femme, se persuadant qu'ainsi il pourrait la chasser définitivement de ses pensées, elle et tous ces yeux qui ressemblaient aux siens. Il ne faisait aucun doute pour lui qu'ils appartenaient à la même personne. Il ne pouvait se l'expliquer, mais en son for intérieur il en était convaincu. Se sentant soudainement submergé par une vague de nervosité, il se dit qu'un bain de foule lui serait salutaire. Les rires et les plaisanteries, le marchandage avec les acheteurs, tout cela lui permettrait de se retrouver. Rien ne le réjouissait plus que le jeu du marchandage. Il se plaisait à jouer avec son interlocuteur, augmentant bien souvent d'un tiers de leur valeur le prix de ses soieries, tout en sachant que même si elles étaient chères, elles partiraient car leur provenance et leur qualité n'étaient jamais remises en cause. Il commençait à se sentir mieux seulement à évoquer les joies de son travail.

Petit à petit, il se reprenait et participait à la vie du souk comme il en avait l'habitude depuis si longtemps. Ses instincts se réveillaient et il préparait déjà le terrain pour la vente. Hélant un marchand avec qui il avait coutume d'échanger ses plus belles marchandises, il commença à poser des jalons pour écouler quelques damas de soie et de laine, les très belles étoffes n'étant pas vendues au tout venant.

– « Mahmoud, j'ai ce qu'il te faut. Tu m'avais demandé des damas la dernière fois. Tu ne trouveras pas plus beaux que ces tissus dans tout l'Orient. Demain, je te montre. Tu ne vas pas en croire tes yeux. Je les ai pris pour toi, spécialement pour toi. »

– « Mon ami, je lis dans tes yeux que tu vas me les vendre très chers ! Je n'ai pas de quoi te payer en retour. Tu sais que j'ai peu de choses à échanger avec toi. Je ne suis pas cousu d'or et mes marchandises ne valent pas autant que tes tissus ! »

– « Mahmoud, tu sais bien que là où tu iras les revendre, tu pourras gagner de l'argent. Avoue Mahmoud que tu as trouvé le bon filon pour écouler mes plus beaux tissus. Tu es un des seuls à qui je peux vendre ce genre d'article, tu le sais bien. »

– « Inch'Allah ! Noureddine. Demain, nous verrons demain. J'ai peu de marchandises, cette fois et encore moins d'argent. Cherche quelqu'un d'autre. »

– « Tu dis toujours ça, Mahmoud, pour essayer de me faire perdre de l'argent. Tu es rusé, Mahmoud, mais moi je te connais. Demain, Mahmoud, demain. Inch'Allah ! Allah est grand, il saura nous mettre d'accord. »

– « Au revoir, Noureddine. Dieu te garde ! »

– « Au revoir, Mahmoud. Dieu veille sur ta maison. »

Il fut ravi de voir qu'il venait de se reprendre au jeu du commerce et appela ses compagnons.

– « Mes amis, j'ai déjà fait pâlir Mahmoud d'envie avec mes damas. Demain sera une journée fructueuse. Nous pouvons rentrer maintenant. J'ai préparé notre journée. Les affaires vont flamber ! »

– « Est-ce que tu n'es pas trop sûr de Mahmoud. Tu sais que parfois il dit vrai quand il dit qu'il n'a ni argent ni marchandises. On dit qu'il fait souvent de mauvaises affaires en ce moment. Méfie-toi. Ne lui réserve pas tous tes damas. Tu pourrais le regretter. »

– « Tu vois la vie de manière trop sinistre, Naguib. Ne soit pas si pessimiste. Si ce n'est pas Mahmoud, ce sera un autre qui achètera. Mes tissus ont une grande valeur et je trouverai preneur. Tu sais que mes damas sont de très bonne qualité. »

– « De très bonne qualité, oui. Mais tu sais qu'en ce moment, les affaires sont instables ici. »

Noureddine coupa court à ces allégations, étant fermement décidé à rester dans de bonnes dispositions d'esprit avant d'aller se coucher. Il redoutait de se retrouver seul avec ses pensées maintenant, car il pressentait que le lendemain serait difficile, même s'il essayait de se persuader du contraire. L'arrivée dans cette oasis avec tous les événements imprévus qui venaient de se produire, il le savait au fond de lui, n'augurait rien de bon. Se convaincre que tout irait bien était sa bouée de sauvetage. Aussi invita-t-il les membres de sa caravane à rentrer au caravansérail avec lui s'ils le désiraient. Sinon, il rentrerait seul afin de mettre tous les atouts de son côté pour le lendemain.

À peine fut-il rentré dans sa chambre qu'il fit sa toilette pour se mettre au lit. Il se sentait extrêmement las et excité tout à la fois. Il avait l'impression d'être dans l'oasis depuis de nombreux jours déjà, non seulement à cause de cette rencontre, mais aussi de ses rêves qui l'avaient emmené dans des régions de son être où il n'avait jamais consciemment osé s'aventurer, même si parfois il avait commencé à avoir des images étranges. Cela lui était fréquemment arrivé en plein désert. Il s'était alors persuadé d'avoir sombré dans le sommeil le temps d'un rêve. Même s'il percevait toute une foule de choses avant même qu'elles ne surviennent, il n'avait jamais cru possible de régresser dans un passé fort lointain qu'il sentait lui appartenir, comme au cours de cette vision qu'il avait eue hier.

Il se sentait extrêmement perturbé par ce retour dans le passé et sentait confusément que c'était un avertissement pour lui. Mais sa conscience se refusait à admettre ce genre de prémonition. Être à l'écoute de son intuition lui était cependant fort utile à chaque instant de sa vie de caravanier. Lire dans son passé des leçons de vie lui semblait, à bien y réfléchir, extravagant et sans intérêt. Il était conscient que l'être humain n'avait pas qu'une seule vie, que ces vies étaient un éternel recommencement, sans pour autant être identiques à chaque fois. Rien en ce monde n'était immuable et les êtres et le cours de leur vie changeaient fréquemment.

Ainsi pensait-il ne jamais avoir vu en une femme autre chose qu'un être puéril qui ne songeait qu'aux frivolités et donc inintéressant. Même s'il en côtoyait d'autres dans le souk, celles qui n'avaient pas les moyens de s'offrir quoi que ce soit chez lui venaient avec envie regarder son étalage de marchandises pour ensuite se contenter de colifichets ou autre objet de parade qu'elles pouvaient se permettre. Il avait perdu sa mère beaucoup trop tôt pour avoir appris à son contact tout ce que la femme représente. Il avait été élevé à la dure par un père lui-même commerçant et coriace en affaires. Il n'avait donc aucun souvenir de la douceur de bras maternels et ne se souvenait pas en avoir ressenti le manque. Sa vie d'adolescent, remplie par le travail, ne lui avait pas permis de s'appesantir sur son sort, et le désir de partir dans le désert avec les caravaniers l'avait tenaillé dès son plus jeune âge. Il avait mis un peu de temps à convaincre son père de le laisser partir, alléguant que plus tôt il rejoindrait une caravane, le mieux ce serait pour se former. Il savait, par le récit des caravaniers qu'il côtoyait dans sa ville natale, combien c'était risqué, mais le goût de l'aventure était si fort en lui que la permission lui fut accordée.

Bien que n'étant pas fils de caravanier, il avait su immédiatement ressentir le désert, être à son écoute avec justesse, comme si un sixième sens l'habitait lorsqu'il était au milieu des dunes. Il vivait chaque palpitation du désert parce qu'il était en parfaite symbiose avec lui. Le chef caravanier était un homme sévère qui le traitait durement, comme le parfait néophyte qu'il était et qui a beaucoup à apprendre. Mais rien ne le rebutait tant qu'il était à dos de chameau, perdu dans l'immensité du Sahara. Il sentait que la grandeur du paysage était à l'image de la grandeur intérieure et profonde de l'être humain, même si en apparence ce dernier montrait autant, voire plus de défauts que de qualités. Il ne savait comment se l'expliquer. C'était pour lui une vérité inexpugnable.

Troublé par son ressenti, il se décida à se coucher. Il devait se lever tôt le lendemain et voulait être parfaitement maître de lui-même pour conclure de fructueux marchés. Il en allait de sa réputation et de sa fortune. Il avait payé cher ses damas et se promettait bien d'en retirer le profit escompté. À peine se fut-il allongé sur sa couche qu'il s'endormit. Visiblement, la journée passée au souk lui avait été bénéfique, balayant cet état de nervosité extrême du jour de son arrivée.

À son réveil, tout semblait calme dans le caravansérail, trop calme. Quelle heure était-il donc ? Il ouvrit les yeux et vit qu'il faisait encore très sombre. Il avait pourtant la sensation d'avoir suffisamment dormi. Il se retourna pour retrouver le sommeil. Les images de son rêve de la nuit précédente se mêlaient à celle de son rêve éveillé en un imbroglio d'événements sans queue ni tête. Les chasser était vain car elles s'imposaient à lui inexorablement. Se lever et aller marcher dans le désert, ou même ne serait-ce que dans la cour du caravansérail, aurait certainement eu raison de son excitation, mais il n'avait pas envie de quitter sa chambre. Il usa de toute sa volonté pour diriger ses pensées vers son commerce, mais les images revenaient en force. Que n'aurait-il donné pour retrouver la paix du sommeil.

Combien de temps passa-t-il ainsi, il n'en eut pas la moindre idée ? Lorsqu'il entendit les appels du muezzin et les premiers mouvements dans le bâtiment, il se sentit plus fatigué que lorsqu'il s'était couché. Sans doute avait-il passé plus de temps en état de veille qu'à dormir. Il décida de se rendre à la mosquée, espérant trouver un apaisement dans la prière. Il irait ensuite au bain maure pour ramollir son corps et éteindre ce feu qui le rongeait. De nombreux fidèles se trouvaient déjà à l'intérieur. Il se tint volontairement à l'écart de certains de ses compagnons afin de participer pleinement à l'office religieux. Il voulait à tout prix recouvrer sa paix intérieure avant d'affronter les palabres du souk. S'il n'était pas attentif à tout ce qui allait se tramer autour de lui, il risquait de perdre argent et marchandises.

Au bain maure, du fait de la promiscuité, il redoutait que ses amis ne découvrent sur son visage les marques de sa nuit d'insomnie. Être le plus naturel possible et plaisanter avec eux comme ils en avaient l'habitude serait un bon moyen pour se remettre pleinement dans un état d'esprit sain.

3. Une journée peu ordinaire

« Si la chance veut venir à toi, tu la conduiras avec un cheveu ; mais si la chance veut partir, elle rompra une chaîne. »

Proverbe berbère[4]

Ayant à peine franchi la porte du bain maure, il fut enveloppé dans un nuage cotonneux de vapeur. Il ne vit pas immédiatement que Mahmoud était là. C'était un fin limier qui le repéra au premier coup d'œil. Se sentant en état de supériorité sur Noureddine qui venait de l'extérieur et ne pouvait le distinguer dans cette épaisse buée, il le héla par ces mots :

– « Eh ! Noureddine, qu'est-ce que tu chasses la nuit pour avoir une tête pareille ce matin ? La sorcière ? »

Noureddine comprit immédiatement que sa rencontre avec la mendiante avait déjà fait le tour de l'oasis. Il rit d'un rire forcé et répondit :

– « Tu as raison de traiter de sorcières ces femmes qui sont capables de voler à l'étalage dès que tu n'as plus les yeux sur elles. Lorsque je la tiendrai, celle-ci,

---

[4]Citation tirée de l'œuvre de Christian Dawlat, *La grande sagesse du monde arabe*, Les Editions Quebecor, 2003, p. 76.

elle devra se recommander à Allah, je t'assure. Viens au souk tout à l'heure, tu ne le regretteras pas quand tu verras ce que j'ai à te proposer. »

– « Je viendrai si je parviens à me libérer assez rapidement. J'ai une affaire urgente, ce matin. »

Et Mahmoud quitta les lieux en toute hâte. On aurait dit qu'il voulait absolument éviter de parler plus qu'il ne fallait, qu'il cachait quelque chose d'important à Noureddine. Sans doute était-ce pour cela qu'il l'avait interpellé en premier.

Noureddine rejoignit ses co-équipiers pour paraître le plus naturel possible, bien qu'à contrecœur. Il aurait préféré voyager dans le désert car alors il aurait été en tête de caravane, concentré sur son environnement et obligé de s'y tenir. Comment avait-il pu croire que le bain maure lui ferait du bien quand il n'avait qu'un seul désir : être seul. Ici, il fallait composer, se surveiller pour ne rien laisser échapper de son état de fébrilité. Maintenant il devait user de toute sa force de caractère pour faire face. Aussi se dirigea-t-il d'un pas nonchalant vers eux, le sourire aux lèvres. Aux premiers mots de Ghaled, qui le connaissait bien car il avait rejoint la caravane au même âge que lui, ce qui avait créé entre eux des liens affectifs plus profonds qu'avec les autres, il fut conscient que c'était plutôt un rictus douloureux qui avait agrémenté son visage.

– « Tu es encore à penser à cette mendiante, Noureddine. Elle t'a envoûté avec son regard, ou je ne m'y connais pas. J'ai déjà vu un de mes amis à qui c'est arrivé. Il avait la même tête que toi aujourd'hui. Prends garde, Noureddine, il y a des femmes qui sont de véritables sorcières et qui jettent des sorts aux hommes seulement en les regardant dans les yeux. C'est terrible. »

– « Mais qu'est-ce que tu vas chercher là, Ghaled. J'ai seulement mal dormi parce que c'est la première fois que j'ai autant de damas de cette qualité à vendre et que tu m'as laissé entendre que Mahmoud a des problèmes d'argent. Je me suis réveillé souvent cette nuit en me demandant à chaque fois qui pourrait bien me les acheter. Mon gros souci, c'est aussi d'avoir assez d'argent pour continuer mon commerce. »

– « Est-ce que tu ne pourrais pas les vendre au bey de Tunis[5] lui-même. On dit que ses femmes ne sont vêtues que de robes de damas. »

– « Je sais de source sûre que le bey s'approvisionne par le biais d'une filière particulière et que cela ne lui coûte que peu d'argent. Il s'en vante haut et fort, mais je n'ai pas encore réussi à en trouver la source. Des rumeurs parlent d'une femme, mais le bey a vivement démenti. »

– « J'ai entendu des racontars à ce propos la semaine dernière, mais selon qui raconte, l'histoire change de personnage : une fois c'est une femme effectivement, une fois c'est un homme d'âge mûr, une fois encore un jeune garçon très habile. J'ai même entendu parler d'une mendiante. Elle se serait approchée un peu trop de l'étalage d'un marchand, d'où elle a été chassée sans ménagements. »

– « Comme les gens se plaisent à affabuler. Comme si le bey allait employer une mendiante pour acheter ses soieries ! Il doit bien se douter qu'elle ne pourrait jamais vraiment approcher l'étalage de ce genre de commerçant. Quelle idée saugrenue ! Enfin, il faut bien distraire le peuple, et cela ne m'étonnerait pas que les proches du bey aient fait courir ce bruit sur son ordre afin de brouiller les pistes. C'est un homme machiavélique. Il se sert de tous ses sujets pour

_____

[5] Il s'agit du bey Hussein II Bey.
Renseignement trouvé sur le site Internet : http://fr.wikipedia.org/wiki/Hussein_II_Bey

parvenir à des fins pas toujours honnêtes et louables. Comme je suis fier d'être originaire de la ville sainte[6] et non pas de Tunis. »

– « S'il a envoyé son émissaire ici pour se procurer des damas, peut-être allons-nous découvrir qui il est. Il doit être bien renseigné et savoir que tu en as fait une bonne provision. »

– « Si comme on le dit, cet émissaire est aussi futé, il faudra ouvrir l'œil ce matin. »

S'agissant de leur travail de ces deux prochains jours, les autres avaient écouté Noureddine et Ghaled avec une attention soutenue. Ils devraient redoubler de vigilance car ils avaient entendu eux aussi des histoires peu flatteuses sur le bey de Tunis en matière de commerce et autres domaines dont il pouvait tirer profit. Ne voulant pas mettre en danger leur moyen de subsistance, chacun en son for intérieur se promettait d'être aux aguets et de réagir à la moindre suspicion. Ils prirent le chemin du caravansérail pour prendre les marchandises et préparer l'étalage.

Le souk, rempli du brouhaha des marchands qui se hélaient mutuellement à cette heure matinale, était en pleine effervescence. Chacun s'empressait pour être prêt avant son voisin et ainsi attirer le client en premier. Noureddine aurait fait de même auparavant. Mais aujourd'hui, il prenait son temps, demandant à ses compagnons de ne pas se précipiter pour sortir la marchandise. Il préféra présenter quelques damas seulement pour ne pas susciter la convoitise. Il préférait savoir ses étoffes en sécurité le plus longtemps possible. Méfiant de nature, et après la conversation au bain maure, il était certain de ne pas prendre des précautions exagérées en agissant ainsi. Il connaissait trop bien la cupidité de ses frères humains ! Comme il

---

[6] Il s'agit de Kairouan.

se l'était imaginé après leur rencontre de ce matin, Mahmoud ne vint pas voir ses damas.

Tout à coup, il remarqua une très belle femme dans la foule. Son port altier lui sauta aux yeux immédiatement et lui causa une vive émotion. Il eut à peine le temps de souffler deux mots à Ghaled pour l'avertir d'être sur ses gardes que déjà la femme dirigeait ses pas vers son étalage. Très perspicace du fait d'une certaine complicité entre eux, Ghaled avait compris le message. Il faudrait compter sans Noureddine pour s'occuper à la fois de cette acheteuse et de la protection des soieries.

Son regard semblait assez redoutable, mais il n'avait aucune emprise sur Ghaled qui n'était pas très sensible aux charmes féminins. Il savait que Noureddine avait toujours regretté qu'il fût plus attiré par les hommes que par les femmes. Il savait que ce dernier aimait bien le jeune homme qu'il était devenu à son contact, sauf cette tendance en lui parce que bien souvent, elle lui avait apporté des déceptions. À maintes reprises il avait dû le consoler par des paroles trop vraies qui faisaient mal au départ, mais qui finissaient par l'aider à passer le cap. Il ne cessait de lui répéter que les hommes ne se liaient pas autant que les femmes et qu'ils avaient tôt fait de prendre leur plaisir sans lui assurer de lendemains.

Néanmoins, voyant le regard de cette femme, Ghaled eut aussitôt conscience du danger qui menaçait Noureddine. Il se mit en avant et l'aborda à sa place. Il pensait qu'elle appréciait à sa juste valeur la combinaison des verts et des ors, des gris et des roses pâles, des bleus et des bruns. Les damas étaient présentés de telle sorte qu'ils se lovaient en de savants drapés en forme de rose ou de nœuds compliqués, ou bien ils s'étalaient nonchalamment afin de mettre en valeur leurs motifs floraux ou géométriques. Puis il commença à vanter les soieries, expliquant le tissage des damas, la qualité des fils, leur provenance. La femme restait impassible. Ghaled comprit immédiatement qu'elle était très dure en affaires, mais aussi très rouée. Lorsqu'il en vint au prix, elle ne marchanda pas tout de suite, faisant semblant d'être d'accord sur la valeur des damas.

Elle se détourna finalement de l'étalage sans un mot pour aller contempler à l'échoppe voisine, avec un plaisir non dissimulé, des étoffes qui ne valaient pas le quart de celles que Ghaled lui avait présentées. Ainsi avait-elle renversé les rôles et appâté Ghaled. Il était furieux de n'avoir pu la convaincre et se promettait d'y parvenir le lendemain si elle revenait. Il connaissait la coquetterie des femmes et avait toujours trouvé leur point faible en ce qui concernait leurs convoitises. Il avait assez de féminité en lui pour sentir la faille. Avec cette femme cependant, son instinct lui disait que ce serait très ardu quand bien même il essayait de se persuader du contraire. Le mot méfiance revenait sans cesse à son esprit. Si cela avait été possible, des tas de petites lumières rouges auraient clignoté sur son front pour signifier aux autres : défiance. Ils devaient tous se défier de cette femme.

Ghaled regardait du coin de l'œil ce qui se tramait à côté, et la femme annonça haut et fort qu'elle serait de retour le lendemain pour faire son choix. Elle ne lança pas un regard en arrière et s'en fut dans le souk pour se perdre en quelques instants au milieu de la foule.

À son approche, Noureddine lui, était resté figé sur place telle une statue. Il avait été, dès les premiers instants, fasciné par l'allure de cette femme. Cependant, il s'était repris assez rapidement, observant du coin de l'œil sans y paraître afin d'être sûr de la personne à qui il avait affaire. Soudain, il croisa son regard et il put constater qu'il était d'une beauté froide et bien loin d'être aussi enveloppant que celui de la femme mendiante. Il resta encore quelques instants pour surveiller ce qui allait se passer, prêt à intervenir en cas de besoin tout en laissant Ghaled s'occuper d'elle. Puis il décida d'aller faire un tour pour savoir ce qui se disait de ce personnage, certain qu'aucun autre client ne se présenterait pour les damas.

Noureddine se fondit dans la marée humaine qui animait le souk. Il se promenait d'étalage en étalage, échangeant un propos de-ci, de-là avec ses connaissances. Arrivé près d'un marchand de parfums, il crut voir celle qu'il cherchait dans son cœur. Car depuis qu'il avait croisé le regard de la mendiante, de vives émotions s'emparaient de lui dès qu'il croyait voir une femme qui lui ressemblait. Il s'approcha nonchalamment afin d'avoir le temps de se calmer. La femme portait un costume de nomade berbère très peu seyant, mais qui cachait tout son visage à l'exception de ses yeux, qu'il aurait reconnus entre mille. Elle semblait être terriblement sur ses gardes. Il attendit qu'elle s'éloignât un peu à l'écart des échoppes pour l'aborder. Il était juste derrière elle et pouvait sentir son odeur. Il en avait le cœur tout chaviré. Il émanait d'elle un parfum qu'il n'avait jamais senti sur aucune femme auparavant. Elle sentit une présence et revint précipitamment sur ses pas, pour se fondre dans la foule qui à cette heure de la journée était extrêmement dense. Il la perdit de vue et s'en retourna à son étalage, terriblement déçu. Mais le fait qu'elle s'échappe aussi précipitamment, lui laissait à penser que c'était certainement celle qu'il cherchait. Il sentait qu'un lien fort se tissait entre elle et lui, quand bien même elle l'évitait. Elle n'avait d'ailleurs pas paru aussi effarouchée que la première fois. Peut-être parce qu'étant très agile, et elle le lui avait déjà prouvé une fois, elle savait pouvoir semer son poursuivant très facilement ; ou peut-être sentait-elle qu'il n'y avait ni animosité en lui, ni intention de violence à son égard !

Pendant ce temps, à son étalage, la situation n'était pas très brillante. En effet, à peine était-il parti qu'un homme s'était approché et avait commencé à regarder les damas avec attention. Son allure pouvait être celle d'un riche marchand ou d'un notable de la ville. Ghaled ne les connaissait pas tous. Il avait récemment entendu parler de nouveaux commerçants âpres à l'achat de marchandises de luxe. Était-ce l'un d'eux ? Il sentait que la partie serait dure à jouer. Il laissa l'homme palper les damas, les retourner sur l'envers pour mieux juger du tissage, les palper encore. Aucun des deux n'avait encore proféré une parole. Ghaled ne savait comment aborder cet homme. Il semblait à la fois sûr de lui, et impénétrable et distant. Il n'avait pas coutume de traiter avec ce genre d'individu et se sentait mal à l'aise devant autant d'arrogance silencieuse. Chez lui tout passait par le regard et le maintien. Ghaled n'osait pas demander à ses compagnons d'aller quérir Noureddine, ne voulant pas perdre la face devant cet homme qui le jaugeait sans vergogne. Il rassembla son courage et commença par lui donner les mêmes explications qu'il avait données précédemment à la femme. L'homme afficha un petit sourire narquois qui ne le quitta pas jusqu'à ce que Ghaled eût terminé. Se tournant vers lui :

– « Vous ne m'apprenez rien, jeune homme ! Votre prix ? »

– « Tous mes damas ne sont pas au même prix. Tout dépend de la qualité des fils et du genre de tissage. Les prix varient de 50 à 200 piastres. »

– « Je ne pense pas que vous trouverez preneur à de tels prix. D'autres commerçants vendent des soieries tunisiennes de fort bonne qualité à prix moindre, le saviez-vous, jeune homme ? »

Ghaled se sentit vexé par le ton péremptoire et ampoulé de ce fat qui le traitait en adolescent. S'il revenait, il lui montrerait ce dont le « jeune homme » était capable.

Il fut soulagé de le voir s'en aller, mais s'il avait pu voir le visage de son client potentiel, il ne se serait pas réjoui autant. Il aurait aimé que Noureddine fut là pour lui raconter ce qui venait de se produire et tenir conseil. Il sentait que quelque chose se tramait mais il ne savait pas comment tout cela finirait. Il soupçonnait ces deux personnages d'être liés par quelque affaire louche, même s'ils étaient partis dans des directions diamétralement opposées en s'éloignant de l'étalage. Comment savoir s'ils n'avaient pas mis sur pied un plan d'attaque, dont la première phase était aujourd'hui, pour obtenir les damas à bas prix ? Tous deux avaient quelque chose de peu ordinaire dont il fallait se méfier absolument. D'ailleurs, à cause de l'attitude hautaine de l'homme, Ghaled avait à peine réussi à terminer sa démonstration. Aurait-il dû traiter entièrement l'affaire, il était certain qu'il n'aurait pu aller jusqu'au bout. L'exaspération qu'il avait sentie monter en lui l'aurait fait sortir de ses gonds et il aurait à tout jamais compromis la vente en envoyant son interlocuteur au diable. Si cet acheteur potentiel devait réapparaître demain, il faudrait que Noureddine soit avec lui pour prendre le relais. N'était-ce pas en cela que résidait le plan machiavélique de ces deux êtres ? La femme venait troubler Noureddine, puis l'homme arrivait et faisait perdre son sang-froid à Ghaled. Il décida d'envoyer quérir Noureddine car l'heure était grave.

Lorsqu'enfin il arriva, Ghaled lui exposa ses craintes tout en lui contant ce qui s'était passé avec son client. Noureddine ne savait que penser. Il savait que Ghaled avait souvent de bonnes intuitions. Comme lui, il avait parcouru le désert depuis qu'il était très jeune et avait ainsi appris à se connecter à l'insondable. Ils seraient sur leurs gardes le lendemain. Pour l'heure, ils décidèrent de rester au souk, supputant que ces deux visites seraient les seules qu'ils auraient aujourd'hui. Heureusement pour eux, ils avaient, la veille, vendu toutes les autres marchandises. Les damas étaient les seules qu'il leur restait. Et comme Noureddine commençait à le croire lui aussi, on était en train de lui tendre un piège pour l'obliger à « brader » ses soieries. Même s'il était vigilant, les affaires risquaient de mal tourner. De quelque manière qu'il considère la situation, il se sentait en mauvaise posture.

Par pure forme, ils restèrent jusqu'au soir, chacun se morfondant de son côté, échangeant de temps à autre un regard désolé, quelques mots sur ce qui venait d'arriver ou la conduite à tenir. Aucun des deux n'était satisfait des idées qui leur venaient à l'esprit, sachant pertinemment que seul le hasard leur permettrait de s'en sortir si Allah voulait bien les protéger. L'après-midi fut long et pénible et les harangues et les plaisanteries des marchands avoisinants ne leur apportèrent aucune détente. Les circonstances étaient telles qu'ils n'avaient aucune envie de partager agréablement ces moments. Mohammed et Jamel allèrent faire une longue promenade au milieu des échoppes pour essayer de glaner des informations. Noureddine et Ghaled avaient hâte qu'ils reviennent pour savoir ce qu'ils avaient pu apprendre.

Quand enfin ils furent de retour, ils n'avaient que peu de renseignements à leur faire partager. Une femme peu coutumière du souk avait bien été vue à différents endroits. Elle avait regardé un certain nombre d'objets et de tissus sans même marchander. Quant à l'homme, sa curiosité avait conduit ses pas vers les marchands d'armes blanches où il avait fait une provision de poignards, dagues et sabres. Ceci ne disait rien de bon à Noureddine qui avait entendu raconter de nombreuses mésaventures à propos de caravanes qui s'étaient fait attaquer en plein désert. S'il ne parvenait pas à vendre ses damas, il ne donnait pas cher de leur vie. Selon les dires de Ghaled, cet homme représentait un véritable danger pour eux. Mieux vaudrait, s'il revenait demain, perdre de l'argent sur les damas que de perdre la vie dans le désert. Enfin, le moment de rejoindre le caravansérail arriva et tous furent soulagés de pouvoir quitter le souk. Les visites de la matinée avaient jeté un froid sur l'ambiance de toute la journée. Leur moral était au plus bas et la soirée s'annonçait morose. On ne parla que pour évoquer des solutions plus scabreuses les unes que les autres, ne sachant pas si ces deux personnages reviendraient le lendemain.

Le trouble et la nervosité de Noureddine furent à son comble lorsqu'un inconnu entra dans le caravansérail, une dague à la ceinture. Il était grand et avait une certaine prestance. Rien à voir avec ces bandits qui attaquaient les caravanes. Ceux-là étaient facilement repérables car c'étaient des hommes frustres au langage peu châtié. Lui, au contraire, s'exprimait dans un arabe parfait qui le rendait d'autant plus redoutable. Il ne pouvait pas non plus être un caravanier. Que venait-il donc faire ici à cette heure ? Il s'éloigna avec le responsable du caravansérail et ils ne purent entendre leur conversation. Ceci faisait-il partie du plan de déstabilisation du bey de Tunis qui envoyait des hommes de main choisis sur le volet pour semer le doute et le trouble sur le commerce itinérant. Dans quel but ? Était-ce par pure soif de pouvoir ou voulait-il s'approprier commerce et commerçants en les obligeant à ne passer que par lui ? Une histoire très ancienne racontait que cela s'était déjà produit et qu'une fois la machine infernale lancée, tous s'étaient fait piéger.

Noureddine n'avait aucune envie d'être à la solde de quiconque. Sa liberté lui était trop chère pour qu'il pût se plier à qui que ce fut, bey ou autre. Son apprentissage avec son vieil ami le caravanier lui avait appris à ne faire confiance, en affaires, à nul autre que soi-même. Il avait bien l'intention de se défendre corps et biens. La seule personne dont il devait se méfier si vraiment elle faisait partie de la conspiration, mais il en était de moins en moins convaincu, c'était la femme au regard de braise. Il devait absolument éviter ce regard qui lui enlevait tous ses moyens. Sans doute serait-ce le moment le plus difficile à passer de toute son existence. Au contact de ce regard, il avait senti toute sa volonté mollir. Il devait absolument se reprendre et se dire que même si cette femme avait appartenu à un passé longtemps révolu, une autre vie, ce passé n'ayant plus cours aujourd'hui, il devait résolument se sentir libre de tout lien avec elle. Sa seule obligation vis-à-vis d'elle était de ne pas succomber à son charme, ni à son regard enjôleur, mais au contraire d'être ferme et résolu. Il fit part à ses compagnons de la résolution qu'il venait de prendre, qu'il en allait de leur avenir et de leur sécurité. Il leur demanda expressément de ne pas hésiter à réagir immédiatement si l'un d'eux voyait qu'il commençait à faiblir devant la cliente. Il en allait en outre de sa réputation. Ne l'appelait-on pas « Noureddine l'inflexible » ?

Quant à Ghaled, il se promettait de ne pas se laisser impressionner non plus par l'homme si ce dernier revenait. Forts de ces décisions courageuses, ils décidèrent d'aller se coucher et de ne se rendre au souk que plus tard dans la matinée, afin de déjouer les plans supposés du bey de Tunis et de ses fidèles émissaires si ce qu'ils avaient conjecturé était bien réel. Ainsi, les autres devraient revoir toute leur stratégie. Ils se quittèrent satisfaits de cette sage décision. Ils iraient donc à la mosquée, puis au bain maure où ils pourraient peut-être à nouveau glaner des informations sur la journée et ces nouveaux intrus qui ne leur plaisaient guère.

Passées les premières impressions que Noureddine avait eues de la femme mendiante et après avoir parlé avec ses amis, il s'était calmé et mieux paré pour affronter son dernier jour dans l'oasis. Ces deux premiers jours avaient été si tumultueux qu'il avait l'impression d'y avoir séjourné au moins une semaine. Il pouvait à nouveau se plonger mentalement dans le désert et se sentir apaisé par les images de paix et de silence qui le caractérisaient. Il aurait déjà aimé pouvoir repartir dès le lendemain, mais la sagesse lui conseillait de vendre ses soieries quoi qu'il advienne. Les laisser dans le caravansérail était impossible. À qui aurait-il pu les confier jusqu'à sa prochaine visite dans cette oasis ? Il se creusa la tête un moment mais ne trouva personne. Certains refuseraient, d'autres n'étaient pas dignes de confiance. Il aviserait demain. Pour l'instant, il était impératif que sa nuit soit réparatrice. Il se coucha rapidement et se remit en pensée à dos de chameau perdu au cœur des dunes de sable. Ce serait le meilleur moyen pour qu'il trouve très vite le sommeil.

Et puis, il avait très envie de se mesurer à ces clients potentiels qui ne le connaissaient pas encore. Son honneur avait été piqué au vif et il était prêt à prouver qui il était vraiment. Jusque-là, être inflexible avait été aisé car il avait su lire la convoitise dans les yeux de ses clients. C'était facile alors de les appâter puis de les convaincre. Avec ces nouveaux venus, il devrait déployer tout son art, cajolant pour amadouer, prétendant faire un effort lors de l'estimation puis restant inflexible une fois le prix déterminé. Il devrait redoubler de finesse pour parvenir à ses fins, jusqu'à peut-être refuser la vente pour mieux accrocher l'acheteur. Excité par toutes ces conjectures, il mit du temps à s'endormir. La fatigue eut cependant raison de sa nervosité. Il dormit d'un léger somme comme s'il craignait que, pendant son sommeil, le regard de la femme mendiante lui ôte toute volonté et prenne définitivement le pouvoir sur lui. Mais au réveil il se sentait prêt à affronter ces prédateurs. Bien qu'ils fussent déguisés sous des allures de personnes respectables, Noureddine était certain que ces êtres étaient de vils individus qui ne recherchaient que le profit maximum et s'étaient mis à la solde de puissants personnages tels qu'un bey ou un caïd pour parvenir à leurs fins : vivre dans l'opulence. Peu leur importait le moyen, pour eux le résultat seul comptait. Il mettait la femme dans la même catégorie. D'ailleurs, qu'était-elle pour eux ? Une maîtresse, une épouse, un simple pion dont ils se servaient. Si tel était le cas, si ces deux hommes se servaient d'elle, serait-il tenté de la sortir de leurs griffes ? Il avait quelque attirance pour cette femme bien qu'en lui une petite voix lui demandât d'être sur ses gardes. D'ailleurs, il ne devait pas oublier que s'il voulait rester en vie avec ses compagnons, il devait absolument vendre ses damas. Et s'il savait manœuvrer correctement, il pourrait l'attirer dans son camp. Il avait, pour le plaisir de marchander, su sortir vainqueur d'une très grosse vente au riche gouverneur d'une ville et de son épouse. Pourquoi n'y parviendrait-il pas avec ce trio ? Il se souvint que pour sauver sa vie et celle de ses amis il avait risqué beaucoup plus qu'une vente de soieries.

4. Stratagème

« *Le désagrément est une chose que l'impatience double.* »

Proverbe arabe.[7]

C'était il y a quelques années déjà. Ils étaient partis de Tozeur pour se rendre à Douz. En route, ils avaient eu quelques déboires avec les chargements, mais rien de très sérieux. Ils étaient rompus à ce genre de petits aléas. Noureddine regardait le ciel depuis un moment déjà, car il avait pressenti un rapide changement de temps. Il redoutait par-dessus tout les tempêtes de sable parce qu'on ne savait jamais comment elles se terminaient. Il décida donc de s'arrêter et d'installer le campement. Ils étaient à relativement peu de distance des portes de la ville. Ils s'étaient donc bien protégés, sachant ce qui se profilait à l'horizon. Bien leur en avait pris car le sable commença à s'élever en bourrasques qui, s'ils avaient continué leur route, les aurait trompé dans leur itinéraire. Derrière le rempart des chameaux, ils ne voyaient plus rien. Noureddine s'était totalement

---

[7]Citation tirée de l'œuvre de Christian Dawlat, *La grande sagesse du monde arabe*, Les Editions Quebecor, 2003, p. 74.

immergé dans le silence de sorte qu'il saurait immédiatement quand finirait la tempête. Tout à coup, un autre son lui parvint que tout d'abord il ne put définir. Puis le bruit se fit plus proche et il comprit que ce n'était autre que des chameaux qui avançaient péniblement dans la tourmente. Qui pouvait bien braver les éléments de la sorte ? Il fallait être fou ou inconscient pour voyager ainsi dans le désert. Noureddine redoubla de vigilance et informa ses compagnons qu'ils devraient se tenir prêts à une attaque éventuelle. Il savait que certains hors-la-loi rompus à la vie à l'état sauvage profitaient de tels moments pour attaquer les caravanes. Il avait essuyé une telle offensive dans sa jeunesse et il avait dû se battre aux côtés de ses pairs : tous les bras comptaient alors pour sauver leur vie.

Mais ce jour-là, Allah devait leur être favorable. La tempête redoubla d'intensité et Noureddine put entendre les chameaux blatérer dans le lointain. Sans doute refusaient-ils d'avancer. Or s'ils s'arrêtaient, il leur serait impossible de se sortir des sables sans une aide extérieure. La tempête passée, ils commencèrent à dégager leur campement. À quelque distance, ils purent voir des silhouettes immobiles prisonnières des dunes. Ils s'en furent à la ville prévenir pour qu'un sauvetage soit organisé avant qu'il ne soit trop tard. On ne pouvait laisser périr hommes et bêtes si près d'une ville de cette manière, même s'ils étaient malhonnêtes. Connus pour leurs méfaits, ils furent jugés et jetés en prison. Noureddine se sentit réconforté à la pensée qu'Allah protège les justes, puisqu'ils avaient été sauvés par les éléments.

Aujourd'hui, il devait faire confiance à sa bonne étoile. Il se prépara en hâte et se rendit à la mosquée. Contrairement à la veille, il rejoignit ses amis pour l'office du matin, office qu'il n'aimait pas manquer.

Mohammed lui fit un signe de tête discret dans la direction d'un fidèle. L'homme du caravansérail était là, absorbé dans une fervente prière. Noureddine profita de cette occasion pour l'observer discrètement. Ainsi centré sur ses invocations, il paraissait inoffensif. Une certaine force se dégageait de sa personne. Noureddine savait que ce qu'il ressentait n'était pas suffisant pour le juger. Le regard lui en dirait beaucoup plus et en beaucoup moins de temps. Il fallait donc attendre de quitter la mosquée pour éventuellement voir son visage. Prier Allah avec ferveur pour qu'il les aide était tout ce que pouvait faire Noureddine dans l'instant. Il s'était recueilli avec une telle intensité dans sa prière matinale qu'à la fin du service, il eut la surprise de voir que l'homme avait déjà quitté la mosquée. Pour Noureddine, une telle attitude n'était pas très louable. Il serait donc doublement sur ses gardes à l'égard de cet individu qui avait osé quitter un lieu saint au cours du service. Il serait donc doublement sur ses gardes à l'égard de cet individu. Il appela ses amis et tous se rendirent au bain maure comme ils avaient prévu de le faire la veille.

Noureddine avait grand besoin de se calmer après cette première contrariété. La mosquée et le bain maure étaient pour lui, outre le désert, des lieux de ressourcement. Il savait qu'en ressortant de là, il aurait laissé une grande partie de ses préoccupations derrière lui pour ne garder qu'une tête froide et lucide. Il s'installa confortablement et décida même de s'octroyer un massage. C'était le meilleur moyen pour se vider totalement l'esprit. Il demanda à ses compagnons de profiter des lieux à loisir, de prendre grand soin d'eux car cette journée serait certainement très animée. Du moins l'espérait-il s'il voulait conclure de bonnes affaires. Et puis la séance de massage serait peut-être une source d'informations précieuses. Les langues se déliaient souvent en de telles occasions. Il fallait entretenir le client et les ragots n'étaient-ils pas la meilleure façon de les distraire ? Lorsqu'il s'allongea, il ferma les yeux pour que la détente soit plus profonde. Tous ses autres sens en éveil, il pouvait ressentir chez l'autre, qu'il connaissait depuis quelque temps déjà car il l'avait massé plusieurs fois, une forte envie de parler. Il l'encouragea par ces mots :

– « C'est une grande chance, Ghassan, n'est-ce pas, qu'il y ait de nouveaux venus dans l'oasis. Le commerce va fleurir ici ! Il n'y aura bientôt plus assez de marchands pour satisfaire la nouvelle demande. On dit que ce sont des gens de qualité ! »

– « Méfie-toi Noureddine, ici on entend des rumeurs qui disent que tes damas font des envieux. Je ne te dirai pas de qui je tiens ça, mais sois sur tes gardes. Il y a des personnes qui ont été mandatées par un puissant personnage. Ils ont carte blanche pour rapporter un maximum de belles étoffes et marchandises au prix le plus bas possible, voire même pour rien. J'ai entendu des histoires horribles à propos du souk de Tunis. Un marchand a été jeté en prison parce qu'il ne voulait pas donner sa dernière pièce de tissu à une femme qui venait de lui en acheter deux autres à un prix dérisoire. La personne est venue acheter le matin, et le soir à la fermeture du souk, des sbires du souverain sont arrivés et ont emmené l'homme dans une geôle du palais. Il n'est pas certain qu'il en ressorte vivant. »

Noureddine savait que parfois les histoires étaient enjolivées, exagérées au fur et à mesure qu'elles passaient de bouche en bouche. Il aurait aimé connaître la véritable anecdote. Aussi demanda-t-il à Ghassan qui la lui avait apprise. Ghassan se refusa à répondre, prétextant que si on apprenait qu'il avait trahi le secret, il risquait sa vie lui aussi. Est-ce que le bey, trop imbu de son pouvoir, était à l'origine de tous ces changements ? On disait qu'il fallait maintenant être prudent lorsqu'on parlait de son entourage et de ses hommes de main. L'institution d'impôts nouveaux était-elle à l'origine de ces critiques virulentes ?[8] Aussi Ghassan fit-il promettre à Noureddine de ne rien dire à personne, pas même à Ghaled, son homme de confiance, mais d'ouvrir l'œil en permanence.

Lorsque les caravaniers quittèrent le bain maure, il était l'heure d'aller manger. Ils se dirigèrent vers le caravansérail où ils prirent le temps de se restaurer et d'étancher leur soif. Le responsable était surpris de les voir attablés aussi tranquillement, mais il n'osa pas poser de questions. Noureddine sentait qu'il piquait sa curiosité, mais à aucun moment il n'eut envie de la satisfaire. Bien au contraire, il se plut à évoquer de vieux souvenirs avec ses compagnons, rien qui ne put l'intéresser, ayant déjà entendu ces histoires à moultes reprises. Lorsqu'ils quittèrent tranquillement le caravansérail avec leurs marchandises pour se diriger vers le souk, il avait les yeux rivés sur eux, l'air hébété et la bouche ouverte tant il avait du mal à comprendre leur attitude. Jamais auparavant Noureddine n'aurait manqué de se rendre au souk un seul instant sur les trois jours qu'il s'allouait pour commercer dans une même oasis. Il aurait plutôt été de ceux qui déballent leurs marchandises le soir même de leur arrivée ! Décidément, il se passait des choses étranges en ce moment ! C'est bien ce que les caravaniers avaient conclu eux aussi depuis leur premier jour à Ghadamès. Rien n'allait comme d'habitude. Que se passerait-il donc dans le souk en cette fin de matinée ?

---

[8] Renseignements sur l'impôt trouvé sur le site Internet : http://fr.wikipedia.org/wiki/Hussein_II_Bey.

Leur arrivée fut remarquée de tous ceux qui les entouraient habituellement. Ils s'installèrent sans montrer trop d'empressement. En se rendant à la mosquée, ils avaient établi un plan d'action, sûrs à cet instant de ne pas être à portée d'oreilles indiscrètes. Une partie de la caravane devrait rejoindre la ville de Kairouan dans les meilleurs délais, sachant que ceux qui en voulaient aux damas seraient à leur poursuite dès que la nouvelle de leur départ se serait répandue. Dès leur retour au caravansérail, il avait demandé à Jamel d'occuper le responsable un moment afin de détourner son attention pour que les autres aient les coudées franches pour emballer les précieuses marchandises et quitter Ghadamès le plus rapidement possible sans trop se faire remarquer. La seule issue pour se tirer de ce guet-apens serait l'avance qu'ils auraient sur leurs poursuivants. Il y avait cependant un risque assez important dans ce plan. C'était qu'ainsi la caravane était diminuée de moitié. Traverser ne serait-ce qu'une infime partie de désert en si petit nombre était risqué. Même si Noureddine, Ghaled, Mohammed, Jamel et Naguib partaient dès que les quelques soieries qu'il avait gardées seraient vendues, ils auraient peu de distance à mettre entre eux et leurs éventuels agresseurs.

Ils n'avaient cependant pas d'autre choix. Sauver les damas était une autre façon de sauver leur vie. Dans le souk l'atmosphère était tendue, même si d'aucuns paraissaient le plus naturel possible. Noureddine percevait, dans le ton des voix qui hélaient les passants, quelque chose d'inhabituel. Il manquait cet enthousiasme qui caractérise le marchand enjôleur. Lorsqu'il veut vendre, l'homme du souk devient comme un amoureux avec sa belle ou même parfois tel un conquérant. Toutes les stratégies sont bonnes pour parvenir à ses fins. Il sait quand il va gagner la partie, alors il redouble d'esprit de conquête. Mais cet après-midi, Noureddine ne ressent en ses pairs qu'une certaine réserve. Que s'est-il donc passé au souk ? Ils devraient faire courir le bruit qu'ils ont été volés. Noureddine ne sait quelle conduite tenir. Il pensa que décidément, ces gens étaient très forts qui avaient, sans qu'ils le sachent, fait échouer son plan. Il aurait envie de quitter les lieux pour rejoindre la caravane, mais est-ce la bonne solution ? Si en ce moment même on le surveille, elle sera immédiatement attaquée et pillée.

Sous prétexte de boire un thé avec le commerçant voisin, Noureddine alla s'enquérir des dernières nouvelles, mais en vain. Ce dernier orienta la conversation sur des sujets banals. Noureddine ressentait chez l'homme une certaine gêne. Il s'était visiblement passé quelque chose dont il aurait du mal à s'informer. Il envoya Jamel faire un tour dans le souk avec le prétexte d'acheter du safran. Il savait que c'était une épice onéreuse et parfois difficile à trouver. Ainsi Jamel devrait-il aller dans de nombreux endroits du souk pour satisfaire sa requête. Il aurait peut-être la chance de saisir une indiscrétion par-ci, par-là. Malgré lui, ses pensées allaient sans cesse à la caravane. Où était-elle en ce moment ? Tant que Jamel n'était pas de retour avec un renseignement important, il ne parlerait pas de vol. Mieux valait pour l'instant adopter l'attitude de ses voisins et rester sur la réserve. Il sentait qu'il était préférable qu'il se fonde dans la masse, qu'il valait mieux ne pas trop attirer l'attention. Il plierait bagage plus tôt que prévu s'il ne vendait rien. Le plus dur viendrait ensuite.

À peine avait-il arrêté sa décision que Mahmoud apparut devant lui.

– « Voilà, Noureddine, je viens voir tes damas. J'espère que tu ne les as pas tous vendus. Les affaires, vois-tu, c'est comme ça. Ça va, ça vient. Tu ne sais jamais comment tu vas t'en sortir. »

Noureddine ne répondit pas et se contenta d'attendre que Mahmoud ait fini de regarder ses soieries. Il ne savait plus s'il devait faire l'article à son acheteur, ou s'il devait lui dire qu'il ne vendait plus rien. Il était sur la défensive et l'autre le sentait, qui lui dit :

– « Noureddine, tu me montres ces damas extraordinaires dont tu m'as parlé. Ne me dis pas que c'est là tout ce que tu as à vendre. Où sont ces formidables affaires que j'aurais dû conclure avec toi ? »

Là encore, Noureddine restait perplexe. Que devait-il répondre ? Lui avait-on volé ses damas ? Si l'autre voulait vraiment les lui acheter, quelle échappatoire pourrait-il trouver ? Il aurait aimé ne pas tout perdre mais les difficultés allaient se présenter malgré tout puisqu'il n'avait aucune marchandise intéressante à lui proposer. Ce serait déjà un handicap suffisamment important à la poursuite de son commerce. À moins que, puisque le vent du changement soufflait sur le pays, il ne puisse rétablir l'équilibre avant son arrivée à destination. Qui sait, les autres commerçants changeraient peut-être leurs habitudes eux aussi s'ils en éprouvaient la nécessité. Les certitudes de l'être humain sont parfois bien fragiles et la vie ne lui apporte pas toujours ce qu'il en attend. Tout à coup, son instinct de survie lui dicta ces mots :

– « J'ai voulu te tenter pour voir si tu aimais toujours autant les belles soieries. Cette fois-ci, je n'ai pas pu trouver plus. Les affaires ne vont pas si bien pour moi non plus. Les temps sont durs, Mahmoud. Très durs. Inch'Allah ! »

– « Hier, tu m'as dit que tu en avais tellement et aujourd'hui tu n'as que ça. Qu'est-ce que tu me racontes là, Noureddine ! »

– « J'avais besoin que tu viennes les acheter. Je suis aux abois et toi seul pouvais me sauver. Ce sont les plus belles que j'aie pu trouver. Je les ai prises pour toi, qui aimes les étoffes de qualité. Parole d'honneur, Mahmoud ! En pensant à toi, j'ai pris ces étoffes, en pensant à toi. »

Il fournissait en même temps à tous ceux qui pouvaient entendre dans le voisinage, l'excuse pour ne pas avoir fréquenté le souk de toute la matinée. Ainsi se sentait-il sauvé par ce pieux mensonge. Il ne restait qu'à prier Allah que la caravane arrive saine et sauve le plus près possible de Tiaret. Noureddine se reprit et fit la meilleure démonstration de son talent de marchandeur de toute sa carrière. Mahmoud lui acheta le peu de soieries qu'il avait au prix fort. Qui saurait jamais qui avait été vainqueur dans ce marché… de dupe ?

Déstabilisé par le revirement de Mahmoud, Noureddine n'avait qu'une seule hâte : quitter le souk et rejoindre la caravane le plus vite possible. Au fond de lui, il sentait le péril de la situation. Mais il ne devait montrer aucun empressement s'il voulait que le voyage soit sauf. Car tout se faisait, tout se savait dans le souk. Cette curiosité et ces ragots étaient à double tranchant : on pouvait tout apprendre, mais on ne pouvait pratiquement rien cacher. Noureddine rangea tranquillement le peu de marchandises qu'il lui restait et s'en fut avec ses compagnons charger les méharis pour quitter l'oasis, se demandant ce qu'ils trouveraient sur leur chemin. Devant eux, une autre caravane quittait les lieux. Noureddine était curieux de savoir quelle direction elle prendrait. Il aurait aimé retenir ses chameaux mais le temps pressait. Ils auraient déjà dû prendre la direction de Tiaret, ayant prévu de faire la première halte le plus près possible de cette oasis. Peut-être y retrouveraient-ils les autres membres de la caravane ?

Noureddine poussa un soupir de soulagement lorsqu'il vit que la longue escorte qui avait quitté Ghadamès avant eux prenait la direction de l'ouest. Ils pourraient donc remonter vers le nord beaucoup plus rapidement si personne ne pouvait les voir les premières dunes de sable passées. Noureddine se sentait quelque peu nerveux, mais en tant que responsable de ses compagnons, il se devait de garder un calme apparent. Ghaled, lui, sentait bien que le chef caravanier était dans tous ses états et c'était mauvais pour eux, car il n'était ainsi pas suffisamment à l'écoute du désert. Il se rapprocha de lui avec son chameau et lui demanda de se reprendre, sinon il ne serait pas assez efficace en cas de danger. Ces quelques paroles firent retrouver à Noureddine le sens des responsabilités et il se recentra immédiatement, tous ses sens en éveil afin de ne rien négliger de ce qu'il voyait ou entendait, échangeant ses ressentis avec Ghaled. Lui aussi avait une perception juste de ce que le désert murmurait en permanence. Lui aussi aimait ce silence qui pénètre l'âme du voyageur et le pousse à trouver au fond de son être la force d'affronter le vide, la chaleur, parfois même la torpeur. C'est grâce à une vigilance de tous les instants que l'on y survit. La moindre erreur de jugement peut conduire la caravane à l'opposé de sa destination. Mais Noureddine et Ghaled sont rompus à ces longs parcours au milieu de nulle part. À force de passer par les mêmes lieux encore et encore, aux yeux des caravaniers, chaque dune finit par avoir sa particularité qu'aucun autre œil ne peut voir.

Le chameau est un animal qui court très vite. Aussi Noureddine active-t-il le mouvement de la caravane autant qu'il le peut. Il désire rejoindre le campement le plus rapidement possible, ainsi il se sentira plus à l'aise. Ne sachant d'où peut venir le danger après ces jours peu ordinaires passés à Ghadamès, il ne parvient pas à échafauder de plan de défense. Il devra, comme toujours, se laisser guider le moment venu. Il est habitué à des situations extrêmes, et cependant une fébrilité demeure au fond de lui. Il aimerait savoir qui est cette femme qui l'a ému au point de lui faire perdre ses moyens ; il aimerait savoir qui sont ces hommes qu'il ne connaît pas. Sont-ils tous complices ? Il repasse le film des événements dans sa tête mais ne parvient pas à en trouver le fil conducteur. Pourquoi tous ont soudainement disparu ? Aussi bien cet homme qui s'est approché de l'étalage que celui qui n'a fait qu'une brève apparition au caravansérail puis à la mosquée. Noureddine aimerait connaître le lien qui les unit, si lien il y a. Mahmoud a été muet lorsqu'il est venu acheter les soieries. Noureddine pouvait néanmoins sentir que l'homme n'était pas dans son état normal. Lui aussi laissait transparaître un manque d'aisance vis-à-vis de lui. Il lui cachait quelque chose de primordial. Il l'avait entendu au bain maure, de la bouche de son masseur : sa vie était-elle en danger autant que la sienne en ce moment à cause de ces personnes sans scrupules qui commençaient à infiltrer le commerce itinérant ?

Une idée lui vint qu'il devrait peut-être trouver la faille dans cette organisation qui paraissait si bien huilée dès le départ, car aucun plan ne semblait contrevenir à leurs agissements puisqu'il se retournait contre son auteur. Pour la première fois de sa vie, le trajet lui devenait pesant et surtout il lui semblait interminable. Il avait la douloureuse sensation de ne pas avancer. Son impatience à retrouver ses compagnons induisait en lui des jugements erronés sur le temps qui passait. Ces moments d'incertitude provoquaient en lui stress et angoisse, deux raisons qui ne lui permettaient pas d'envisager la situation avec calme et lucidité. Aujourd'hui, la paix du désert n'a pas d'influence sur Noureddine. Il est seulement concentré sur sa route, conscient du risque d'être détourné de son chemin s'il a une défaillance quelconque. Dans le ciel s'annoncent les prémices du crépuscule et l'horizon est vide de toute caravane, de tout campement. Peut-être au sommet de la prochaine dune la chance sera-t-elle au rendez-vous ? Noureddine n'ose l'espérer. Il ne veut pas non plus faire l'effort de calculer le temps qui les sépare des retrouvailles. Il préfère se laisser surprendre par les hasards du destin. Ne pas imaginer, c'est ne pas être déçu par ce qui arrivera. Se laisser porter par sa destinée est habituel pour lui.

Aujourd'hui plus que jamais cette philosophie lui est précieuse. Quoi qu'il arrive, Allah a décidé pour lui. Il sait cela au plus profond de son être, même s'il n'est pas aussi impassible qu'à l'accoutumée. S'il n'avait pas cette conception de la vie, il n'aurait jamais survécu dans le désert. Il n'a pas habituellement une épée de Damoclès au-dessus de la tête comme maintenant. « Inch'Allah ». Dieu est puissant et il sait s'il doit sauver les hommes. Noureddine a toujours remis son destin entre les mains de dieu et jusqu'à ce jour, dieu ne l'a jamais abandonné. Il a foi en lui et en sa grande mansuétude.

D'ailleurs, il ne doute pas de dieu alors qu'il chemine vers son destin, mais de ses frères, les hommes. Il connaît la cupidité de certains. Il l'a souvent lue dans les yeux de ses interlocuteurs. Que peut-on faire contre un être qui ne pense qu'au matériel. Il est aveuglé et ne trouve plus dieu en son cœur. Noureddine ne ressent chez ces êtres aucune plénitude mais au contraire un profond sentiment d'insatisfaction qui se reflète dans leurs gestes et sur leur visage. Il lit parfois aussi de la violence sur ces mêmes visages et une détermination qui n'augure rien de bon pour celui qui se met en travers de leur route. Noureddine n'a pas vu l'homme du souk. Il n'a pas pu lire sur son visage et ne sait donc pas quel type d'ennemi l'attend car Ghaled était trop perturbé par l'attitude de ce dernier pour le cerner. Il sait par contre que la femme, si elle fait partie du complot, n'a rien à envier à son comparse. Mais un cœur ne peut-il pas être touché par l'amour, parfois ? Tel son propre cœur qu'il croyait à l'abri de tout sentiment et qui vient de se réveiller avec une violence qu'il n'aurait jamais soupçonnée. Alors que ses pensées s'égrènent dans l'immensité du désert, Ghaled le fait soudainement revenir à la réalité.

– « Ne devrions-nous pas installer le campement ici, Noureddine ? Bientôt il fera nuit et nous ne verrons plus rien. »

– « Allons encore à la prochaine dune. Tu sais qu'après celle-ci, nous serons pratiquement à la moitié du trajet qui nous sépare de Tiaret. Je serai rassuré de me dire qu'en aussi peu de temps nous avons parcouru une telle distance ».

En y réfléchissant, Noureddine se rappela que lorsqu'il partait le matin, il arrivait toujours, comme maintenant, approximativement à la moitié du trajet. Ils avaient donc un espoir de découvrir le campement à la prochaine dune. Il se sentait rasséréné à cette seule pensée. Il partagea le résultat de ses déductions avec ses compagnons qui rirent de bon cœur en lui disant qu'eux le savaient déjà. Le fait de ne pas avoir de chargement leur avait toujours permis de raccourcir considérablement le voyage. Mais aujourd'hui, ils s'étaient rendu compte que leur vitesse de croisière avait été particulièrement rapide et que donc, ils atteindraient l'étape habituelle en un temps record.

Noureddine rit de bon cœur avec eux. La dune suivante leur livra un spectacle tout aussi réjouissant. Un campement était bien établi là où ils avaient l'habitude de s'arrêter. À la manière dont il était organisé, Noureddine savait que c'étaient ceux de leurs compagnons qui étaient partis en éclaireurs. Restait néanmoins à savoir si rien ne manquait : hommes, bêtes, marchandises. Que de joie en perspective pour ces retrouvailles, que de questions se formulaient déjà dans les esprits. Lorsqu'ils atteignirent leur but, tout semblait très calme. Noureddine n'en fut pas très rassuré. Mais à peine un des hommes du campement les eut-il aperçu qu'il donna à ses compagnons le signal pour les accueillir selon le rituel de bienvenue. Noureddine aurait préféré plus de discrétion, mais il sut par la suite que la tension des hommes avait été telle qu'ils éprouvaient un pressant besoin de se défouler. Ils s'installèrent puis se sustentèrent. Un tour de garde fut établi et le campement commença sa nuit au cœur du désert. Noureddine était satisfait de cette première étape. Pas à pas, ils affronteraient leur destin dans la confiance.

La nuit fut tranquille et au matin, Noureddine fut surpris d'avoir pu dormir aussi bien. Sans doute la joie de retrouver le reste de sa troupe sain et sauf avait-il beaucoup contribué à le décontracter et lui permettre ainsi de trouver le sommeil, même pour les quelques heures dont il avait besoin. Tous étaient frais et dispos pour la suite du voyage. Ils levèrent le camp et s'en furent tranquillement vers Tiaret. Tous réunis, ils se sentaient assez forts pour parer à toute éventualité. Noureddine était à nouveau en symbiose avec son grand ami le désert. Il était tellement heureux lorsqu'il pouvait simplement être. Exister à travers le silence qui remplit l'être d'une grande humilité car il peut alors percevoir ses limites et ses faiblesses mais aussi l'incroyable puissance que donne la communion profonde avec une nature à l'état sauvage, pratiquement sans repère. Car c'est dans les éléments naturels qui l'entourent que l'homme peut s'abreuver et trouver le réconfort dont il a besoin. Le meilleur miroir de l'homme est son environnement naturel. Ne pas se reconnaître face à la nature qui nous entoure, c'est oublier qui nous sommes et d'où nous venons.

C'est ce à quoi songe Noureddine en dodelinant sur son méhari. Il sent si fort en lui son lien avec le désert que pas un instant il ne doute d'être à son image : imprévisible, mystérieux, enveloppant, puissant. Imprévisible car il a vu combien il s'est senti différent à peine a-t-il croisé le regard de la mendiante. Mystérieux : il ne sait ce qui l'anime lorsqu'il est face à elle car non seulement, dans ces instants, il ne se comprend plus lui-même, mais une impulsion s'empare de lui qui le pousserait à agir de manière inconsidérée. Sa considérable force de caractère lui permet alors de juguler tout emportement. Il se découvre fréquemment une envie d'entourer ses compagnons, de les envelopper dans une bulle de protection car il sait combien ils lui sont précieux. Il a mis toute sa confiance en eux et il se doit de veiller sur leur sécurité et leur bien-être. Enfin, lorsque son horizon n'est que dunes de sable à l'infini, il se dégage de lui un sentiment si puissant qu'il se sentirait presque invincible. Il avait compris depuis longtemps déjà qu'il avait forgé son caractère à l'image de ces lieux surtout au niveau des qualités qu'il avait développées, mais il n'aurait jamais pensé que le mimétisme en affectait aussi les défauts.

Cela fait plusieurs jours qu'ils voyagent et rien ni personne n'est venu troubler leur cheminement dans les kilomètres de contrées désertiques qu'ils ont sillonnés. Bientôt ils devraient atteindre Ksar Ghilane où ils pourraient faire une halte plus conséquente qu'au campement précédent. Noureddine avait décidé de s'y arrêter une journée afin de laisser reposer les méharis. C'était en outre beaucoup mieux que camper une nuit en plein désert car la source d'eau chaude y attirait de nombreuses caravanes. Les hommes étaient harassés et nerveux, surtout après un tel parcours qui les avait maintenus dans l'expectative. Ils n'avaient en effet pas pu avoir de réponse à leurs questionnements et ils n'avaient pas non plus pu exprimer tout à fait leurs inquiétudes, ce qui contribuait à les rendre irascibles les uns avec les autres. La situation allait très vite devenir intolérable s'il ne se passait pas quelque chose qui leur fit comprendre où ils en étaient et le sort qui leur était réservé. Ils furent soulagés lorsqu'ils aperçurent les premiers palmiers de l'oasis et la tension diminua aussitôt.

Ils avaient déjà prévu de se rendre à la source d'eau chaude. Un bon bain s'avérait nécessaire. Tous se sentaient poisseux après ce long trajet parcouru à vive allure. La poussière de sable leur collait à la peau, mais et surtout ils avaient grand besoin de se détendre. En se rendant immédiatement au point d'eau, Noureddine pensait y rencontrer quelques marchands de ses amis. Le ksar était son lieu de prédilection car après la longue trajectoire qui l'amenait jusqu'ici, il aimait particulièrement s'y délasser. Il ressentait un tel bien-être après s'être plongé dans les eaux tièdes de la source qu'il ne s'en serait privé à aucun prix.

Dans cet endroit, il croisait souvent d'autres caravaniers qui comme lui venaient s'octroyer un peu de réconfort physique après leur traversée du désert. Il était étonné de n'avoir rencontré personne avant son arrivée dans le ksar. Il verrait tout à l'heure qui s'y trouvait déjà et de qui il pourrait obtenir les renseignements dont il avait besoin. Peut-être ses confrères avaient-ils entendu des rumeurs venant d'autres provenances car le ksar était un point quasiment incontournable sur la route des caravanes. Il prit son temps afin de retrouver son état d'esprit habituel, ce qui n'était pas aisé car il aurait déjà aimé savoir tout ce qui se racontait, tout ce qui se passait ici. Décidément, il vivait une période bien particulière qui l'obligeait sans cesse à se maîtriser, à canaliser ses impulsions. D'ordinaire, il n'avait pas besoin d'y recourir, n'ayant rien d'autre à faire que de suivre une routine bien huilée qui le menait de souk en souk où il vendait, achetait, échangeait. Depuis quatre jours, seul l'imprévu était au rendez-vous. Même maintenant, à Ksar Ghilane, il avait de lui-même dérogé à la tradition et s'était rendu à la source au lieu d'installer son campement.

5. S'unir face à l'adversité

« *Sans compagnons humains, le paradis même deviendrait un lieu d'ennui.* »

Proverbe arabe[9]

Quelle ne fut pas sa surprise de voir qu'un nombre exceptionnel de caravaniers se pressait aux abords de la source. Tous semblaient s'y être donné rendez-vous. Il y régnait une atmosphère d'excitation inhabituelle. Quel était donc le sujet si brûlant qui avait poussé la majeure partie des marchands de l'oasis à se regrouper de la sorte. La discussion, fort animée, se traduisait par une quantité de gestes véhéments qui partaient dans tous les sens. Noureddine et ses amis se joignirent à eux et ils apprirent ainsi qu'ils avaient subi le même stratagème quelques jours auparavant dans une autre oasis. Ils se concertaient sur la conduite à tenir, car eux non plus n'avaient constaté aucune autre démarche de leurs prétendus acheteurs et leurs clients habituels les avaient désertés. Noureddine était à la fois inquiet et rassuré : inquiet parce que la stratégie employée avait une ampleur qu'il n'avait pas

---

[9]Citation tirée de l'œuvre de Christian Dawlat, *La grande sagesse du monde arabe*, Les Editions Quebecor, 2003, p. 27.

soupçonnée au départ ; rassuré parce que ce n'était pas à lui seul qu'on en voulait. Si maintenant ils décidaient de s'unir contre ces personnes aux desseins malveillants, peut-être parviendraient-ils à un résultat. L'ambiance survoltée n'allait pas calmer l'esprit des chameliers. Chacun y allait de son histoire en l'embellissant quelque peu. Noureddine demanda alors que les faits réels soient établis afin de trouver la meilleure parade en analysant la situation au plus près de la vérité. En amplifiant les faits, aucun plan de défense sérieux ne pourrait être établi. Cette remarque tempéra les esprits surchauffés par des heures de palabres.

Une fois encore, Noureddine avait gardé le sang-froid que tous lui connaissaient. Chacun tenta de raconter avec le plus de précision possible ce qu'il avait expérimenté avec ces clients potentiels à l'attitude pour le moins étrange. Force était aussi de décrire les personnages qui semblaient parfaitement correspondre. L'affaire était donc bien montée. Un détail cependant intrigua Noureddine. Aucun n'avait fait mention de l'homme qu'ils avaient vu au caravansérail et à la mosquée. Ceci l'embarrassa quelque peu et il se demanda une fois encore de quel parti il pouvait être. Était-il pour quelque chose dans le fait que les deux autres aient disparu du souk aussi soudainement ou avait-il participé à ce plan de déstabilisation qu'avait provoqué leur disparition soudaine. Tant de questions sans réponse troublaient la communauté des nomades tout entière. Eux qui faisaient face à l'inconnu quotidiennement se sentaient pris dans un piège qu'ils savaient encore moins maîtriser que celui des éléments déchaînés. Au moins, dans une tempête de sable savaient-ils comment se protéger. Mais contre des êtres humains dont on ne sait rien et qui semblent puissants – tels étaient les ondit – que faire ? Comment imaginer leur prochaine manœuvre et parer l'attaque ? Dans l'effervescence de la discussion, ils ne virent pas arriver l'homme à propos duquel Noureddine se posait tant de questions. Il s'avança discrètement vers eux et leur dit à brûle-pourpoint :

– « Qui pensez-vous sera la première cible ? »

Tous se retournèrent et un silence de plomb tomba sur l'assemblée. Chacun s'était cru à l'abri d'oreilles indiscrètes ou ennemies et voilà qu'un inconnu faisait irruption au beau milieu d'une conversation qu'il n'aurait certes pas dû entendre. Qu'allait-il advenir d'eux et de leur commerce si tant d'espions étaient disséminés dans les oasis ? Qui pouvait dire qui était cet homme et ce qu'il venait faire ici ? Pouvait-on lui faire confiance ? Quelle réponse pouvait-on lui donner sans se mettre en danger ? Noureddine le regarda droit dans les yeux. L'autre ne baissa pas le regard. C'était bon signe. Noureddine faisait plus volontiers confiance à un homme dont le regard affichait une telle franchise.

Cependant, avec celui-là, il ne pouvait s'empêcher de rester sur la défensive. Était-ce l'atmosphère exaltée du ksar, les sombres discours des caravaniers ? Il hésitait à accorder sa confiance au personnage. Maintenant, l'homme savait ce qui s'était dit parmi les nomades et s'il était lié au camp adverse, il aurait un sérieux avantage sur eux. Noureddine tenta tant bien que mal de cacher sa méfiance mais il se pouvait que son inconfort face à cet homme le trahisse. Ce dernier était parfaitement à l'aise au milieu d'eux. Il semblait ne rien redouter de ce qui pourrait lui arriver. Les esprits bouillonnants des caravaniers pourraient très bien les conduire à un acte irréversible envers lui. L'homme avait-il compris que leur curiosité vis-à-vis de lui était plus forte qu'un quelconque désir de rétorsion ? Accordaient-ils tous leur confiance à cet individu et croyaient-ils qu'il pouvait leur être précieux dans le combat qu'ils allaient devoir livrer ? En quelques secondes, ces questions effleurèrent l'esprit de Noureddine. Il demeura néanmoins d'autant plus circonspect à l'égard de ce dernier que jusque-là peu de choses avaient filtré à propos de leurs ennemis tout en prétendant lui accorder sa confiance afin qu'il se dévoile plus facilement. Grâce à ses dons de commerçant, Noureddine savait admirablement faire parler ses interlocuteurs sans qu'ils en soient conscients. Ainsi leur livrerait-il ce qu'il savait du problème.

L'homme commença à parler d'un groupe de personnes qui s'étaient mis à la solde d'un puissant personnage. Ce groupe était organisé de telle sorte qu'on ne pouvait prévoir leurs mouvements ni la stratégie qu'ils allaient déployer pour obtenir ce qu'ils voulaient. On ne savait d'ailleurs même pas où ils voulaient aboutir ! De plus, ils apparaissaient et disparaissaient sans que personne ne sache comment ni pourquoi. Ils s'entouraient d'un tel mystère que nul ne pouvait prévoir où et quand ils frapperaient. Car il était évident qu'ils allaient s'abattre sur l'un d'entre eux à l'une des étapes où les caravanes feraient halte et qu'il serait alors très difficile de se protéger, nul ne sachant combien ils étaient, qui était à leur tête et quel était exactement leur pouvoir. Tout ce que disait l'homme ne faisait qu'augmenter l'excitation et la colère. Quel était donc ce nouveau fléau qui s'abattait sur les hommes du désert ?

Noureddine demeurait songeur. Et si toute cette histoire était montée de toute pièce par cet homme pour gagner leur confiance. La méfiance dut se lire un court instant sur le visage de Noureddine car l'homme ajouta aussitôt :

– « Toi, chef caravanier, qui est rompu à bien des turpitudes, comment ressens-tu ces individus ? Crois-tu qu'ils sont honnêtes ? »

– « Il m'est difficile d'avoir une opinion car je n'ai vu qu'une femme et quelques instants seulement. Ni aucun de mes hommes d'ailleurs, car nous ne les avons vus qu'un court laps de temps qui ne nous permet pas de les juger avec certitude. Il est vrai que l'impression que j'en ai eue est très mitigée. Leur attitude n'est pas celle de commerçants ordinaires. Là est la seule remarque que je puisse faire à leur égard. Ils en ont perturbé plus d'un dans les souks. Je ne peux donc te répondre. Mais à qui ai-je l'honneur ? »

– « Tu peux m'appeler Mourad, si cela te chante, ou Abdel. Il est sans importance que tu connaisses mon identité. »

Il ignora l'air dubitatif et plein de méfiance de Noureddine et poursuivit sur un ton désinvolte, comme si rien ne pouvait l'atteindre ni lui ôter la confiance qu'il avait en lui et en la vie. Noureddine en était abasourdi.

– « J'ai entendu parler des agissements des personnes qui sont venues voir tes damas, justement. Crois-moi, ce sont bien celles dont je viens de vous parler. Ton co-équipier n'a pu te parler que de la femme car il a été trop déstabilisé par l'attitude de l'homme pour pouvoir cerner le personnage. Crois-moi, cela était voulu. Ces gens ont des informateurs qui leur fournissent des renseignements extrêmement détaillés sur les personnes auxquelles ils désirent s'attaquer. Pour moi, cela ne fait aucun doute étant donné leur attitude avec les membres de ta caravane. La mendiante a été un appât qu'ils ont jeté sur ta route au hasard. Je ne sais comment ils ont pu être aussi bien inspirés, car selon moi, ils connaissent certainement ton attitude envers les femmes. Ils savent sans doute combien tu es curieux et parfois impulsif. Peut-être l'ignorais-tu toi-même ? »

– « Et toi, qui es-tu pour me connaître aussi bien et qui t'as raconté l'épisode de la mendiante ? »

– « Sache, ami voyageur, qu'il suffit de tendre l'oreille et le souk te raconte tout ce que tu as besoin de savoir. »

– « Comment peux-tu savoir autant de choses si tu es seul ? Alors, toi aussi, tu as des connivences avec certaines personnes dont tu ne nous parles pas. Qui sont-elles et quel est leur pouvoir ? »

– « Noble ami, il te suffit de savoir que je suis pour toi et contre tes ennemis. Le reste ne regarde que moi. »

– « Comment puis-je faire confiance à tes amis s'ils croisent mon chemin alors que je ne les connais pas ? »

– « Tu ne les rencontreras peut-être jamais. Il n'est pas nécessaire pour l'instant que je t'en parle davantage. Il te suffit de savoir que j'œuvre pour vous, les caravaniers. Votre profession se doit d'être défendue car elle est la prospérité des pays où vous commercez. Que cela seul vous conforte dans l'idée que je suis dans votre camp. »

– « La raison que tu invoques me semble juste. J'ai entendu parler de toi, alors. Des rumeurs m'ont déjà été rapportées il y a quelque temps, mais je n'y avais pas pris garde car je n'avais pas encore été confronté à ces marchands aussi imprévisibles que malhonnêtes, semble-t-il. Mais je n'avais pas oublié ce qu'on m'avait signalé. »

– « Je dois maintenant poursuivre ma route. Que dieu vous garde. »

– « Que dieu te garde ! » répondirent en chœur les chameliers.

Comme il était arrivé, l'homme était reparti. Les commentaires commençaient à fuser de toutes parts. Noureddine calma immédiatement le jeu en annonçant que les dires de ce Mourad devraient être vérifiés d'une manière ou d'une autre. Il avait observé l'homme, n'avait pas quitté son regard et ce qu'il y avait lu ne l'enchantait guère. Cet homme lui semblait cupide, vil et insensible. Et il se trompait rarement. Mourad, songea-t-il, ou Abdel, un être sans scrupules qui se dit du côté des commerçants itinérants. Puis il annonça à la ronde :

– « Mourad, c'est ainsi que nous l'appellerons pour plus de facilité, si vous êtes d'accord. »

Tous acquiescèrent. La détente était maintenant de rigueur et chacun pensa à son confort personnel afin de calmer tout ce bouillonnement intérieur. Le moment était à la concentration et à la concertation dans un esprit d'analyse logique de la situation. Tout d'abord, il fallait recouper toutes les informations en leur possession et voir si elles corroboraient les affirmations de Mourad. Chacun fouilla sa mémoire pour tenter d'y trouver les épisodes enregistrés dans leur inconscient sans qu'alors ils y aient vraiment prêté attention. Ils espéraient que le fait de passer en revue des événements anodins finirait par faire ressurgir à la surface des choses plus importantes. Le travail serait peut-être long, ou bien le fait que l'homme ait mis le doigt sur certaines occurrences permettrait à leurs mémoires de raviver ces souvenirs.

C'est effectivement ce qui arriva et en quelques heures, toute une série de faits apparemment sans importance se mirent à prendre un tout autre sens lorsqu'ils les mirent bout à bout. Les maillons de la chaîne commençaient à se raccrocher les uns aux autres et bientôt ils avaient compris depuis combien de temps déjà certains étaient surveillés. Certains changements avaient été notés chez des clients habituels qui n'avaient pas pris la signification que ces hommes pouvaient leur donner aujourd'hui. Chacun avait mis en place une ou plusieurs pièces du puzzle qui était cependant loin d'être achevé.

Épuisés par les discours interminables qu'ils venaient d'avoir, ils décidèrent de se quitter pour un repos bien mérité, mais en ayant convenu d'être vigilants car ils en étaient arrivés à la piètre conclusion qu'aucune oasis n'était absolument sûre. Ils devraient redoubler de prudence et donc mettre toutes leurs marchandises en sécurité. Le seul avantage qu'ils pouvaient avoir sur leurs ennemis était leur union. Une question s'éleva parmi eux. Leur propre vie était-elle en danger ? Aucun ne sut ni ne voulut répondre à cette question. Ils se barricadèrent dans le ksar et instaurèrent un tour de garde, postant en premier les hommes les plus frais pour veiller sur leur sécurité.

Lorsque vint le tour de Noureddine, il se retrouva avec Habib, une connaissance de longue date. Ils ne purent s'empêcher de reparler de l'affaire qui les occupait. Chacun imaginait un plan qui ne satisfaisait jamais l'autre. Ils finirent par échanger des propos virulents, aucun des deux ne voulant admettre que son plan avait des failles. Le jour qui commençait à poindre les calma quelque peu, chacun venant de se rendre compte que la division était la dernière des attitudes à adopter. Seule une parfaite cohésion entre les différents caravaniers leur serait utile. Ils décidèrent donc de se rendre à Douz tous ensemble, même si cela devait compromettre quelque peu les affaires. Mieux valait vendre moins que perdre des marchandises. Ils se rattraperaient à l'étape suivante où ils auraient plus d'opportunités de vente. Kairouan comptait une clientèle importante grâce à son statut de ville sainte.

C'est donc une immense caravane qui s'ébranla ce jour-là dans le désert. Jamais, de mémoire de berbère, on avait vu chose pareille. Qui pourrait attaquer un convoi aussi conséquent ? Son lent mouvement qui ondule au milieu des dunes ressemble à un immense serpent qui se déroule au soleil. Noureddine et Habib sont satisfaits de cette décision de faire front ensemble. Ainsi l'ennemi verra que, où qu'il se tourne, il trouvera un noyau compact qui ne s'en laissera pas compter. Ils se sentent forts, unis dans un même désir de défendre le commerce itinérant. Toute leur vie est dans la victoire contre cet agresseur sournois qui cherche par tous les moyens à faire du tort à la profession sans en mesurer les conséquences économiques pour le pays, comme l'a si bien suggéré Mourad, l'inconnu du caravansérail.

Les hommes en sont là de leur réflexion lorsque dans le lointain ils entendent un bruit de galop. Une seule monture est audible pour l'instant. Chacun est néanmoins sur ses gardes. Il ne s'agit pas de se laisser surprendre. Il faut tout d'abord s'assurer de l'importance du convoi qui arrive. Aussi regroupe-t-on les chameaux de sorte que la caravane soit plus compacte. Mais ce qui s'approche n'est pas conséquent. Ce n'est pas une horde de cavaliers. Tout au plus sont-ils deux. Qui peuvent-ils être, sans escorte dans le désert ? Rares sont ceux qui s'y aventurent ainsi.

6. Deuxième rencontre

« *Le hasard vaut mieux que mille rendez-vous.* »

Proverbe persan.[10]

Noureddine, à l'affût du moindre indice, garde tous ses sens en éveil. Que se passe-t-il donc ? Les cavaliers devraient apparaître d'une minute à l'autre, et cependant il a l'impression que le bruit du galop s'éloigne. Il aura la réponse lorsqu'il aura quitté le fond de la dune. Son impatience ne doit pas le trahir. Pour la tranquillité de la caravane, il se doit de garder son calme. Lorsqu'ils atteignent le sommet de la dune, Noureddine scrute l'horizon avec attention. Quelle n'est pas sa surprise de voir au loin deux méharistes, dont l'un ressemble, malgré la distance, à l'inconnu qui les a quittés la veille en leur assurant être des leurs. À quel jeu joue-t-il ? Noureddine fait part de ses doutes à son ami Habib qui, très justement, lui demande d'être un peu plus circonspect avant de tirer des conclusions trop hâtives qui pourraient les conduire sur une fausse piste. Comment savoir si ce ne

---

[10]Citation tirée de l'œuvre de Christian Dawlat, *La grande sagesse du monde arabe*, Les Editions Quebecor, 2003, p. 75.

sont pas ces gens malfaisants qui encore une fois frappent à leur façon !

Noureddine acquiesce et se concentre afin d'enregistrer au mieux les bruits de ces cavaliers, leurs cris éventuels lorsqu'ils excitent leur monture pour la faire accélérer. Savoir reconnaître les sons dans le désert est primordial. Tout bon caravanier sait cela. Bientôt, le silence revient et Noureddine conduit à nouveau patiemment la caravane à travers les dunes. Ils atteindront Douz sans tarder et pourront enfin savoir qui étaient ces deux personnages qui ont si rapidement rebroussé chemin à leur approche. Sans doute avaient-ils aperçu la longue file des chameliers dans le lointain. Noureddine n'avait pas l'habitude de voyager en aussi grand nombre et ne s'était pas souvenu que la caravane d'aujourd'hui était si longue qu'une partie était toujours visible, quelle qu'ait été sa position. Sans doute était-ce la raison qui avait incité les cavaliers à rebrousser chemin et à prendre si rapidement la direction opposée. Et peut-être bien, comme le suggérait Habib, que ce n'était qu'une diversion pour les entraîner dans des spéculations erronées. La prudence était donc de mise encore une fois.

Bientôt le long ruban des méharis arriva à Douz. À peine avaient-ils été vus par une personne qu'une foule commença à s'amasser aux abords de l'oasis. À son passage, la caravane excitait la curiosité de manière inhabituelle. Elle provoqua une animation et une agitation sans pareilles dans tout le village. Chacun se demandait la raison qui avait poussé les commerçants du désert à s'unir ainsi. Cela n'arrivait que très rarement. Aujourd'hui cependant, on supputait une situation très inhabituelle pour en arriver là. Des voix avaient déjà colporté certains événements des jours précédents. Le pays tout entier était-il déjà au courant de tout ce qui s'était passé dans les oasis ? C'est pourquoi Noureddine était perplexe. À quelle fin tendait ce groupe d'excentriques ? Étaient-ils vraiment à la solde d'un haut personnage ou se livraient-ils à un jeu de pouvoir, jeu qui cesserait dès que tous les caravaniers auraient appris à les reconnaître où qu'ils sévissent ? Plus il essayait de comprendre et plus les choses devenaient embrouillées. La meilleure résolution qu'il pouvait prendre était de se tenir sur ses gardes tout en observant et en écoutant sans réellement participer aux discussions. Tel était son point de vue à son arrivée à Douz. Son scepticisme à propos de Mourad lui dictait de surcroît cette conduite.

Après deux jours passés à Douz, il n'avait obtenu aucun renseignement complémentaire, pas même sur les deux cavaliers qu'ils avaient vus dans le désert. En y réfléchissant bien, et en évoquant à nouveau le galop des deux méharis, Noureddine en conclut qu'ils n'étaient pas venus de Douz mais de Medenine, ce qui expliquait le fait qu'ils n'étaient que deux, la distance étant relativement restreinte. La contrariété qu'il avait éprouvée en pensant reconnaître Mourad l'avait abusé. Ceci constituait une erreur impardonnable. À l'avenir, il devrait vraiment être extrêmement vigilant. Aucun sentiment ou ressentiment ne devait plus le détourner de sa route ni de ses appréciations des événements. Ils se dirigèrent à nouveau tous ensemble vers le nord-est et furent encore l'objet d'une admiration sans borne tant la caravane s'étirait sur une longueur inhabituelle à travers le Shott El Jerid. Ils atteignirent Kairouan sans problème et chacun reprit ses habitudes dans ce lieu toujours en mouvement.

N'ayant plus personne dans la maison familiale, Noureddine se contentait de séjourner au caravansérail avec ses compagnons, même si les biens paternels étaient toujours siens, se bornant à rendre visite à ses amis de toujours. L'un d'eux, qu'il affectionnait plus particulièrement, se nommait Khaleel. Avant qu'il ne décide de se joindre à une caravane, Khaleel avait inculqué à Noureddine ce que ce dernier avait refusé d'apprendre de son propre père : les rudiments du commerce. Comme il avait passé son enfance dans la maison voisine, ils avaient tissé des liens plus forts après qu'il eut perdu ses deux parents. Noureddine aimait en effet partager avec Khaleel toutes ses prouesses dans le métier de commerçant pour lequel ce dernier avait des aptitudes plus qu'exceptionnelles, quand bien même il les exerçait dans un commerce exclusivement sédentaire. Il était un peu plus âgé que lui et avait déjà femmes et enfants depuis de nombreuses années. Lorsqu'il lui rendit son habituelle visite de courtoisie, Khaleel lui conseilla de redoubler de prudence car à Kairouan il lui serait sans aucun doute plus difficile de découvrir quelque chose ou de se protéger d'éventuelles attaques à cause justement de ce va-et-vient incessant des caravanes et autres commerçants.

Cependant, tout se passa comme si rien ne s'était jamais produit à Ghadamès. Ils purent se préparer et repartir pour un nouveau périple. À son arrivée en Libye, il fit l'acquisition d'un chargement important de soieries et les vendit comme d'habitude sans que rien ne vienne compromettre ses affaires. Noureddine avait été sur ses gardes en permanence, contrôlant lui-même un maximum de mouvements dans les souks, l'œil aux aguets, réagissant au moindre signe suspect. Tout lui sembla trop parfait et il eut la désagréable sensation qu'on leur laissait un certain répit pour mieux endormir leur méfiance. Il ne connaissait pas très bien ces personnages, mais il pouvait aisément imaginer que leur plan machiavélique comportait des phases d'inertie pour que l'attaque suivante soit d'autant plus forte qu'elle serait imprévue. Ils se plaisaient à jouer sur les nerfs de leurs victimes. C'était là leur point fort. Noureddine s'en était rendu compte depuis le début. Il avait été rompu à tant de situations particulières, et cependant, il se sentait plus nerveux que d'ordinaire. Était-ce aussi le fait que, depuis son voyage précédent, il n'ait jamais revu la mendiante ? Il l'avait cherchée dans toutes les oasis qu'il avait traversées, prétendant faire son travail de manière plus minutieuse du fait de la situation critique dans laquelle il pourrait un jour se retrouver à cause de ces ennemis de l'ombre. En réalité, il se trouvait des excuses pour ne pas s'avouer que c'était la mendiante et son regard de feu qu'il poursuivait inlassablement. Après un voyage de quelques mois, il était de retour à Kairouan, sa ville natale.

La caravane arrivait près du caravansérail lorsque soudain, l'attention de Noureddine fut attirée par une femme étrangement vêtue. Elle ne portait pas un accoutrement de mendiante, mais elle avait une allure très particulière. Noureddine demanda à ses hommes de s'occuper du chargement tout en prétextant une course urgente à faire. Quant à lui, il devait voir qui était cette femme bizarre qu'il n'avait jamais rencontrée ici auparavant. Il la suivit discrètement par les étroites ruelles de la médina, essayant du mieux qu'il pouvait de ne pas attirer son attention. Elle semblait ne pas avoir détecté sa présence et cependant l'entraînait loin du centre de la ville. Ils passèrent la porte de Bab Tounes et arrivèrent vers le bassin des Aghlabites. La femme s'y dirigea à pas lents et se mit à le contempler. Noureddine imaginait son regard perdu dans cette eau limpide et tentait d'imaginer ses pensées. À qui ou à quoi étaient-elles destinées ? Il resta en retrait afin de voir si elle attendait quelqu'un. Personne ne vint et au bout d'un long moment, il se décida à l'approcher afin de savoir qui se cachait derrière ce costume. La femme parut à peine surprise de le voir ici et s'adressa à lui d'une manière qui le laissa pantois :

– « Je pensais bien qu'on m'aurait suivie jusqu'ici. Mais je ne pensais pas à vous. Au point où j'en suis, vous pouvez faire ce que vous voulez de moi. Je n'ai plus rien à perdre ni à gagner. Je n'attends plus rien de la vie. Vous pouvez faire ce que vous voulez de moi. »

Elle avait prononcé ces mots dans un arabe pas très orthodoxe, mais avec un charmant accent dont il ignorait la provenance. Il était sous le charme alors qu'une petite voix à l'intérieur ne cessait de lui répéter : « Sois sur tes gardes, Noureddine, ne te laisse pas attendrir. Cette femme est peut-être en train de te tromper avec ses airs de victime. Et bientôt, c'est toi qui seras la victime ! » Il engagea la conversation malgré lui. Espérait-il inconsciemment mieux cerner le personnage ?

– « Quels mots étranges dans la bouche d'une femme de votre condition. La vie devrait être prometteuse pour vous. De quel mal souffrez-vous pour ne plus rien attendre de la vie, si ce n'est pas être indiscret ?

– « Je ne souffre d'aucun mal, mais ma vie est grandement menacée. Alors en finir aujourd'hui ou demain n'a plus aucune importance pour moi. »

– « Qui vous menace ainsi ? Un mari, un amant jaloux ? Mais encore une fois, peut-être suis-je indiscret ! »

– « Je ne peux vous le dire. Je peux simplement vous mettre en garde contre moi. Si on vous surprend avec moi, vous risquez votre vie vous aussi. »

Un regard douloureux enveloppa Noureddine et il sentit une grande vague d'amour le submerger. Il avait envie de prendre cette femme dans ses bras, de la protéger contre tous ces gens qui semblaient lui vouloir du mal, et même contre elle-même si besoin était. Il la sentait fragile et désemparée.

– « J'ai un ami ici qui peut vous cacher. Nul ne vous trouvera chez lui. Faites-moi confiance. Mais auparavant, permettez-moi d'entendre votre histoire. D'où venez-vous, qui êtes-vous ? Vous n'êtes pas du pays ! »

– « La seule chose que je peux vous confier, c'est que je me suis enfuie parce que ma liberté était menacée et que des hommes sont à ma poursuite. S'ils vous trouvent avec moi, ils penseront que vous êtes mon complice. Ils ne reculent devant rien pour satisfaire leur maître. Une vie n'est rien pour eux ! »

– « Laissez-moi vous conduire chez mon ami. Nous n'en sommes pas très loin. Mais vous devez me jurer que cet ami ne risquera rien, que vous ne ferez rien qui puisse lui attirer des ennuis ou le mettre en danger. Si quelqu'un doit payer de sa vie l'aide qu'on vous a apportée, que ce soit moi et non pas lui. Jurez-moi qu'il en sera ainsi. »

La femme jura sur le coran. Noureddine y accorda foi car elle venait d'accomplir un acte sacré pour le musulman qu'il était. Il n'imaginait même pas qu'elle ait pu blasphémer. Il la conduisit chez Khaleel à qui il la recommanda et s'en retourna rejoindre ses compagnons. Tous scrutèrent son visage afin de deviner ce qui s'était passé. Mais Noureddine, sachant le danger qui les menaçait, son ami, l'étrangère et lui-même se borna à dire qu'une affaire personnelle l'ayant conduit près du domicile de son ami Khaleel, il en avait profité pour lui rendre visite. Ce qui ne constituait qu'un demi mensonge d'ailleurs. La journée avait été rude et tous regagnèrent leur chambre, les marchandises ayant été déchargées et rangées comme il se doit.

Lorsqu'il fut seul dans sa chambre, Noureddine pensa à la femme avec bonheur. Il se sentait apaisé et joyeux malgré une légère inquiétude. Cette femme ne pouvait le trahir. Il avait lu la détresse dans ses yeux, en plus de la douleur. Peut-être, pour conserver sa liberté, s'était-elle laissée emporter dans une aventure dont elle n'avait pas mesuré les conséquences. Si la perspective d'une séquestration pour cette inconnue était synonyme de harem, il est vrai que ceux qui destinaient ces pauvres malheureuses à une telle fin ne reculaient devant rien pour de l'argent. Noureddine n'avait jamais essayé d'imaginer la vie de ces femmes, prisonnières des harems, qui ne voyaient le jour qu'entre des murs ou un jardin fermé. Comment pouvait-on vivre sans liberté ? Lui qui ne se plaisait que dans les espaces illimités du désert avait du mal à concevoir une vie d'enfermement. Il se sentait presque responsable de la situation des femmes dans son pays. De quel droit les hommes avaient-ils le pouvoir sur les femmes ? Le coran recommandait tout cela, mais lui avait vu la souffrance dans les yeux de l'étrangère et cela remettait en question l'idée reçue sur le rapport entre les sexes. Pourquoi le prophète avait-il fait cette différence ? Lui se sentait plutôt enclin à protéger, entourer cette inconnue. Est-ce qu'il devait se considérer comme un homme faible ?

Il était fortement troublé par toutes ces pensées qui l'assaillaient. Les hommes qu'il côtoyait ne se posaient certainement pas ce genre de questions ni n'étaient en proie à ce type de dilemme. Ils suivaient les enseignements de l'imam sans se demander si les interprétations du message du prophète étaient exactes. Pour lui qui hantait le désert, il sentait bien que l'homme devait montrer plus d'humilité envers ses semblables, hommes ou femmes. Il se souvenait de ce message qu'il avait eu un soir, dans le campement au milieu des dunes. Il est vrai que le voyage avait été particulier. Il n'avait cessé d'avoir des visions étranges. Le prophète lui était apparu, mais il en avait chassé l'image, pensant que ce n'était qu'hallucinations. Mais lorsqu'il entendit clairement une voix lui dire : « L'homme est un être fermé. Il oublie de s'ouvrir à l'amour divin. », il ne sut que penser. Il en avait longtemps cherché la signification. Il pensait être personnellement juste envers ses frères humains. Pourquoi ce message alors ? S'adressait-il à lui en particulier ou bien ces mots étaient-ils destinés à l'être humain en général ?

Sa perplexité ne faisait que croître maintenant que son cœur commençait à s'ouvrir à l'amour. Il se rendait compte que jusque-là il avait été très égoïste, ne pensant qu'à lui-même et à son travail, sans une considération pour la femme en tant que compagne de vie. Quel rustre avait-il été ? L'amour pour une femme pouvait-il alors être d'essence divine ? Il est vrai que l'émotion qu'il ressentait face à cette inconnue était aussi forte que celle qui l'habitait lorsqu'il voyageait dans le désert. Se pouvait-il alors que tout sentiment d'amour quel qu'il soit induise les mêmes sensations ? Lorsqu'il avait été auprès de cette femme, lorsqu'il avait écouté le son de sa voix avec son accent si charmant, il avait ressenti un profond sentiment de bien-être et de plénitude. Le monde autour de lui n'avait plus la même coloration, tout lui semblait plus beau qu'à l'ordinaire.

Il regardait la vie d'un œil neuf et une multitude de petites choses lui apparaissait qu'il n'aurait jamais remarquées auparavant : le bleu intense du ciel, le clapotis de l'eau dans le bassin, les mains de l'étrangère, ses gestes, son port de tête. Tout cela était nouveau et il s'en émerveillait. Il avait jusque-là été aveugle aux beautés qui l'entouraient, insensible à la fragilité de l'instant présent, celui qui vous donne une bouffée d'amour qu'il est impératif de prendre à la volée parce que vous ne savez pas si demain il sera encore là. Il sentait confusément l'incertitude de son avenir avec cette femme et en même temps la force de l'attirance, de l'amour qu'elle éveillait en lui. D'une part, sa conscience lui disait que leur rencontre ne mènerait à rien de constructif ni de définitif, mais d'autre part son intuition lui murmurait que ces moments seraient aussi intenses que le regard qu'ils avaient posé l'un sur l'autre. Il espérait cependant ne pas se laisser emporter dans un trop grand délire duquel il sortirait meurtri et amoindri. En son for intérieur, un message de prudence s'obstinait à revenir avec opiniâtreté. L'attrait d'un bonheur jamais goûté était si fort que cette prémonition du danger le dérangeait plus qu'elle ne l'incitait à se méfier. Et « Inch'Allah ». Il adviendrait ce qui devait advenir. Dieu avait mis cette femme sur sa route et ce n'était pas pour rien. Il avait permis que naisse en son cœur ce doux sentiment d'amour pour la première fois de sa vie et ce n'était pas pour rien non plus. « Que mon destin s'accomplisse ! » fut la dernière pensée de Noureddine ce soir-là avant de s'endormir.

Il se réveilla très tôt le lendemain afin de se rendre à la mosquée et prier pour que sa belle étrangère soit protégée. Lorsqu'il rencontra ses compagnons, il cacha tant bien que mal ses émotions. Mais Ghaled profita d'un instant où ils étaient seuls pour lui demander où il était allé cette nuit. Noureddine lui répondit d'un ton moqueur – que lui-même ne se connaissait pas – que son lit avait été le meilleur des compagnons cette nuit-là et qu'il avait été très patient avec lui du fait de sa grande agitation à cause des événements de la période. Il lui avoua qu'il avait en outre fait un rêve magnifique dans lequel une femme ne faisait une danse du ventre que pour lui dans un décor féerique. Jamais il n'avait vu palais plus sublime où chaque objet avait été méticuleusement choisi et disposé de sorte que l'ensemble fournissait une harmonie de couleurs comme il n'en avait jamais vue dans sa vie.

– « C'est certainement ce qui change mon visage ce matin », lui dit-il, « car je suis encore sous le charme de cette femme qui ressemblait à une déesse tant sa beauté était parfaite. Son corps gracile et souple était une invitation à l'amour. Mais viens, nous allons être en retard à la mosquée et je dois encore passer chez Khaleel ».

– « Tu ne l'as pas vu assez longtemps hier soir. Tu es resté chez lui presque deux heures ».

– « Tu as raison, ce n'est pas si urgent. D'abord allons à nos affaires et je verrai Khaleel plus tard ».

La journée fut longue pour Noureddine qui avait tellement envie de revoir sa belle inconnue que son impatience avec son entourage commençait à susciter des questions. Ghaled le bouscula quelque peu en lui disant :

– « Tes rêves ne sont pas le meilleur moyen de te calmer. Depuis que tu as des appétits amoureux, tu as perdu tout ton calme et ta sérénité. Tu es comme un cheval fou prêt à bondir à la moindre parole qui ne te convient pas. Tu n'as jamais été comme ça. Que s'est-il passé avec Khaleel. Tu as appris quelque chose au sujet de nos ennemis dont tu ne veux pas parler. Serait-ce, par hasard, ce qui te rend si nerveux ? Pourquoi ne nous en parles-tu pas ? Nous avons toujours partagé nos soucis jusqu'à maintenant. Pourquoi aujourd'hui t'enfermes-tu dans un mutisme qui te rend parfois irascible ? Tu n'es plus le même homme, Noureddine. Ce ne peut être un rêve qui t'a changé à ce point ».

Ghaled avait eu l'intelligence de lui parler à voix suffisamment basse pour que personne d'autre ne l'entende. Noureddine en fut cependant très contrarié. Il se rendait compte que Ghaled lisait en lui comme dans un livre ouvert. Il devrait donc redoubler de prudence vis-à-vis des autres chameliers. Nul ne devait connaître l'existence de cette femme. Aussi tourna-t-il ses propos du matin en dérision en lui répondant :

– « Tu sais, Ghaled, je suis comme un jeune homme. Je n'ai jamais été amoureux dans ma vie et maintenant que j'ai trouvé la femme de mes rêves en rêve, comment voudrais-tu que je sois ? Si tu pouvais faire en sorte qu'elle se matérialise, je t'en serais très reconnaissant et je serais alors le plus heureux des berbères, crois-moi ! »

Ceci mit fin à leur aparté. Noureddine avait bien reçu le message et il serait à l'avenir extrêmement vigilant. Il se devait de n'être que l'homme qu'il avait toujours été. Mais comment y parvenir quand au plus profond de son être il se sentait totalement différent. Rien n'était plus et ne serait jamais plus comme avant cette rencontre. Depuis quelques jours, il était devenu nerveux, certes, mais d'une plus grande tolérance envers ses compagnons lorsque ceux-ci faisaient preuve d'inattention. Ne s'était-il pas lui-même surpris à maintes reprises à être totalement absent de ce qui se passait ou se disait à son étalage ? Et si Ghaled s'en était aperçu, qu'en était-il des autres ? Ils commençaient à ranger les marchandises quand apparut à quelques pas de là, une femme vêtue comme son étrangère. Noureddine se contint et attendit patiemment que la femme vienne jusqu'à eux, mais il n'en fut rien. Noureddine ne pouvait ni ne devait quitter son poste. Lorsqu'il la vit s'éloigner, il essaya de faire attention à sa démarche. Tâche difficile car au milieu de la foule, même si elle n'était pas dense, la femme ne pouvait marcher normalement.

Il se persuada que ce ne pouvait être elle, qu'elle ne pouvait se risquer à sortir ainsi. Puis il se dit qu'elle l'avait trahi et il eut très peur pour son ami Khaleel. Comment pourrait-il s'échapper sans éveiller de soupçons ? Il bouillait à l'idée qu'il ne pouvait aller voir si tout se passait bien. Pour le moment, il était sur des charbons ardents : rester ici équivalait à laisser le danger qui menaçait Khaleel se préciser. Partir le mettrait dans une situation inconfortable car ses compagnons finiraient par se douter qu'il ne jouait pas franc-jeu avec eux. Il savait que certains d'entre eux feraient tout pour obtenir les renseignements qu'ils voudraient parce qu'il les avait engagés pour cela précisément, ce qu'il considérait à l'époque comme une qualité. Dès lors, il s'estimait bien difficile à satisfaire alors que jusque-là, il avait toujours cru être un homme simple, sans détours. Un revirement aussi brusque était difficilement gérable, d'autant plus qu'il survenait à la suite d'un bouleversement affectif. Une autre raison n'aurait d'ailleurs certainement pas affecté Noureddine de la même manière.

Ils en avaient maintenant terminé avec le rangement. Avec ses hommes, ils se rendirent au caravansérail et chacun regagna sa chambre quelques instants avant le repas. Ghaled vint trouver Noureddine dans sa chambre, prétextant qu'il avait besoin de savoir s'ils iraient au bain maure le lendemain matin car il avait vu que les marchandises s'étaient peu vendues aujourd'hui. Noureddine ne préférait-il pas qu'il aille glaner des renseignements dans le souk afin de comparer leurs ventes avec celles des autres marchands d'étoffes ? Noureddine allégua que c'était une excellente idée car lui-même avait une réponse à donner à Khaleel sur un projet qu'ils avaient en commun mais dont il ne pouvait rien dire encore. Ghaled parut accepter sans sourciller et s'en fut dans sa chambre. Lorsqu'ils se retrouvèrent pour manger, chacun semblait perdu dans ses pensées. Ils échangèrent peu de paroles, Noureddine ayant d'emblée donné le ton en annonçant qu'il ne se sentait pas bien, mangerait peu et irait se coucher tôt. Il quitta la table rapidement et se réfugia dans sa chambre afin de laisser vagabonder ses pensées vers l'inconnue.

Comment pouvait-il faire pour atteindre Khaleel ? Il ne pouvait quitter sa chambre sans attirer des soupçons sur lui puisqu'il était censé être souffrant. Encore une fois, il n'avait recouru qu'à un demi mensonge puisque effectivement l'inquiétude qui le rongeait lui avait coupé l'appétit. C'était peu dire qu'il se sentait mal à l'aise. Il avait pris une trop grande liberté vis-à-vis de son ami, lui imposant cette femme dont il ne savait rien et qui pouvait être le pire des fléaux. Comment avait-il pu compromettre la sécurité d'un ami aussi cher que lui ? S'il arrivait malheur, à lui ou à sa famille, il ne se le pardonnerait jamais. Il était trop tard et d'ici, il ne pouvait pas non plus lui venir en aide. Il crut devenir fou, il se traita même de fou et d'inconscient. Tournant dans sa chambre comme un lion en cage, il finit par risquer le tout pour le tout et sortit pour aller chez Khaleel. Ne s'était-il pas dit : « Que mon destin s'accomplisse ! »

Maintenant était venu le moment d'agir, de prendre son destin en main quoiqu'il advienne. Si c'était bien l'étrangère qu'il avait vue dans le souk, alors elle avait osé prendre des risques. Il ne resterait pas inactif, ne se montrerait ni lâche ni veule à l'égard de Khaleel. Il était très tard. Noureddine sortit en hâte, sans prendre le temps de vérifier si on le voyait. Ghaled connaissait l'existence de son soi-disant projet avec Khaleel et cela suffirait à lui permettre de justifier sa sortie à pareille heure et malgré son malaise. Le trajet lui sembla interminable. Dans les rues peu animées les maisons environnantes avaient parfois des allures fantomales dans la clarté voilée de la lune. Il poursuivit son chemin, peu sûr de parvenir à temps à destination vu l'heure tardive. Arrivé devant chez Khaleel, aucune lumière ne filtrait. S'engouffrant dans l'étroit passage qui séparait la maison de son père et celle de Khaleel il se dirigea vers l'arrière. Une fenêtre était faiblement éclairée. Il s'approcha et ne vit rien. Frapper aurait réveillé tous ceux qui dormaient déjà. Soudain, il vit bouger à l'intérieur. Se rapprochant encore, il put distinguer son étrangère. Tout était calme et il resta longuement à la regarder.

Noureddine aimait ses mouvements, son allure gracieuse. Selon lui, elle était peu prudente de se poster ainsi devant une fenêtre, même si à cette heure elle pensait ne courir aucun risque. Comment attirer son attention pour lui recommander la prudence car même si on avait perdu sa trace, elle devait se méfier du voisinage. Ils auraient tôt fait de rapporter qu'une femme s'affichait la nuit dans la maison de Khaleel. S'étant enfin décidé à la mettre en garde, il avait à peine ouvert la bouche que des bruits de pas résonnèrent dans le passage. Il se cacha dans un coin et attendit. Comme par magie, la lumière s'éteignit et les pas s'éloignèrent. Coïncidence ? Après une courte attente, rien ne vint troubler le silence. Noureddine quitta sa cachette et regagna le caravansérail.

Il dormit très mal et au moment de se lever pour aller au service du matin, il était dans un état de contrariété tel que cela le rendait taciturne. Il quitta rapidement sa chambre, se rendit seul à la mosquée, se mit dans un coin où personne ne pouvait le voir et dès les derniers mots prononcés par l'imam, Noureddine s'en fut à grandes enjambées chez Khaleel. Il voulait absolument tancer l'étrangère pour la légèreté avec laquelle elle s'affichait chez son ami et éclaircir le mystère du soir précédent.

Lorsqu'il arriva, une légère fébrilité l'agitait. Comment allait-il aborder cette femme qui lorsqu'il pensait à elle, l'impressionnait au plus haut point ? Arrivé devant la maison, Khaleel s'apprêtait à sortir. Il le salua avec empressement et lui demanda immédiatement si tout allait bien. Noureddine était anxieux de savoir si elle était sortie dans la journée et pourquoi. Aussi lui demanda-t-il à brûle-pourpoint :

– « L'étrangère est-elle allée au souk hier après-midi ? Je lui avais expressément demandé de ne pas bouger de chez toi. M'a-t-elle désobéi, Khaleel ? Dis-moi, mon ami, dis-moi si elle a agi de manière à te mettre en danger. Si ce devait être le cas, je la chasserai sur le champ. Ton amitié m'est précieuse et ta sécurité aussi. J'ai mal agi envers toi, j'ai très mal agi. Excuse-moi Khaleel, excuse-moi ! »

Khaleel se demanda à quel délire Noureddine était en proie. Sa nuit d'insomnie ayant marqué ses traits, Khaleel l'invita à partager une légère collation. Sa sortie pouvait attendre, il n'avait pas de rendez-vous. À l'intérieur, Noureddine, impatient, demanda à parler à l'étrangère. Il avait des questions à lui poser puisque Khaleel n'avait pas daigné lui répondre. Khaleel le calma et lui enjoignit de se restaurer afin d'avoir les idées plus claires. Il était visiblement trop excité pour pouvoir se montrer à une femme. Elle aurait tôt fait de prendre avantage sur lui. Khaleel avait toujours été de bon conseil. C'était un homme bon et généreux qui savait intuitivement comment se comporter dans de nombreuses situations car il ne perdait jamais son sang-froid. Il restait imperturbable. Les femmes de sa maison n'avaient jamais eu à se plaindre de lui car il était juste et tolérant. Il régnait chez lui une atmosphère de paix et de sérénité qui enveloppa Noureddine tout entier et qui l'apaisa instantanément. Il pouvait maintenant tout raconter à son ami qui semblait prêt à l'écouter.

– « Raconte-moi, Noureddine, ce qui te met dans un tel état. Les femmes sont occupées ce matin avec ta belle inconnue. Elles ont décidé de s'employer tout le matin à la transformer. Elles ont d'ailleurs passé toute la soirée à établir la meilleure façon d'y parvenir et à lui demander ce qui lui plairait le plus après qu'elle leur ait donné son accord. Toute la maison est dans un état d'exaltation qui ne s'était plus produit depuis la naissance de notre petit Mohammed ».

Noureddine était soulagé mais en même temps déçu. Il ne pourrait voir son étrangère ce matin car il ne pouvait s'attarder. Ses compagnons le chercheraient partout et ce n'était pas bon pour les affaires. Aussi demanda-t-il la permission à son ami de revenir à l'heure du déjeuner pour juger de la transformation.

– « Tu es le bienvenu dans ma maison. Ton étrangère est une femme très bien, Noureddine. Elle nous a raconté ses mésaventures. C'est une femme au cœur noble ».

Noureddine s'en fut, le cœur soulagé. Il pourrait travailler en paix. Il savait qu'en allant chez son ami, il aurait trouvé réponse à ses questions. Même s'il n'avait pas vu sa belle, il savait que tout allait pour le mieux. « Ah ! les femmes entre elles » se dit-il, « que d'idées pouvaient germer dans leur esprit ! Se transformer ! »

Lui l'aurait reconnue entre mille, se disait-il. Cependant, des doutes l'avaient assailli à la vue de la personne qu'il avait entr'aperçue dans le souk. Bien sûr, il n'avait pas vu son visage ni ses yeux. Or, il n'avait eu que des doutes qu'il n'avait pas encore entièrement effacés de son esprit. Il saurait lorsqu'il la rencontrerait chez Khaleel. Il saurait. Maintenant, il devait affronter ses compagnons. Il se sentait tout à fait prêt à le faire en toute quiétude. Les affres de la nuit s'étaient envolées comme par magie. Le seul fait de savoir qu'elle était en sécurité ainsi que son ami avait mis son âme en paix.

Il arriva souriant au caravansérail et se mit en œuvre de préparer les marchandises. Il sentait que ce jour serait favorable aux affaires. Il parviendrait à vendre ses étoffes, il en était absolument certain et pourrait ainsi repartir pour se réapprovisionner. Il préférait oublier les menaces qui pesaient sur sa profession et se convaincre que la vie continuait comme par le passé. Il fut bien inspiré et effectivement, tous les damas se vendirent mieux que ce qu'il en avait espéré. À la fin de la matinée, tout était débarrassé et il était libre. Il se rendit chez Khaleel afin de se rendre compte par lui-même de la réalisation des femmes. Quelle était donc l'idée qu'elles avaient eue ? Sa curiosité ne faisait que croître au fur et à mesure qu'il approchait de la maison.

Enfin, il entra et trouva Khaleel là où il l'avait laissé le matin même. Comme à l'accoutumée, Khaleel semblait parfaitement paisible. Noureddine se demanda s'il lui arrivait jamais de changer d'humeur. Lui-même n'avait assisté qu'une seule fois à une colère de son ami. Colère qui n'avait duré que quelques instants, le temps d'en exprimer l'objet haut et fort à celui qui l'avait engendrée, l'un de ses fils. Puis tout était rentré dans l'ordre sans aucun ressentiment de part et d'autre. Noureddine ne pouvait cependant pas qualifier son ami de chiffe molle. Il ne l'était en aucune façon car il menait ses affaires et sa maison avec une énergie que beaucoup de ses proches, voisins ou amis, lui enviaient. À ses côtés, on se sentait si bien que tout instinct belliqueux s'annihilait de lui-même. Noureddine aurait aimé lui ressembler, mais il avait trop de fougue en lui. Jusque-là, seuls Khaleel et le désert parvenaient à le calmer alors qu'avec ses compagnons de travail, il se sentait presque obligé de se montrer vif et énergique. Khaleel lui avait souvent prouvé qu'en affaires, ce n'était pas nécessaire, mais il n'avait jamais su apaiser ses ardeurs. Peut-être lui manquait-il l'amour d'une femme pour qu'il se sente plus paisible !

7. Sceller son destin
pour le meilleur et pour le pire

> « *Heureux le moment où nous sommes assis, toi et moi,*
> *Différents de forme et de visage, mais n'ayant qu'une seule âme, toi et moi.* »
>
> Rûmî, Rubâi'yât[11]

Maintenant il allait voir celle qui avait été le centre de ses pensées ces deux derniers jours. Khaleel ne semblait pas pressé de l'appeler. Il parlait de tout et de rien, ignorant ou prétendant ignorer le feu qui commençait à consumer son interlocuteur. Il avait même semblé à Noureddine qu'un petit sourire malicieux ponctuait chacune de ses phrases. Mais il n'aurait voulu en rien blesser la sensibilité de son hôte en lui demandant à voir l'inconnue. Cela avait été entendu dès le matin et il se devait d'attendre le bon vouloir de Khaleel pour cela. Il commença à se tortiller, à faire de grands gestes qui traduisaient indéniablement son impatience. Rien n'y fit. Khaleel était-il en train de le mettre à l'épreuve ou bien se

---

[11]Citation tirée de l'œuvre de Christian Dawlat, *La grande sagesse du monde arabe*, Les Editions Quebecor, 2003, p. 26.

jouait-il des sentiments amoureux qu'il pouvait lire pour la première fois sur son visage ? Noureddine ne le saurait jamais.

Puis à brûle-pourpoint, Khaleel lui parla de Malikah. Bien qu'il n'eut pas connaissance de son prénom, il sut d'emblée qu'il s'agissait de l'étrangère. Khaleel lui expliqua qu'il valait mieux, pour leur sécurité, qu'elle change de patronyme. Pour brouiller les pistes, ses femmes et ses filles avaient décidé de l'appeler ainsi car non seulement elle avait un port de reine, comme l'indiquait le prénom qu'elles lui avaient choisi, mais en tant qu'étrangère venue en terre tunisienne, elle devait certainement appartenir à une famille de la haute noblesse de son pays. Noureddine était très fier à l'annonce de cette nouvelle. Enfin, il lui dit qu'il allait l'appeler pour qu'il puisse juger lui-même du changement. Il ne l'avait encore jamais vue autrement qu'emmitouflée dans le costume bizarre qu'elle portait le jour de leur rencontre près du bassin des Aghlabites et de loin, un soir, à la lueur d'une lampe.

Lorsqu'elle entra dans la pièce, il eut beaucoup de mal à y voir celle qu'il avait imaginée. Ses cheveux, de couleur auburn, tombaient en de longues boucles sur ses épaules et rehaussaient le vert de ses yeux. Son regard était direct et franc, qui plut à Noureddine. Son nez fin et droit dominait une bouche légèrement pulpeuse, conférant à son visage, empreint d'une certaine douceur dans les formes, un air volontaire. Retrouvant en elle le corps gracile et souple de la femme de son rêve, il en resta bouche bée. Plus il la contemplait et plus grandissait en lui le désir de l'envelopper dans son amour, de la prendre et de l'emmener loin avec lui, là où ils ne seraient que tous les deux, loin du monde et de la vie car au plus profond de ses entrailles, la peur qu'elle ne lui échappe le tenaillait. Il tenta de cacher sa vive agitation mais en aucun cas son admiration. Son regard en disait beaucoup plus long que n'importe quelle parole qu'il aurait prononcée.

Quelle ne fut pas sa surprise lorsqu'elle lui annonça qu'elle ne désirait pas importuner le maître des lieux plus longtemps, et qu'elle demandait donc expressément à faire partie de la caravane de Noureddine puisque ce dernier avait exprimé le souhait de l'aider lorsqu'ils s'étaient rencontrés près du bassin des Aghlabites. Après de longues discussions avec Khaleel au cours desquelles l'étrangère n'avait pu cacher l'attirance qu'elle éprouvait déjà pour Noureddine, la grande sagesse de Khaleel leur avait fait imaginer un plan pour le moins osé. Ce dernier suggérait en effet qu'elle se montrât au grand jour, ce qui était le meilleur moyen pour qu'on ne la cherchât pas là. Ses poursuivants imagineraient les cachettes les plus invraisemblables mais ne penseraient certainement pas qu'elle serait suffisamment inconsciente pour faire partie d'une caravane très en vue dont les mouvements étaient si contrôlés. Pris au dépourvu, Noureddine ne sut que répondre.

Visiblement, l'affaire avait été organisée dans les moindres détails car Khaleel lui confirma que tout avait été planifié pour que Noureddine puisse emmener Malikah avec lui. Il avait déjà annoncé au voisinage qu'il lui donnait une des filles de sa maison en mariage, que les tractations avaient été faites de longue date et que le mariage aurait lieu très rapidement, Noureddine ne pouvant s'attarder trop longtemps à Kairouan. Khaleel avait compris l'attachement de Noureddine pour l'étrangère et savait dès les premiers mots de son ami que le destin n'avait pas mis l'étrangère sur sa route par hasard.

Noureddine, voyant combien son inconnue, qu'il n'osait encore appeler Malikah, était heureuse de cette décision, en eut le cœur tout chaviré. Il avait presque oublié la méfiance que lui avaient suggéré les événements de Ghadamès. Et si cette femme jouait un double jeu ! Il chassa bien vite cette pensée, refusant qu'un quelconque nuage ne vienne assombrir son bonheur tout neuf. Il voulait encore profiter de ces instants avec elle, mais Khaleel lui enjoignit de retourner au caravansérail annoncer la nouvelle à ses compagnons et les convier à la fête du mariage. Il devait maintenant respecter la tradition berbère du mieux qu'il pouvait et laisser Malikah se préparer pour la grande cérémonie du henné. Noureddine partit à contre cœur tout en sachant que là était la voie de la sagesse. Il était nerveux et enjoué à la fois.

Comment son destin avait-il pu changer si radicalement ? Comment accepter toutes ces métamorphoses en lui sans essayer de les combattre ? C'était à n'y rien comprendre. Cerner l'homme qu'il était devenu en quelques jours lui était difficile. Un regard avait suffi pour que sa vie bascule. Mais quel regard ! Lorsqu'il l'évoquait, Noureddine ne parvenait pas à contrôler les élans de son cœur. Il voulait cette femme pour lui, toujours. Devoir annoncer bientôt la nouvelle à ses coéquipiers le rendait nerveux et il commençait à formuler des phrases dans sa tête. Aucune ne lui convenait. Arrivé au café, il se rendit là où il était certain de les trouver. Immédiatement, le regard inquisiteur de Ghaled se posa sur lui. Très discrètement, ce dernier lui demanda :

– « Alors, Noureddine, les affaires ont marché comme tu le désirais ». Noureddine fit mine de ne pas avoir entendu et s'adressa à tous ceux présents en ces termes :

– « Mes chers amis, vous savez que Khaleel désire me voir prendre femme depuis fort longtemps. Vous savez aussi que j'ai longuement hésité. Mais étant donné ce qui se passe dans le commerce itinérant, je dois penser à l'avenir. Il se peut qu'un jour je sois obligé de retourner m'établir à Kairouan plutôt que de continuer à voyager. Aussi a-je accepté sa proposition. Aujourd'hui, mes amis, est un jour béni d'Allah. Khaleel me donne une des filles de sa maison. Il a confiance en moi et me la confie pour la vie. Vous savez combien Khaleel est cher à mon cœur. Me donner sa fille est la plus belle preuve d'amitié qu'il puisse me donner. Aussi, puisque nous avons conclu de bonnes affaires avec les damas, resterons-nous à Kairouan plus longtemps que d'habitude, car demain commencent les préparatifs et dans une semaine, comme le veut la tradition, le mariage sera consommé. Je compte sur vous, mes amis, pour que tout soit préparé selon nos rites. Vous remplacerez la famille que je n'ai plus pour que ce jour soit comme aujourd'hui, un jour béni de dieu. Maintenant permettez-moi de prendre congé. Nous nous verrons demain à la mosquée puis nous débuterons les préparatifs. Que dieu vous bénisse ! »

Puis il se hâta vers le souk à la recherche d'un costume de cérémonie. Il voulait être seul pour les premières investigations car tout devrait être parfait en cette occasion exceptionnelle de sa vie.

Noureddine était un homme tatillon lorsqu'il avait décidé que la perfection devait être de rigueur pour sa mise. Il ne se laissait pas convaincre aisément quand il voyait que le résultat n'était pas parfait. Au bout d'une longue heure, il trouva enfin le vêtement à sa convenance tant au niveau de la qualité du tissu que de la coupe. Il avait aussi trouvé le chèche adéquat. Il se devait d'être élégant aux côtés de sa noble étrangère puisque le nom qu'on lui avait donné signifiait « reine ». Connaissant Khaleel, ce n'était certainement pas un hasard s'il l'avait choisi. Il ne voulut cependant pas se poser trop de questions pour l'instant et il continua à arpenter le souk afin de repérer les objets que lui et ses compagnons se devraient d'acheter demain et les jours suivants en vue de constituer le zhêz[12], offrande qui est faite à la future épouse par les femmes de la maison du mari.

Comme il l'avait laissé entendre à ses chameliers, Noureddine n'ayant plus de femmes dans sa maison, il se voyait contraint et forcé de faire les achats avec ses amis afin que la tradition soit respectée au mieux. Il ne serait que plus vigilant à ce qui devrait entrer dans son futur logis, ne voulant en aucun cas que sa future épouse manquât de quoi que ce soit. Même si ses finances devraient en souffrir quelque peu, il se refusait de restreindre la vie domestique de celle qui allait partager sa vie. Quelques jours plus tard, au cinquième jour des préparatifs, la « taslit »[13] serait conduite au domicile conjugal et elle y ramènerait le zhêz ainsi que sa propre contribution essentiellement sous forme de tissages portant les motifs traditionnels de sa famille, les « margoums »[14], les superbes tapis,

---

[12]Le zhêz est l'ensemble des affaires offertes par l'homme à sa future épouse. Sa composition, bien que codifiée (tout doit se trouver en nombre pair ; le sucre, thé, henné sont des invariants…), varie d'une famille à l'autre.

[13]La taslit : la future épouse.

[14]Les motifs « margoum », de type géométrique et respectant une symétrie axiale (ou parfois centrale) transportent avec eux un paysage de sens et de forces censés accompagner la future épouse et la future mère dans son foyer, sa vie durant. Ils sont la transmission ininterrompue de foyers de mères en filles alors même que la résidence devient virilocale à partir du mariage. Par les noces, tout change pour les jeunes femmes (leur statut, leurs responsabilités, leurs liens affectifs, leur foyer) sauf ces signes ; « Intimement instruites des forces de leur pouvoir, elles seront

coussins et couvertures tissées. Que vaudraient tous ces tissages, qui venaient obligatoirement de la maison de son ami Khaleel, la nouvelle famille de Malikah, puisqu'elle était étrangère ? Que savait-il d'ailleurs, de ses origines ? Comment saurait-elle user de la force du pouvoir ancestral des motifs représentés puisqu'ils étaient issus d'une autre maison que la sienne ? Comment seraient-ils protégés des influences négatives de leur entourage si elle ne ressentait pas au plus profond d'elle-même la puissance de ces motifs ?

Toutes ces questions l'avaient rendu un peu nerveux, aussi décida-t-il de passer le reste de l'après-midi au bain maure afin de se détendre au maximum. Il désirait passer une nuit calme avant le moment le plus crucial de cet événement. Il désirait aussi être parfaitement propre et net, tant physiquement que spirituellement. N'était-ce pas ainsi que l'on devait arriver au mariage ! Puis il rentra au caravansérail. Il n'avait pas très faim, aussi se borna-t-il à prendre une légère collation. Puis il but son traditionnel thé à la menthe avant de rejoindre sa chambre. Il eut beaucoup de mal à trouver le sommeil tant ses pensées, au fur et à mesure des minutes qui s'écoulaient, étaient contradictoires. Un instant, il était euphorique, se disant que cette femme était bien celle qu'il avait attendue depuis toujours. L'instant d'après, il se remémorait les déboires du souk de Ghadamès et il se disait que c'était pure folie que de vouloir épouser celle qui allait être sa ruine. Il finit par s'endormir.

Au réveil, envahi d'un mal-être indéfinissable, il était certain d'avoir dormi profondément. Néanmoins,

---

alors aptes à repousser les mauvaises influences de leur entourage et en particulier celles du mauvais œil ».
Ces notes sont tirées du site Internet :
http://www.nawaat.org/forums/lofiversion/index.php?t2817.html

quelque chose le taraudait dont il ne parvenait pas à trouver l'origine jusqu'au moment où des images s'imposèrent à son esprit. La scène qu'il avait vécue la nuit après sa rencontre avec la mendiante se prolongeait. La femme aux yeux pers lui tendait une coupe qu'il ne pouvait refuser. Elle-même en avait aussi une. Ils choquèrent leur coupe et elle but. Approchant la sienne de ses lèvres avec réticence, il s'exécuta malgré tout. Au bout de quelques instants, un feu violent se déclencha dans son ventre et il se tordit de douleur. Un homme se précipita vers lui et l'étendit sur le sol. Elle se pencha au-dessus de lui. Une lueur de triomphe animait son regard. Elle se détourna de lui et s'en fut quérir sa nourrice qui connaissait tous les poisons pour ne pas attirer le doute sur elle. Ne l'avait-elle pas empoisonné le jour de leurs noces ? Ce n'était qu'un rêve mais il en conçut un funeste présage pour la cérémonie à venir. Il se rendrait chez Khaleel et lui expliquerait que c'était trop se précipiter que de célébrer le mariage maintenant, que dans leur situation, prendre leur temps et voir comment les choses évolueraient était plus judicieux. Lui-même ne savait pas s'il pourrait continuer son commerce et ne désirait nullement prendre femme si ensuite il ne pouvait subvenir à ses besoins. Elle-même était recherchée. Il comprenait que la cacher n'était pas idéal d'autant qu'il mettait son ami et toute sa maisonnée en danger. Après avoir mûrement réfléchi cette nuit, il en concluait que la prudence s'imposait. Fort de cette décision, il se rendit en toute hâte chez Khaleel afin de couper court aux préparatifs du mariage. En sortant, il croisa Ghaled qui l'interpella par ces mots :

– « As-tu vu un fantôme, cette nuit ? Tu as une tête épouvantable. On ne dirait pas que tu vas te marier aujourd'hui ! »

– « Je n'ai pas de temps à perdre. Je dois aller chez Khaleel immédiatement. Je t'expliquerai plus tard. Le temps presse. »

Ghaled, qui connaissait bien Noureddine, ne l'avait jamais vu comme ça et s'en inquiéta grandement. Aussi décida-t-il de le suivre à distance. Chemin faisant, il se demandait quelle folie celui-ci allait commettre. Bien sûr, entrer chez Khaleel serait malaisé, mais il essaierait de savoir ce qui se tramait par le biais du personnel de maison. Il était dans tous ses états car il était très attaché à Noureddine. S'il lui arrivait quelque chose de fâcheux, tous seraient très ennuyés car ils perdraient le meilleur maître chamelier qui soit. Du moins c'est ce qu'ils pensaient. Ghaled n'en avait pas envie. Il approcha de la maison et se rendit immédiatement vers l'arrière du bâtiment, prenant mille précautions pour ne pas se faire remarquer. Il n'entendit aucun éclat de voix, comme il l'avait redouté en voyant le visage contrarié de Noureddine. De joyeux chants s'égrenaient de gorges féminines. C'était visiblement la joie qui régnait dans la maison et c'était rassurant. Cependant, Ghaled n'aurait de cesse de savoir pourquoi Noureddine semblait à ce point perturbé lorsqu'il l'avait croisé. Il retourna vers le devant de la maison, espérant voir quelqu'un ou entendre quelque chose. Enfin, Noureddine en sortit, l'air calme et tranquille. Quel pouvoir Khaleel avait-il sur lui pour qu'il se transformât ainsi !

Ghaled le laissa s'éloigner et rejoignit le caravansérail afin de se préparer pour la cérémonie. Il avait hâte de voir celle que Khaleel destinait à Noureddine. Il était anxieux de savoir si elle allait se joindre à la caravane et ce qu'elle pourrait bien y faire si tel était le cas. On n'aurait jamais vu ça depuis la Kahena, « la devineresse », cette femme prestigieuse que tous les berbères admiraient encore pour avoir tenté de sauver leur terre des griffes de l'envahisseur ! Lorsqu'il atteignit sa chambre, force lui fut de constater qu'il avait juste assez de temps pour être prêt à l'heure. Il apprendrait plus tard ce qui avait troublé Noureddine à ce point. Peut-être…

Noureddine lui, revêtit son vêtement blanc que son chèche bleu rehaussait avec élégance. Il se sentait parfaitement tranquille et sûr de son choix après son entrevue avec Khaleel. Ce dernier lui avait enjoint de ne pas trop prêter attention à des rêves qui ne traduisaient que l'anxiété à l'approche d'une nouvelle vie, nouvelle vie que jusqu'à ce jour son enfance orpheline ne lui avait pas permis de s'octroyer. Il alla attendre ses compagnons afin qu'ils se rendent ensemble chez Khaleel. À regarder autour de lui, il découvrit avec stupéfaction qu'il n'avait jamais remarqué l'architecture ni la beauté sobre du bâtiment. En réalité, maintenant que le moment fatidique approchait, oublier le rêve de la nuit dont les images revenaient sans cesse à sa mémoire devenait impératif. Malgré tout, l'harmonie du lieu l'avait mis de bonne humeur. Enfin, tous arrivèrent et Noureddine les accueillit avec un large sourire. Ils accompagnèrent Noureddine d'un pas allègre vers son nouveau destin. Ce dernier s'était rassuré en se disant que la cérémonie du henné avait été parfaite.

En effet, bien que le zhêh n'ait pu être constitué de manière traditionnelle, au moins le deuxième type d'échange avec la mariée avait-il eu lieu dans la plus pure tradition berbère au troisième jour des préparatifs du mariage. Il n'aurait d'ailleurs jamais pensé qu'un jour la cour de la maison familiale soit ornée des tapis ancestraux à motifs berbères. Il eut un sourire attristé en se remémorant combien ils étaient chers au cœur de son père parce qu'ils avaient été utilisés pour son propre mariage et qu'ils lui rappelaient celle qui l'avait quitté si tôt. Les femmes de la maison de Khaleel lui avaient donc enduit le petit doigt et la partie supérieure intérieure de la main droite avec une préparation tinctoriale à base de henné, ayant pris soin de recouvrir le tout du foulard rouge rituel. Il avait préféré écraser entièrement l'œuf dans le foulard afin d'en mélanger la totalité avec le henné, geste qui suggérait l'union sexuelle à venir avec sa future épouse. Il avait d'ailleurs pris un certain plaisir à entendre la coquille de l'œuf se briser sous ses doigts, réminiscence de l'hymen qui se serait brisé sous la poussée de son sexe. Il se refusait à donner de la valeur au fait que sa future épouse n'était sans doute pas vierge afin de ne pas se sentir exclus de ses traditions ancestrales. Il savait qu'il voulait cette femme, quel que fut le prix à payer spirituellement, psychologiquement aussi bien que physiquement. C'est la raison pour laquelle il avait tenu à briser entièrement l'œuf. Dans son association avec le sperme, au moins la contribution que lui, Noureddine, apportait, était-elle pleine et entière même si l'association entre le foulard et le sang de l'épousée ne devait pas avoir lieu dans cette cérémonie de mariage. Tout comme la coquille d'œuf, le henné, symbole de la matrice, avait bien rempli sa main et ces deux rituels devenaient ainsi un présage fort pour les événements à venir, il en était convaincu. D'autant plus que le lien qui aurait dû unir sa maison à celle de son épouse n'avait pu être établi par le biais du foulard, Noureddine n'ayant plus sa famille. Un simulacre de passation du foulard avait été faite afin qu'il revienne dans la maison de Khaleel d'où Malikah était supposée être issue. La relation entre les deux maisons étant déjà intime, Noureddine se défendait d'accorder une trop grande importance à l'imperfection de ces rituels. Le prolongement de cette relation vers leur foyer n'était pas si important puisque ce foyer ne pourrait exister que lorsque Noureddine aurait décidé de cesser ses activités de caravanier. Jusque-là, sa femme et lui ne se verraient que sporadiquement, sauf si elle décidait de le suivre dans ses voyages. Ce qui serait très risqué et donc improbable. Si son épouse ne respectait pas la tradition d'attendre son mari à la maison, tout le voisinage serait suspicieux. La maison de Khaleel était respectée et respectable et toutes ses femmes étaient de bonnes berbères qui respectaient la tradition, du moins Noureddine le croyait-il ! Mettre la vie de Malikah en danger n'était pas le but de leur mariage. Bien au contraire, elle devait rester en sécurité dans sa maison, comme il se doit pour une épouse berbère. Elle devrait donc attendre chaque retour de Noureddine pour pouvoir profiter de son époux. Malheureusement c'était aussi vrai pour lui.

En ce matin lumineux, ils cheminaient donc joyeusement vers la maison de Khaleel d'où devait partir la future épouse. Lorsqu'ils arrivèrent devant chez lui, ils se joignirent aux membres de sa maison pour amplifier encore le bruit qu'il était traditionnel de faire en ce jour, afin d'éloigner les forces négatives, les djinns[15], et s'attirer ainsi le plus de chance possible. Le chemin étant très court, il avait été décidé de faire le tour du quartier pour que la mariée puisse

---

[15]Ce rite (du henné) peut également être présenté comme un échange avec rapport de forces. Rapport de forces mettant en relation la fiancée et le fiancé d'un côté et les jân (ou djinn) et le sihr (magie, ensorcellement) de l'autre. Ces jân, qui pourraient empêcher la consommation du mariage, seraient en quelque sorte défiés par l'homme qui brise l'œuf et appelés pendant cette première rupture de l'hymen afin d'épargner ou de cacher la seconde. Par le rite d'abord, puis dans sa réalisation effective la relation a ainsi deux chances.

profiter de la jahfa[16]. Malikah fut non seulement impressionnée par le rituel qui avait précédé sa montée dans la jahfa, mais aussi par les décorations de cet antre dans lequel elle allait séjourner le temps pour elle de passer d'une maison à l'autre. Les tajira[17] brodées de motifs figuratifs et le wazra[18] tissé avec des motifs géométriques qui recouvraient la voûte de la jahfa en faisaient un nid parfaitement douillet pour le peu de temps où elle allait y séjourner. Pelotonnée au fond de ce cocon, elle sentit monter en elle un profond sentiment de sécurité. Elle savait qu'elle n'était plus seule pour affronter sa vie, pas seulement parce qu'elle se mariait, mais parce qu'elle savait que même le jour de ses noces, les femmes qui l'avaient accueillies et entourées dans la maison de Khaleel seraient là pour la préparer à recevoir dignement son époux.

Ballottée par le pas nonchalant du chameau au sommet duquel elle était perchée, elle fut surprise par la teneur de ses pensées. Elle souhaitait vivement être heureuse avec cet homme pour qui elle éprouvait une forte attirance. Son regard la magnétisait et elle sentait qu'il serait difficile pour elle de lui résister. Fort heureusement, il avait en lui quelque chose qui la mettait en confiance malgré elle, et le ressenti qu'elle éprouvait là, à l'intérieur de la jahfa, l'abandon tranquille dans lequel elle se laissait glisser était-il le signe avant-coureur du bonheur ? C'était maintenant

---

[16]Jahfa : palenquin à armature de bois d'olivier recouverte de divers voiles solidement attachés par une ceinture de tissu blanc sur le dos d'un dromadaire.

[17]Tajira : décoration de la voûte de la jahfa qui rappelle celle des greniers (ghorfas).

[18]Wazra : décoration de la voûte de la jahfa qui rappelle celle des greniers (ghorfas).

Ces notes sont issues du site internet :

http://www.nawaat.org/forums/lofiversion/index.php?t2817.html

ce qu'elle espérait trouver dans la maison de son futur époux. Elle ne savait pas grand-chose de lui et ne s'était jusque-là fiée qu'à son intuition. Elle avait eu, en le voyant la première fois, l'étrange certitude de retrouver quelqu'un qu'elle connaissait déjà. Cela avait été extrêmement fugace, mais une sensation de communion d'âme à âme l'avait immédiatement mise en confiance, même si elle s'était dit que, dans sa situation, rien de pire ne pouvait plus lui arriver que d'être poursuivie comme elle l'avait été alors. Pendant ce temps, à l'extérieur, un bruyant cortège la conduisait inexorablement vers un destin dont l'issue lui était pourtant inconnue.

Tous étaient attentifs à ce que le trajet soit parfaitement sauf. Noureddine avait demandé expressément à ses pairs de remplir le rôle que les membres de sa famille auraient dû tenir. N'étaient-ils pas maintenant, avec la maisonnée de Khaleel, la seule famille sur qui il eut pu compter ! Ghaled s'était donc posté à droite de la porte d'entrée. Il lança un œuf qui alla s'écraser sur le linteau. Mohammed, quant à lui, s'était placé à gauche et frappa un grand coup de bâton pour imiter le son d'un coup de fusil. Par le respect de ce rituel, qui était un simulacre de la protection de la fille par son père, de la relation entre les deux familles dans un échange de violence symbolique qui pourrait devenir effective si le mariage était menacé, Noureddine espérait attirer le bonheur sur son union avec Malikah et sur le foyer que dorénavant ils allaient partager. Enfin Malikah, entièrement voilée, fut portée jusqu'à la chambre nuptiale par l'un des fils de Khaleel, n'ayant elle non plus ni oncle ni frère pour le faire.

Noureddine se gardait bien d'accorder une trop grande importance au fait qu'il épousait une femme dont il ne connaissait que le peu que lui avait rapporté

Khaleel. Il se persuadait qu'aujourd'hui était un jour béni de dieu et que son union avec la femme qu'il avait attendue pendant toutes ces années ne pouvait pas être le point de mire des esprits malins. Ils avaient respecté la tradition ancestrale berbère du mieux qu'ils avaient pu : le prophète en était témoin. Allah, dans sa grande mansuétude, accorderait à leur couple le bonheur qu'ils avaient tant espéré chacun de leur côté. De cela, Noureddine s'en était convaincu depuis les premiers instants de leur rencontre lorsqu'il avait ressenti un impétueux désir de la posséder. C'était la première fois qu'il réagissait aussi fort à l'approche d'une créature du sexe opposé. Comment ne pas braver le danger, tous les dangers pour pouvoir assouvir l'appel de la chair qui le brûlait depuis que leurs regards s'étaient croisés pour la première fois dans Ghadamès. Maintenant que leur union allait se consommer, il eut conscience qu'une paix profonde et une force extraordinaire descendaient sur lui en signe de protection. Il se sentit invincible.

C'est avec un cœur palpitant et un visage serein qu'il rejoignit sa douce épouse. Il se sentit aussi gauche qu'un puceau lors d'une première soirée avec sa dulcinée. Il est vrai que Malikah l'impressionnait terriblement dès l'instant où elle posait son regard sur lui. Il se borna dès lors à respecter le rituel du mariage afin de faire ressurgir en lui le sentiment qui l'avait habité quelques instants auparavant. Il savait que l'allégorie contenue dans ce premier rapport sexuel serait un réel leurre, supputant que Malikah n'était pas venue seule dans son pays et qu'elle avait peut-être été promise au harem. Il avait sciemment accepté ce fait et il considérait dès lors tout ce qui entourait le rituel préfiguratif de leur union comme une compensation suffisante à ce qui manquerait d'essentiel à cette union : la virginité de la mariée. Selon lui, son mariage risquait beaucoup plus à cause des dangers de sa situation présente que de ceux qui auraient pu venir des forces obscures que tous craignaient, les jân[19] ou le sihr[20].

Maintenant que portes et rideaux s'étaient refermés sur eux, il s'approcha de son épouse et sentit son désir s'exaspérer. Restée seule après qu'on l'eut préparée, mais encore voilée avec toute la dignité d'une future femme berbère, elle l'attendait dans la chambre nuptiale. Il se glissa près d'elle, ôta ses voiles et la tint étroitement enlacée, contemplant son visage, savourant les prémices de l'union de leurs deux âmes dans la chair car il ne doutait pas que celles-ci étaient intimement reliées par il ne savait quel lien du passé. Ses différents rêves avaient été un signe que cette femme lui avait appartenu et lui appartenait encore.

Il caressa doucement son visage et la couvrit de baisers brûlants. Il laissait le désir monter en lui, en elle. Il désirait prolonger ces instants où chacun s'essouffle sous l'ardeur des appétences de l'autre. Il lui fit l'amour comme il ne l'avait encore jamais fait. Leurs deux corps se mêlèrent, brûlés par le même feu intérieur. Enfin, il pouvait exprimer tout l'amour qu'il avait gardé en lui toutes ces années durant. La puissance de son sexe le surprenait, car cette puissance était empreinte d'une douceur qu'il n'avait auparavant manifestée avec aucune autre femme. Il se laissait guider par leurs corps, par l'amour qu'ils partageaient si intensément. Assoiffés l'un de l'autre, ils ne pouvaient s'empêcher de se prodiguer des caresses, de chauds baisers qui coulaient en eux comme du miel. Lorsque de leurs tendres ébats ils se furent rassasiés, elle eut la délicate attention de lui préparer un thé à la

---

[19] Jân : (ou djinns) esprits adeptes des lieux obscurs
[20] Sihr : magie, ensorcellement
Ces 2 notes sont issues du site internet :
http://www.nawaat.org/forums/lofiversion/index.php?t2817.html

menthe. Il fut étonné de la rapidité avec laquelle elle prit possession des lieux en parfaite maîtresse de maison, préparant avec aisance et respect la plus traditionnelle des boissons. Il burent à petites gorgées, prolongeant ces instants d'intense félicité pendant lesquels le temps semblait s'être arrêté. Cependant, son avidité à la posséder longuement, profondément, exclusivement, semblait émaner d'une frustration qu'il percevait au tréfonds de son être. Bien sûr, la vie l'avait jusque-là privé d'elle, mais ce n'était pas ce genre de manque qu'il ressentait. C'était un sentiment plus ancien, qu'il avait déjà perçu dans cet horrible rêve où il s'était vu mourir empoisonné.

Il ne voulait cependant pas gâcher leurs « retrouvailles » et il mit de côté cette sensation pour profiter de son bonheur tout neuf. Ils parlèrent de son départ prochain et il en profita pour lui conseiller de rester à la maison en ces temps où être sur les routes aurait signifié, pour tous les deux et non pas seulement pour elle, courir des risques inutiles. Elle tenta en vain de le convaincre qu'elle pouvait très bien se déguiser en homme, le chèche lui permettant de bien cacher sa chevelure féminine. Il lui fit gentiment remarquer que son regard la trahirait immédiatement car elle n'avait en aucun cas des yeux de type masculin. Il avait lui-même succombé à ses yeux de braise dès l'instant où ils s'étaient posés sur lui. Il voulait la savoir en parfaite sécurité pour pouvoir affronter ce que la vie avait depuis quelque temps mis sur son chemin. C'était même ce qui lui donnerait la force de faire face aux éventuelles difficultés qui pourraient surgir lors de son prochain déplacement. Elle argua sa longue captivité et que se retrouver ainsi dans sa maison, c'était revenir à son état précédent. Il la convainquit qu'elle pouvait ici se déplacer à sa guise, aller chez Khaleel où elle serait toujours la bienvenue, sortir avec ses filles si elle avait peur de sortir seule. Il ne voulait pas être contraint à lui imposer ses vues, sachant qu'après son séjour chez Khaleel, elle était parfaitement au fait des traditions qu'elle se devait de respecter maintenant qu'elle était sa légitime épouse. C'était d'ailleurs ce qui garantissait sa sécurité, leur sécurité. Par le biais de Khaleel, il avait trouvé une personne digne de confiance qui vivrait tout près de son domicile pendant ses absences et qui pourrait l'accompagner où qu'elle le désire. Il lui recommandait cependant une grande prudence, d'être en permanence aux aguets car leurs ennemis étaient très forts et bénéficiaient de moyens efficaces parce qu'ils n'hésitaient pas à payer pour obtenir ce qu'ils voulaient.

Il changea de sujet en prétextant qu'il serait bien temps de voir, lorsqu'il repartirait dans quelques jours, ce qui allait se passer, ne voulant pour l'instant penser qu'au bonheur de l'avoir à ses côtés. Malikah n'insista pas, ne voulant pas dès le départ offenser son mari ou le braquer contre elle en se montrant trop exigeante. Ils se blottirent l'un contre l'autre et s'endormirent jusqu'à l'heure matinale de la prière. Puis Noureddine sortit car les amis l'attendaient pour partager le repas. On était au matin du sixième jour et pour attirer les bonnes grâces du prophète sur son union avec Malikah, il avait décidé d'aller le lendemain rendre visite à la zaouia de Sidi-Sahab[21] où se trouvait le tombeau du fidèle compagnon et barbier du prophète,

---

[21]La Zaouia de Sidi Sahab : qu'on nomme aussi Mausolée du barbier, contient le tombeau d'un compagnon du prophète venu d'Arabie élire domicile à Kairouan. Sidi Sahab portait toujours avec lui, en relique, trois poils de la barbe du prophète, ce qui le fit nommer le barbier.
Cette note est issue du site Internet :
http://www.cap-tunisie.com/html/lapluscelebre.htm.

le Saint Homme Abu Zemaa el Balaoui. Ce rite faisait partie de la cérémonie du mariage et l'idée d'aller à cet endroit précis lui était venue parce qu'il était souvent allé y prier à la mort de sa mère. Il en profiterait pour demander aide et assistance à celle qu'il avait si peu connue mais qui, de là où elle était, lui envoyait certainement sa bénédiction.

Chacun des deux groupes ayant emprunté des chemins différents, les femmes et les enfants d'un côté, les hommes de l'autre, tous se retrouvèrent devant la mosquée de Sidi-Sahab. Noureddine était fasciné par les mosaïques qui l'ornaient alors que le tombeau était d'une grande sobriété. Pour l'atteindre, il fallait passer d'abord par une cour puis par un escalier dont les faïences s'harmonisaient parfaitement avec le petit hall d'entrée. Cette cour était entourée d'un cloître dont les arcs en fer à cheval reposaient sur des colonnes romaines. Son endroit de prédilection était la grande cour carrée, ornée elle aussi de ces mêmes faïences multicolores surmontées d'arabesques délicates et qui scintillaient sous le soleil du matin. L'atmosphère féerique de cette cour laissa Malikah bouche bée d'admiration. Il était content de voir qu'elle aussi appréciait l'endroit et cela le tranquillisa sur le devenir de leur union. Il savait en outre que ce saint ayant été très proche de Mahomet – la tradition disait qu'il avait gardé sa vie durant trois poils de la barbe du prophète sur sa poitrine – venir le vénérer un jour aussi important ne pouvait qu'attirer les faveurs d'Allah sur leur mariage.

En pénétrant dans le sanctuaire, Malikah sentit immédiatement que l'endroit, plus austère, était certes plus favorable au recueillement. Malgré les tapis épais et les drapeaux, le marbre noir et blanc sur lequel se déroulaient des inscriptions donnaient à ce lieu une froideur rigoureuse qui la mit mal à l'aise.

Pendant quelques instants, elle se rappela la petite église où chaque dimanche, elle allait prier avec sa mère. Elle se garda du mieux qu'elle put de montrer une quelconque émotion et essaya tant bien que mal de faire disparaître, en déglutissant à plusieurs reprises, la boule qui lui bloquait la gorge. Le temps n'était pas aux confidences ni à un apitoiement sur son sort. Elle venait de trouver un mari qui allait la protéger contre tous les dangers. Elle lui raconterait sa vie petit à petit, au fil des années. Pour le moment, il était préférable qu'elle fût parfaitement calme et sereine afin de goûter aux derniers instants avec son époux, si sa décision de la laisser seule à la maison était vraiment irrévocable.

Perdue dans ses pensées, elle ne pria ni ne se recueillit vraiment. Nul ne s'en apercevrait, cachée comme elle l'était derrière son litham. Leurs dévotions terminées, y compris celle d'avoir mangé les traditionnels beignets pour attirer la baraka sur tous les participants au mariage, et en particulier sur les nouveaux époux, tous sortirent gaiement de la mosquée, certains qu'Allah avait étendu son voile de bienveillance sur eux.

De retour à la maison, Noureddine se montra très gai. Mais Malikah sentait qu'il s'efforçait de cacher son anxiété. Elle essaya de savoir ce qui se passait, mais il se refusa à répondre. Il ne voulait pas gâcher cette belle journée par des préoccupations qu'il estimait n'appartenir qu'à lui. Les femmes ne devaient pas s'intéresser aux affaires de leur mari. Il leur suffisait de tenir la maison et d'élever les enfants. Mais Malikah ne l'entendait pas de cette oreille et petit à petit, à force de cajoleries, elle finit par obtenir qu'il se confie à elle. Elle avait entendu parler de cette histoire de femme déguisée en mendiante alors qu'elle avait été recueillie à

Ghadamès par la famille de celle qui l'avait aidée à s'enfuir. Heureusement pour elle, elle avait déjà troqué ce costume pour la tenue plus ordinaire des nomades berbères non seulement pour qu'elle ne se fasse pas trop remarquer mais aussi parce qu'elle avait l'intention de rentrer en France et pour ce faire, devait remonter vers le nord du pays. Grâce à la complicité de sa bienfaitrice, elle atteindrait sa destination finale au gré des pérégrinations de nomades dont la tribu remontait vers les oasis de montagne de l'ouest tunisien. Elle songea que, n'eut été l'attirance foudroyante de Noureddine pour ses yeux, ils ne se seraient jamais rencontrés et elle se demandait où elle pourrait bien être aujourd'hui. Elle avait en effet compris, dès leur première rencontre, qu'il tenterait tout pour la retrouver. Un frisson d'angoisse la parcourut des pieds à la tête et elle se blottit contre son mari.

Comment pourrait-elle rester loin de ces bras protecteurs s'il devait reprendre le chemin du désert sans elle ? Elle savait se montrer très convaincante. Aussi commença-t-elle à le travailler de manière indirecte. Elle allait faire en sorte que ce soit lui qui désire l'avoir près d'elle en permanence, lui qui ait besoin de sa présence au quotidien, de son corps chaque nuit. L'homme avec qui elle s'était expatriée lui avait appris comment s'y prendre pour donner du plaisir à un homme. Elle n'aurait pas de mal puisque les données n'étaient pas les mêmes. Avec lui, il ne s'était agi que de plaisir charnel alors qu'avec Noureddine, c'était l'amour qui allait la guider. Elle avait déjà eu un aperçu, la nuit précédente, des appétits sexuels de son mari. Elle saurait le satisfaire pour qu'il ne songeât plus qu'à son corps, à sa présence, à son regard, à l'amour qu'elle lui donnerait. Elle savait instinctivement qu'une frustration l'habitait depuis des éons. Elle n'en connaissait pas la cause, mais elle l'avait sentie en lui aux premiers instants de leurs ébats. La façon dont il l'avait prise, dont il la regardait en disait plus long que n'importe quel discours. Elle se savait désirée et aimée au-delà de tout ce que l'on pouvait imaginer. Elle sentait cependant que Noureddine était un être entier qui, lorsqu'il prodiguait son amour, se donnait corps et âme et attendait la même chose en retour. Elle n'aurait donc aucun mal à se rendre indispensable.

Désireux de faire que les derniers instants avant leur séparation soient sans nuages, il s'efforça à ne parler que de la journée si réussie au tombeau du Saint. Malikah s'enflamma en lui faisant part avec force détails de toutes les petites choses qu'elle avait remarquées dans la mosquée du point de vue architectural. Il fut surpris de sa grande connaissance dans les arts décoratifs. Elle lui parla de monuments de culte qu'il ne connaîtrait jamais. Il eut un évident plaisir à la voir s'animer au cours de cette conversation.

À son corps défendant, il se laissa envoûter par son épouse qu'il dévorait des yeux, subjugué par sa beauté lorsque celle-ci s'exaltait en abordant le domaine artistique. Il sentait en elle une véritable passion pour tout ce qui touchait de près ou de loin au monde de l'art. Lui ne savait que dire. Il se sentait dépourvu, ne connaissant que les tissus richement brodés et les quelques mosquées dans lesquelles il faisait ses dévotions à chaque étape de ses déplacements. Elle le surprenait et il était d'autant plus fier d'avoir une épouse avec qui il aborderait des sujets auxquels il n'aurait jamais pensé s'intéresser. Il fut complètement abasourdi lorsqu'elle aborda le sujet du tissage des margoums et commença à lui parler des motifs qui y étaient représentés. Elle avait été initiée à leur signification et ses implications dans sa future vie de tous les jours. Elle n'avait pas pris les choses en dérision comme il aurait pu s'y attendre d'une personne étrangère à leurs coutumes. Bien au contraire, elle était ravie et en même temps très fière des allégories contenues dans le travail artistique des tissages et elle se ferait un devoir de se pénétrer de toute la symbolique qu'ils contenaient afin de protéger au mieux son foyer. Comment pouvait-il rester indifférent à cette femme qui venait d'un horizon si lointain dont lui-même ne connaissait que peu de choses et qui, à chaque instant, désirait ardemment s'intégrer corps et âme dans son nouveau pays. En quelques jours, elle avait appris et assimilé tant de choses qu'il en était époustouflé.

Plus leur amour grandissait plus il lui était intolérable de penser qu'ils devraient se séparer prochainement. Maintenant qu'il avait réglé toutes ses affaires à Kairouan, il lui fallait songer à repartir. Malikah était plus attentive que jamais aux désirs de son mari. Elle finit par aborder le sujet brûlant du départ proche et lui redemanda la permission de l'accompagner. Khaleel ne lui avait-il pas dit que ce serait le meilleur moyen de passer inaperçue ? Noureddine n'était pas convaincu et il lui demanda de le laisser réfléchir encore un peu. Il irait tenir conseil avec Khaleel et lui ferait part de sa décision dès qu'elle serait prise. Enfin, Malikah voyait un semblant d'espoir se profiler à l'horizon. La bataille n'était pas gagnée mais au moins la première manche n'était-elle pas perdue.

Elle se tranquillisa en songeant que Khaleel avait une certaine influence sur Noureddine et qu'il parviendrait certainement à le convaincre du bien-fondé de son désir de l'accompagner. Comment ferait-elle tout ce temps sans la protection de son mari ? Elle se sentait si vulnérable dès qu'il était absent. Le fait qu'il soit en ville la rassurait mais elle préférait de loin le savoir à ses côtés. Il semblait si fort, si solide. Il lui avait confié qu'au fil de ses déplacements dans le désert, il avait acquis un sixième sens fort développé qui lui permettait de sentir le danger dès qu'il était proche. Elle avait été la seule à pouvoir le déstabiliser et ébranler son assurance et sa force coutumières. Elle en était fière. Maintenant qu'elle était à ses côtés et que l'amour était en son cœur, son pouvoir et sa puissance en seraient accrus, elle en était certaine. Elle aussi avait des perceptions intuitives depuis qu'elle avait vécu ces instants terribles en venant dans ce pays. Des images qu'elle avait tenté d'oublier refirent surface. Elle se remémora comment elle était arrivée jusqu'ici alors que rien ne prévoyait un destin aussi bouleversé et bouleversant. Elle n'aurait jamais cru avoir une vie d'exception, le genre de vie qui marque à tout jamais un être, parce que sortant complètement des sentiers battus même si, enfant, elle se sentait quelque peu différente des autres petites filles qu'elle côtoyait.

8. Révélation

« *La peau n'est qu'un vêtement ; la blancheur de l'âme vaut mieux que celle du manteau.* »

Abou Tayyib Al-Moutanabbi (915-965)[22]

Enfin, au fil de la conversation avec Noureddine, elle osa aborder le récit de ce qu'elle s'était refusé de lui raconter jusque-là tant cette phase de sa vie la mettait dans un état de confusion profond. Maintenant, il était impératif qu'il sache ce qui s'était passé de sorte que lorsqu'il croiserait à nouveau cet homme, il soit parfaitement au clair de ses intentions. Avec une certaine nervosité dans la voix, elle commença :

– « Je suis la fille d'un riche manufacturier français. Mon identité réelle est Marianne La Gardère. J'ai rencontré Malek chez des amis. Lorsqu'il parlait de son pays, de l'architecture des palais, des jardins merveilleux aux mille plantes exotiques, il semblait évoquer des endroits si enchanteurs, pleins de calme, de paix et de sérénité que j'en étais subjuguée. Il avait très bonne presse dans la haute société que je fréquentais car il traitait avec les plus grands noms de mon pays. La France, disait-il, était sa seconde patrie tant il s'était

---

[22]Citation tirée de l'œuvre de Christian Dawlat, *La grande sagesse du monde arabe*, Les Editions Quebecor, 2003, p. 22.

senti intégré immédiatement à la société raffinée qu'il y fréquentait. Comme de nombreuses jeunes femmes, je tombai sous le charme et on commença à parler de mariage. Ma mère, elle aussi, s'était laissée séduire par Malek et ne voyait en lui que l'originalité qu'il allait apporter à ma vie, même si parfois elle me disait que c'était pure folie. À d'autres moments encore, elle me demandait de rentrer à la maison si un problème devait survenir avec mon mari. Mon père, lui, était quelque peu réticent, mais Malek savait si bien s'y prendre, même avec les hommes, surtout ceux avec qui il était en affaires, qu'il finit par faire tomber les derniers bastions de la citadelle que ce dernier avait tenté d'ériger autour de mon humble personne. Mon père, il est vrai, avait d'autres vues pour moi, un beau parti pour qui je n'éprouvais que dédain tant il dégoulinait de fatuité ».

Malikah ne maîtrisant pas parfaitement la langue, elle avait parfois du mal à trouver ses mots. Elle se prenait alors au jeu de les mimer et malgré le sérieux de son récit, ils riaient tous deux de bon cœur lorsque Noureddine avait enfin compris ce qu'elle voulait lui dire. Elle continua, sentant que le poids qui pesait sur sa poitrine commençait à s'alléger au fil de ses aveux. Elle n'avait pas aimé taire cette partie sombre de sa vie à son conjoint, désirant profondément qu'aucun mensonge, aucun voile, si infime soit-il, ne s'infiltrât entre eux. Aussi poursuivit-elle :

– « La rencontre avec un homme aussi loin que possible du type du parfait homme du monde français avait de quoi séduire n'importe quelle femme en mal de sensations fortes. C'était le piège que Malek et un compatriote à la solde de qui il s'était engagé avaient fomenté afin d'y faire tomber les jeunes écervelées de notre société si avant-gardiste, croyait-on ! Je devais donc aller sur place voir ma nouvelle demeure et revenir en France pour célébrer mon mariage. Mon père exigea que son homme de confiance ainsi que toute une suite de personnes m'accompagne afin de garantir mon honneur. Son naturel lui commandait une certaine méfiance à l'égard d'hommes dont il ne pouvait vérifier la loyauté et les origines lui-même. La seule garantie qu'il avait était le mariage dont la date avait été fixée officiellement et les papiers qui avaient été signés par les deux parties en ce sens. Moi-même j'avais accordé une foi pleine et entière dans la signature et donc dans l'engagement de Malek. J'avais appris rapidement les rudiments de la langue afin de pouvoir échanger quelques mots avec les personnes de sa famille. J'avais gardé cet apprentissage secret afin de lui en faire la surprise en arrivant. J'étais éprise de ce regard sombre et envoûtant. Il avait eu des approches dignes d'un prince des mille et une nuit et je m'étais laissée prendre dans les mailles de son filet comme une jeune ingénue de seize ans ».

À ce stade de sa narration, Malikah avait du mal à poursuivre car les souvenirs étaient encore trop frais dans sa mémoire, et l'idée d'être rattrapée par ces hommes qu'elle savait brutaux, inhumains et assoiffés de pouvoir et d'argent la terrorisait. Elle continua en hoquetant parfois pour contenir ses larmes.

– « En réalité, il n'était qu'un émissaire mandaté par un riche notable qui, pour s'attirer les bonnes grâces du bey, faisait enlever des femmes à l'étranger, les faisaient « former » à sa manière par des hommes à sa solde qu'il faisait passer pour des hommes de bien et les revendaient contre des sommes faramineuses. Le bey, comme tout bon musulman, était friand des femmes européennes dont le tempérament insoumis lui plaisait, car il se faisait fort de les dompter. Ce riche notable se plaisait à les rabaisser au rang de simples objets de plaisir car il ne supportait pas qu'une femme eut pu être cultivée et que, comme dans les pays d'où elles venaient, elles puissent avoir accès, au même titre que les hommes, à la société des gens de bien. Aujourd'hui, je sais combien je dois être prudente, combien cet homme est puissant et saura peut-être retrouver les complices qui m'ont aidée à m'enfuir et les faire parler ».

Malikah savait ce que signifiait faire parler les gens et elle eut un frisson d'horreur à la pensée de ce qu'ils auraient à subir s'ils étaient retrouvés. Elle avait en effet assisté à une scène terrible dans une ville où un homme avait été torturé à mort pour qu'il avoue sa trahison. Ses amis lui avaient commenté les faits. C'est une des raisons pour laquelle elle s'en était séparée. Elle avait pensé que la peine serait moins conséquente si ses poursuivants ne la retrouvaient pas avec eux. Suite à cet événement et de peur d'être elle aussi traitée de la sorte, elle s'était procuré une fine lame qu'elle gardait toujours sur elle lorsqu'elle sortait. Elle s'était promis que si elle devait retomber entre leurs mains, ils ne l'auraient pas vivante. D'autant plus maintenant qu'elle avait un mari qu'elle aimait par-dessus tout et à qui elle faisait vœu, en cet instant, d'appartenir à la vie et à la mort. Maintenant Noureddine savait tout de sa vie et elle vit dans son regard qu'il pensait exactement comme elle. Il la prit tout contre lui et lui murmura à l'oreille :

– « Malikah, seule la mort pourra nous séparer. Notre amour est si fort que rien ne peut le détruire. Je sais quelle femme tu es, je l'ai toujours su. Si je t'ai attendue jusqu'à ce jour, c'est que mon cœur savait combien tu lui étais chère. Il n'y a pas de hasard, Malikah. La vie met sur notre chemin les personnes auxquelles nous sommes destinés. Le bout de route que tu as fait avec cet homme, si odieux ait-il été, t'a conduite jusqu'à moi dans un état d'esprit qui t'a ouverte à moi. Si tu m'avais rencontré avant cette mésaventure, peut-être ne m'aurais-tu même pas accordé un seul regard. Tu as vécu l'enfer d'une situation qui t'a permis de changer et d'être plus à l'écoute non seulement de ton intuition mais aussi de tes véritables sentiments. Tu as découvert un pays que tu ignorais tout en cherchant asile et protection et ta sensibilité, que cette expérience t'a obligée à utiliser, a levé le voile de ton ignorance des êtres humains et de ton intransigeance envers eux. Tu as dû, pour survivre, sentir sans te tromper ceux à qui tu pouvais accorder ta confiance. Tu as grandi dans ce pays, non pas physiquement, mais spirituellement. Tu me ressembles, maintenant et je t'en aime d'autant plus. Viens, ma douce épouse, allons dormir. Il se fait tard et demain Khaleel m'attend de très bonne heure ».

Le lendemain, lorsque Noureddine rentra de chez Khaleel, il avait le regard sombre et un air de souffrance sur son visage. Elle le sentait partagé entre deux sentiments. Elle se borna à se blottir dans ses bras sans rien dire. Elle sentait combien il était difficile pour lui de prendre une décision juste et équitable pour tous les deux. Il voulait sa sécurité à tout prix, mais il voulait aussi leur bonheur. Et leur bonheur, c'était d'être ensemble. Cruel dilemme qui le rendait taciturne et maussade. Elle décida de ne parler de rien et de tout préparer pour le repas, de garder le silence jusqu'à ce qu'il se sente prêt à aborder lui-même le sujet. Ils mangèrent du bout des lèvres et s'allongèrent ensuite sur des coussins tout en sirotant un thé à la menthe. Le confort et la décontraction du lieu faciliteraient peut-être la conversation. Malikah resta silencieuse, abandonnée contre son torse puissant.

Enfin, il commença à lui dire combien il tenait à ce qu'elle se sente en sûreté ; combien il voulait qu'elle soit heureuse de sa nouvelle condition ; combien aussi il espérait qu'elle aimait sa nouvelle demeure et s'y sentait parfaitement à l'aise ; combien enfin il avait besoin de sa présence à ses côtés et comme ce serait dur pour lui de se séparer d'elle. Il avait parlé longuement avec Khaleel et examiné le problème sous tous les angles possibles et imaginables. Qu'elle restât ici à Kairouan ou qu'elle vienne avec lui, quels seraient les dangers qu'elle pouvait encourir ! Il avait tout étudié, tout considéré et au bout du compte, il ne savait plus ce qui serait le mieux pour elle, pour eux. Maintenant, il voulait qu'elle lui dise ce qu'elle ressentait de la situation. Parfois les femmes se laissent mieux pénétrer de leurs facultés intuitives et savent d'instinct ce qu'il convient de faire ou non. Il en était là de ses réflexions et, las de retourner en vain le problème dans son esprit, lui laissait finalement le choix de la décision. Elle poussa un soupir de soulagement car en le voyant à son retour de chez son ami, elle avait bien cru qu'il allait lui défendre de l'accompagner.

Visiblement perturbé par un tel dilemme, et avant qu'elle n'ait eu le temps de prononcer une parole, il enchaîna avec ses propres problèmes. Il lui raconta le plus précisément possible tout ce qui s'était passé lors de son voyage de retour vers Kairouan, y compris le mystérieux personnage qui disait vouloir les aider. À peine avait-il abordé le thème de cette rencontre qu'un frisson la parcourut tout entière et une peur panique s'empara d'elle. Elle l'écouta avec une attention toute particulière et lui demanda instamment de lui décrire cet homme qui tenait absolument à les aider.

– « Lorsque tu m'as poursuivie dans les rues de Ghadamès, j'ai eu très peur. Je pensais bien que Malek, ne me trouvant pas au nord du pays après tout ce temps, finirait par descendre jusque-là, certaine qu'il ne négligerait aucune piste. Je pensais d'ailleurs que tu faisais partie de ses hommes de main, le sachant prêt à enrôler, sous des prétextes fallacieux, quiconque pouvait lui être utile pour me retrouver. Je savais aussi que, me croyant frivole et extrêmement coquette, il n'aurait pas imaginé une seconde que je me déguise en mendiante. À l'issue de notre rencontre, j'ai immédiatement rejoint mes amis qui ont trouvé une tribu de nomades à laquelle ils m'ont confiée et eux se sont enfuis au Maroc afin d'échapper à d'éventuelles représailles. »

– « Comment peux-tu être sûre que cet homme, que j'ai effectivement vu pour la première fois à Ghadamès le soir de notre rencontre, est bien Malek ? De nombreux tunisiens peuvent correspondre à cette description. »

– « Je connais cet homme maintenant, et je sens à travers toi que ce ne peut être que lui. »

Malikah ne pouvait s'empêcher de soupçonner ses poursuivants d'avoir eu connaissance de sa rencontre avec Noureddine à Ghadamès. Même si Malek ne savait pas exactement ce qui s'était passé entre eux, le simple fait que Noureddine l'ait approchée semblait être une piste suffisante pour que cet homme malfaisant ne la négligeât point. Avide de pouvoir et d'argent comme il l'était, elle était absolument sûre que Noureddine avait eu affaire à l'homme qui l'avait amenée jusqu'ici depuis la France et qui avait tôt fait de se débarrasser des personnes qui l'avaient accompagnées en les enfermant dans une geôle d'où ils ne sortiraient que si elle, Malikah, parvenait à les en arracher. Elle rappela à Noureddine combien il devait se tenir sur ses gardes avec cet homme qui était l'un des participants à la tromperie dont elle avait été l'innocente victime. Il lui en coûtait d'évoquer à nouveau ces souvenirs douloureux. Noureddine s'en aperçut et il approcha son visage du sien et lui redit combien il l'aimait et qu'il serait toujours là pour la protéger. Ne voulant en aucun cas lui faire courir un danger plus grand que nécessaire, elle décida de ne pas l'accompagner dans son déplacement. Même si son cœur lui disait de ne pas le quitter, jamais, la prudence lui commandait de rester sous la protection de Khaleel. Elle était certaine que c'était là une sage précaution. Elle fit part de sa décision à son mari et ils allèrent se coucher, insatisfaits l'un et l'autre de cette résolution.

Cette dernière nuit d'amour leur laissa un goût amer, tant l'approche de la séparation laissait leur soif inapaisée. Il leur semblait que des éons n'auraient pas suffi à y parvenir tant ils avaient à partager, à se donner. Au matin, Malikah ne semblait plus aussi sûre de sa décision de la veille. Elle laissa Noureddine aller à la mosquée et attendit patiemment qu'il revînt lui faire ses adieux pour décider définitivement si oui ou non elle l'accompagnerait. Elle savait que Khaleel y était favorable. Or, c'était un homme plein de sagesse. Cependant, il y avait Malek. Et Malek avait retrouvé la trace de Noureddine. Elle connaissait sa fourberie. Puis elle se dit que, où qu'elle soit, s'il devait la retrouver, il la retrouverait. La piste de Noureddine pourrait très bien le conduire jusqu'à sa maison. Et là, Noureddine ne serait pas avec elle pour la protéger. Elle n'aurait que Khaleel. Mais elle ne pouvait être chez Khaleel en permanence. Il avait eu la bonté, dans la grande nécessité où elle se trouvait, de l'héberger. Maintenant qu'elle avait son propre logis, elle ne saurait demander asile et protection à son bienfaiteur. Et peut-être avait-il raison lorsqu'il disait que pour se cacher, mieux valait se montrer au grand jour, qu'on la chercherait sans doute plus volontiers dans des lieux sûrs qu'au sein d'une caravane aussi connue que celle de Noureddine.

Aussi, lorsque son époux revint pour lui faire ses adieux, était-elle prête à l'accompagner. Elle arborait la tenue des nomades berbères, qui lui seyait à ravir. Derrière le caftan grossier, ses yeux brillaient comme deux émeraudes. Le visage de Noureddine rayonna de bonheur en la voyant ainsi parée. Il était fier de voir que son épouse portait la tenue traditionnelle avec une telle aisance. Ainsi vêtue, elle pourrait être confondue avec n'importe quelle autre femme du pays. Il arrivait de temps en temps que les femmes se déplacent avec une caravane. Ce n'était pas courant, mais dans le cas de Malikah, supposément fille de Khaleel, cela n'étonnerait pas. Khaleel était un homme réputé pour sa tolérance et son équité envers le sexe faible. Ses filles, bien que très respectueuses du coran, avaient la réputation de ne pas s'en laisser conter par les hommes et de prendre des libertés que bien d'autres n'auraient jamais osé tenter.

Il y avait déjà eu un précédent parmi ces femmes. L'une d'elle avait voulu voir le monde et était partie avec son mari entreprendre la grande aventure du désert, comme les nomades l'avaient fait avant elle et le faisaient encore. C'était l'argument qu'elle avait mis en avant pour convaincre les hommes. Son mari se porterait garant de sa sécurité, avait-elle argué. Ainsi éprouverait-elle véritablement ses sentiments, puisqu'il disait l'aimer par-dessus tout. Malikah avait appris tout cela lors de son séjour chez Khaleel. Tout le monde connaissait l'histoire et s'était fait un plaisir de la lui raconter afin qu'elle sache qu'avoir un mari caravanier n'empêchait nullement de vivre avec lui chaque jour comme n'importe quelle autre femme. Prête pour la grande aventure, elle ne voulut en aucun cas se souvenir de la façon dont elle avait fait le trajet de Ghadamès jusqu'à Kairouan. Nullement habituée à voyager à dos de chameau, elle en avait ressenti les effets des jours durant après qu'elle ait été recueillie chez Khaleel. Elle se rappelait aussi combien elle avait été paniquée toutes les fois où elle avait cru reconnaître le regard de son poursuivant dans les hommes du désert emmitouflés qu'ils avaient parfois croisés. Cette fois-ci, elle aurait Noureddine pour veiller sur elle. La situation était bien différente. Le seul point noir serait dans les villes. Elle ne pourrait être avec Noureddine dans le souk. Comment s'y prendrait-il pour assurer sa sécurité. Ils n'avaient pas encore abordé le problème, mais sans doute avait-il déjà une idée en tête. D'ailleurs, chaque chose en son temps. Elle ne voulait pas y penser pour le moment, mais bien plutôt savourer chaque instant de la présence affectueuse de son époux.

9. Vivre le désert

*« L'homme est un livre
En lui toutes choses sont écrites
Mais les obscurités ne lui permettent pas de lire
Cette science à l'intérieur de lui-même. »*

Rûmî[23]

La caravane quitta Kairouan rapidement en direction du sud ouest. Noureddine désirait absolument être à Sidi Bouzid afin de pouvoir dormir en lieu sûr plutôt qu'en plein désert. Malikah était chagrinée de les obliger à organiser leur voyage d'une autre manière que celle dont ils avaient l'habitude. Noureddine la rassura en lui disant que si leurs poursuivants voulaient les surprendre, il était préférable qu'ils fussent le plus souvent possible dans un village plutôt qu'au milieu de nulle part, mais que comme ils voyageaient plus légers, ils n'auraient pas de mal à y parvenir en deux étapes. Il lui confia qu'il était cependant un peu inquiet d'atteindre les abords de Sidi Bouzid car le village était dans une sorte cuvette et pendant un certain temps, il serait difficile

---

[23]Citation tirée de l'œuvre de Christian Dawlat, *La grande sagesse du monde arabe*, Les Editions Quebecor, 2003, p. 142.

de voir le danger arriver. Pour l'instant, Malikah appréciait le paysage auquel elle ne s'était pas même intéressée lors de son périple précédent. Elle goûtait chaque instant de la présence de Noureddine, le regardant à la dérobée, fière de le voir si beau et fort à la tête de sa caravane. Le voir scruter l'horizon, discerner dans l'éther impalpable du lieu tout ce qui pouvait lui servir d'indice pour détecter d'éventuels problèmes tout en devisant avec elle ou ses coéquipiers sans être pour le moins déconcentré sur ce qu'il ne devait absolument pas laisser échapper était un réel plaisir. Elle le sentait dans son véritable élément et elle était heureuse de pouvoir partager ces instants avec lui. Le connaître dans son milieu naturel habituel c'était l'apprendre par cœur. Cela signifiait sentir ses moindres hésitations, ses plus belles ardeurs, la puissance enfin que lui donnait l'infinitude de l'environnement dans lequel il baignait si souvent ; percevoir sa communion avec la nature qui l'entourait, l'envolée de son âme vers la sienne afin de lui enseigner ce qu'elle devait percevoir, discerner. Elle comprenait ce qu'il tentait de lui communiquer sans même lui parler, s'en imprégnait et se prit à aimer par-dessus tout cette forme d'enseignement qui permettait d'éveiller ses sens au plus haut degré. Même sa peau commençait à ressentir l'atmosphère ambiante. Tout son corps répondait à la stimulation de ses sens en éveil. Sans être près de son mari, Malikah était persuadée qu'ils avaient conscience l'un de l'autre. Les mots devenaient inutiles. Que ce voyage se prolonge indéfiniment, qu'ils soient ainsi, côte à côte, unis dans le même sentiment aussi bien l'un envers l'autre qu'envers cette nature austère mais infinie qui les entourait depuis le matin, devenait son plus grand souhait.

Enfin, ils atteignirent l'endroit que Noureddine avait prévu. Ce dernier connaissait des nomades berbères avec qui il avait traité au début de sa carrière de chamelier. Il alla à leur campement, car il savait qu'à cette époque de l'année, ils s'établissaient dans les parages. Il palabra un moment avec eux, plus par coutume que par nécessité, et ils acceptèrent que la caravane se joigne à eux. Noureddine serait plus tranquille s'ils pouvaient partager les tentes berbères des nomades plutôt que de dormir à la belle étoile. Il connaissait l'hospitalité des gens du désert.

Malheureusement, jusqu'au moment où ils s'établiraient pour la nuit, Malikah ne pourrait être avec lui car un côté de la tente était réservé aux femmes et l'autre aux visiteurs. Ils se retrouveraient au moment d'aller se coucher car étant mari et femme, on leur octroierait alors une partie de tente pour eux seuls. Noureddine était heureux de pouvoir évoquer de vieux souvenirs avec ses amis. De son côté, Malikah eut droit à de nombreuses anecdotes de la part des femmes afin qu'elle connaisse un peu mieux la vie de caravanier de son mari. Elle prit un immense plaisir à entendre ces histoires qui montraient le courage et la bravoure aussi bien des nomades que de Noureddine et ses compagnons. Car la vie était parfois ardue, mais leur amour du désert et de la vie dans ces contrées sauvages permettait qu'ils acceptent le défi avec humour. Les nomades qui l'avaient accompagnée jusqu'à Kairouan l'avaient frappée par leur sens de l'accueil, leur convivialité et leur gaieté.

Dès son arrivée parmi cette nouvelle tribu berbère, elle avait à nouveau remarqué combien leurs hôtes étaient souriants, ce qui contrastait terriblement avec l'âpreté de leur existence au quotidien. Elle pensa combien elle se sentait paisible et joyeuse tout au fond d'elle depuis qu'elle était en parfaite harmonie avec son environnement. Sans doute ces gens ressentaient-ils la même chose sans avoir eu besoin d'analyser leur situation. Ils faisaient un avec la nature qui les entourait et cela suffisait à leur donner cette joie de vivre qu'ils affichaient à chaque instant. Elle vécut des moments inoubliables et passa une nuit paisible aux côtés de l'homme qu'elle aimait. Une fraction de seconde, elle ne put s'empêcher de se demander combien de temps ce bonheur allait pouvoir durer. Ils n'étaient qu'au premier jour du voyage. Qu'apporteraient les mois à venir ?

Le lendemain à l'aube, après la prière matinale, ils reprenaient la route. Ils atteignirent Sidi Bouzid sans encombre et se remirent en chemin pour Gabès dès le lendemain matin. Ce serait le tronçon le plus long et une halte serait nécessaire avant de l'atteindre. Quitter Sidi Bouzid était déjà une première difficulté en raison de l'escarpement rocheux qui l'entourait. Tout se passa bien et ils purent bivouaquer là où ils avaient prévu de le faire. Noureddine donna quelques ordres brefs afin d'établir le campement. Le silence du lieu impressionnait Malikah. Elle se surprit à être elle aussi à l'écoute de ce silence. Elle s'aperçut que son cœur avait changé le rythme de ses pulsations. Il battait plus calmement, comme s'il avait voulu se mettre au diapason dc cc qui l'entourait. Elle commençait à aimer l'harmonie qu'elle percevait en elle avec cet espace si vide et en même temps si rempli du tout. Car elle sentait confusément que tout était contenu dans ce lieu où l'homme se retrouve en parfaite communion avec Dieu. Elle se sentait glisser au plus profond d'elle-même comme par magie. Elle savait intuitivement qu'ainsi elle trouverait la force d'aller de l'avant sans faiblir quelles que soient les failles de sa vie. Quoi qu'il arrive, elle savait que c'était son destin et qu'elle y ferait face avec courage et ténacité. Elle venait de connaître le sentiment le plus merveilleux qui existe sur cette terre : l'amour. Au moins, si elle devait mourir, aurait-elle eu ces instants de bonheur intense. Ce souvenir l'habiterait jusque dans l'au-delà, elle en était certaine.

En peu de temps, au contact de Noureddine et de son pays si particulier, elle avait appris à ressentir ses états d'âme et à les comprendre. À son contact, elle était sensible à l'éther et à ses vibrations. Elle se sentait entourée d'un halo protecteur dont elle ignorait la provenance. Elle était persuadée qu'elle venait de trouver dieu sur sa route. Elle ne pouvait expliquer autrement ce sentiment de plénitude qui l'avait envahie à peine avaient-ils emprunté la route qui les menait à travers le sahel. Au milieu des berbères, elle n'avait pas ressenti les choses aussi intensément. Peut-être à cause de la situation d'insécurité dans laquelle elle se trouvait alors. Maintenant qu'elle avait Noureddine à ses côtés, elle pouvait se laisser aller à ses moindres perceptions.

À l'étape suivante, ils dormiraient à la belle étoile, comme c'était parfois le cas pour de très longs parcours. En un temps record, le campement et la nourriture furent tout à fait prêts grâce à la dextérité et à la rapidité des hommes de Noureddine. Une bonne odeur de pain cuit à même le sable dans la braise d'un feu de camp vint chatouiller agréablement les narines de Malikah qui se sentit immédiatement mise en appétit. Ils se restaurèrent en devisant paisiblement. De temps en temps, ils respectaient un court silence afin de savoir si quelque visiteur imprévu, voire importun, s'annonçait. Rien ne vint troubler leur repas frugal et ils s'installèrent pour la nuit. Un tour de garde avait été établi, comme à l'accoutumée. L'endroit ne risquait pas plus qu'un autre, mais les chameaux étant aussi des objets de convoitise, il valait mieux être vigilant. La nuit profonde serait courte car ils levaient toujours le camp très tôt afin de voyager le plus possible avant la grosse chaleur. La fraîcheur de l'aube les réveilla et après s'être rapidement restaurés, ils reprirent la route.

La caravane s'ébranla dans le petit matin frais. Malikah se divertissait à voir le halo de buée qu'elle exhalait à chaque respiration. Quant à Noureddine, il se réjouissait d'atteindre un endroit inhabité, juste avant Gabès, où il avait décidé de prendre un peu de repos aux abords de la mer. Il se souvenait s'y être arrêté, il y a bien longtemps, au début de sa carrière de caravanier. Le lieu lui avait semblé magique car c'était la première fois qu'il voyait la mer, une mer si vaste que l'horizon se noyait dans le bleu du ciel. Il avait aimé contempler cette étendue bleue ourlée de l'écume blanche et moutonneuse des vagues lorsqu'elles viennent mourir sur la grève. Le léger bruit du ressac l'avait tellement calmé après la tension du désert qu'il s'était endormi sur le sable, les pieds dans l'eau. Malikah rit de bon cœur en entendant Noureddine lui raconter sa mésaventure, car une vague plus forte l'avait non seulement réveillé, mais encore mouillé des pieds à la tête. Il lui avoua, un peu penaud, que le chef caravanier ne lui avait pas dit, en le voyant s'installer ainsi, que parfois la mer se déchaîne. Il ne lui avait pas non plus parlé des marées dont il ne connaissait alors pas l'existence. Il eut un sourire d'enfant en évoquant cette anecdote qui le ramenait dans un passé fort lointain où il s'émerveillait encore de tout ce qu'il découvrait, un peu comme Malikah en ce moment. Il avait plaisir à voir que son épouse appréciait chaque nouvelle découverte qu'elle faisait. Elle avait traversé la mer en bateau, mais elle n'avait pas pu mettre les mains dans l'eau comme elle le faisait, maintenant qu'ils étaient près du rivage, en s'éclaboussant le visage et en riant aux éclats.

Cependant, Ghaled trouvait cette attitude puérile et il commençait à se montrer nerveux. Noureddine le sentit piaffer comme un cheval fougueux. Il se tourna vers lui et lui demanda de se laisser pénétrer par le clapotis des vagues.

– « Ghaled, écoute ce que la mer te murmure. Si tu sais être à l'écoute, tout dans l'univers est création divine et a des messages à t'apporter. Ici, c'est la beauté et l'esthétique qui viendront à toi pour réjouir ton cœur. Perds ton regard dans ce bleu intense et tu sentiras au fond de ton être combien Allah a mis d'amour dans tout ce qu'il a créé. Regarde au loin, il a même mélangé le ciel et la mer pour te montrer combien il est puissant. Sois reconnaissant à Allah de pouvoir goûter à ces instants paisibles qui vont te redonner l'énergie dont tu auras besoin pour affronter la suite du voyage. Au lieu de te renfermer et de laisser monter en toi la colère et le ressentiment parce que tu penses que nous perdons un temps précieux, reçois d'Allah cette paix qu'il t'envoie pour mieux te préparer aux événements qui sont inscrits dans l'avenir. Assieds-toi et sois attentif à ce qui se passe en toi lorsque tu te laisses bercer par le bruit feutré du ressac. C'est tellement agréable. »

Instinctivement, tous se centrèrent sur le chuchotement des vagues. Noureddine sentit que ses hommes se mettaient en communion parfaite avec leur environnement, comme ils avaient l'habitude de le faire dans le désert et que le calme descendait sur eux. Les hommes étaient prêts à affronter ce qui les attendait avec plus de sérénité.

Puis, Noureddine donna l'ordre de repartir et ils parcoururent les derniers kilomètres jusqu'au caravansérail où ils passeraient la nuit. Bien leur en prit, car il n'y avait bientôt plus de place et ils auraient dû poursuivre leur route et bivouaquer comme la nuit précédente. Peut-être n'auraient-ils rien risqué de plus en plein air qu'ici, entre ces murs protecteurs, car ils ne savaient pas qui était logé dans le fondouk. Il pourrait très bien y avoir certains de leurs ennemis qu'ils ne connaissaient même pas mais qui, en revanche, savaient parfaitement qui ils étaient et où ils allaient. Noureddine ne laissa rien paraître de ces quelques secondes pendant lesquelles il avait pris conscience d'un éventuel danger. Il ordonna simplement à Ghaled d'aller demander les chambres afin qu'il puisse veiller sur Malikah et s'empressa de l'installer dans l'une d'elle avant de faire prudemment le tour du lieu. Sans doute était-ce vain, mais maintenant que son épouse était en sécurité, il désirait s'assurer que les personnes présentes ne lui causeraient aucun désagrément. Il était cependant difficile, à cette heure, de savoir qui s'était établi dans le caravansérail. Ses hommes et lui se comporteraient comme ils avaient coutume de le faire, redoubleraient simplement de vigilance sans attacher une trop grande importance à Malikah afin de ne pas éveiller les soupçons sur elle. À l'heure du souper, il trouverait bien un prétexte pour ne pas manger avec eux et prendre son repas dans sa chambre afin que Malikah puisse se restaurer en sa compagnie.

Lorsque Noureddine la rejoignit, il parut assez serein. Il n'avait rien vu qui puisse l'incommoder. Il avait demandé à Ghaled de se renseigner discrètement sur les personnes présentes. Ce dernier avait un ami dans le fondouk qui était susceptible de lui fournir les informations sans pour autant que cela semble suspect. Ils aimaient parfois savoir qui les accompagneraient au cours de leur voyage en direction de la frontière où les échanges de marchandises s'effectuaient. Faire route avec une autre caravane était un choix à faire. Le désert était si grand, mais en même temps, les pistes empruntées étaient souvent les mêmes.

Pour Malikah et pour leur sécurité, Noureddine était prêt à modifier totalement ses habitudes. Cette attitude ne plaisait pas à Ghaled, qui pensait que la meilleure façon de ne pas risquer sa vie était de suivre les voies qu'ils connaissaient si bien depuis si longtemps. Au moins éviteraient-ils toutes les embûches, tous les pièges qu'un autre itinéraire pouvait comporter. Il n'était pas même certain que leurs ennemis n'aient pas des émissaires sur toutes les voies d'accès à leur lieu de destination. Changer à ce point éveillerait d'autant plus la méfiance chez leurs ennemis et Malikah courrait encore un plus grand danger d'être découverte. Noureddine était satisfait de la manière dont Ghaled abordait le problème et il l'en félicita, même s'il savait au fond que ce dernier était aussi fort inquiet pour sa propre sécurité. Mais il n'en laissa rien paraître et se rangea à son opinion. Il est vrai que Ghaled avait eu affaire, dans le souk de Ghadamès, à cet homme que Noureddine n'avait pas vu et il ignorait la valeur de ce personnage. La femme, lui semblait-il, était moins importante. Elle n'était là sans doute que pour brouiller les pistes. Comment savoir, par contre, quels appuis avait cet homme et ce qu'il connaissait de leur caravane. Noureddine avait entendu parler de certains marchands qui étaient parfois passés à l'ennemi pour défendre leur vie. C'était rare mais il avait eu connaissance de quelques cas. Pour l'instant, il désirait profiter de la présence de Malikah à ses côtés. Ghaled avait ordre de le prévenir à toute heure si quelque chose lui paraissait suspect. Il entoura Malikah de mille attentions, si heureux qu'il était de l'avoir près de lui jour et nuit.

Bien que d'apparence rude, Noureddine était un homme très sensuel et à peine fut-il allongé près d'elle qu'il la prit dans ses bras et ne put s'empêcher de lui prodiguer toutes les caresses qu'il avait retenues jusque-là. Il avait en lui tant d'amour à donner que cet amour débordait, suait par tous les pores de sa peau. Il partit à la recherche du corps de femme allongé près de lui avec ses mains, avec son âme, avec sa sensualité. Il chercha ses lèvres et but suavement à leur fraîcheur. La tête lui tournait tant ses sens étaient exacerbés par le désir insatiable qu'il avait d'elle. Elle répondait avec autant de fougue et d'appétit que lui. Leur accord physique était si parfait que la nuit ne leur sembla pas assez longue pour satisfaire la soif qu'ils avaient l'un de l'autre. C'était comme s'ils avaient été frustrés trop longtemps des plaisirs de la chair, et que, par ces retrouvailles, ils allaient enfin pouvoir se rassasier du bonheur d'appartenir l'un à l'autre dès que cela leur était possible. Le matin arriva rapidement et ils se préparèrent au départ. Il fallut encore louvoyer un peu pour que Malikah passe le plus inaperçu possible. En reprenant la route vers la frontière, ils se mirent instinctivement sur leurs gardes. Ghaled avait entendu parler d'un drôle de personnage dans le caravansérail. Il n'avait pas très bien compris de qui il s'agissait. Était-ce seulement un nouveau caravanier qui venait de contrées éloignées et qui essayait de faire sa place parmi eux ou était-ce un espion à la solde de quelque riche personnage comme ceux qu'ils avaient croisés lors de leur voyage précédent ?

Afin de se rendre à Medenine, leur prochaine étape, ils durent à nouveau quitter le littoral pour rentrer à l'intérieur des terres. Ils y feraient une courte halte car Noureddine devait y rencontrer un des caravaniers avec qui il était en affaires. En arrivant, Malikah fut très surprise devant ces sortes de grosses niches complètement fermées posées les unes au-dessus des autres sur trois niveaux parfois. Elle demanda à Noureddine s'ils avaient tant de saints que cela à vénérer, pensant que cela correspondait peut-être aux chapelles de son pays. Il rit de bon cœur et fut très fier de lui montrer comment ses ancêtres avaient déployé toute leur ingéniosité pour penser les ghorfas et les ordonner dans les ksour et combien il était important que cette tradition se perpétue au même titre que les rites religieux car elle était la survie de villages souvent isolés comme la religion était la survie d'une âme isolée dans un corps. Il lui expliqua alors que ces constructions en forme de demi cylindres superposés étaient des greniers qui permettaient de protéger les ressources de la population du village tout entier. Il ajouta qu'elles avaient l'avantage de garder au frais les marchandises stockées et que l'ensemble des habitations et des greniers, appelé le ksar, est souvent distribué autour d'une cour à l'intérieur de laquelle se trouvent les ouvertures des ghorfas qui peuvent ainsi être défendues contre des attaques éventuelles. Il voulut prendre sa revanche sur son épouse lorsqu'elle lui avait décrit les châteaux de son pays et leurs murs d'enceinte en insistant sur le fait que quel que fut le mode de distribution de ces ghorfas, les ouvertures étaient toujours face à celles des maisons d'habitation afin qu'elles n'offrent aux agresseurs potentiels qu'un mur parfaitement inattaquable.

En entrant dans le ksar, Noureddine comprit immédiatement que quelque chose venait de se produire. Il devint nerveux et en même temps inquiet pour Malikah. Il aurait voulu la cacher au milieu des marchandises. Mais elle était si fière de faire partie de la caravane qu'il ne put que lui recommander de se faire toute petite et surtout de ne rien dire. Il envoya

Ghaled en éclaireur et coinça Malikah au milieu des méharis. Ghaled revint très rapidement, le sourire aux lèvres. Il savait maintenant qui était le mystérieux personnage. Le mouvement de foule inhabituel du ksar était dû à cet homme qui cherchait à se faire une clientèle dans le souk de manière si inhabituelle que tous étaient restés figés sur place de surprise. À peine Ghaled était-il revenu vers le groupe que la foule partit d'un grand éclat de rire.

– « Quel dommage que je me sois éloigné. J'aurais aimé participer moi aussi aux pitreries de ce marchand. Il ne sait quoi inventer pour attirer les badauds. Sa marchandise est quelconque, mais il vendra car en même temps, il se donne en spectacle. Il est ridicule, mais il a du succès car près de la frontière, les gens ont besoin de se détendre : ils sont si souvent aux aguets parce que leurs provisions font l'objet de convoitises de la part de gens mal intentionnés. Te souviens-tu, Noureddine, de ce jour où des bandits avaient fait main basse sur les provisions de dattes que tu venais de leur vendre ? Cette année-là, ils furent au bord de la famine car les villageois n'avaient pas eu le temps de remplir les ghorfas. Toutes les marchandises avaient été volées dans les souks par des bandes organisées. Heureusement qu'un jour, une tempête de sable a mis fin à leurs agissements. Pris dans les sables, ils n'avaient eu le choix qu'entre la sanction et la mort. »

Noureddine n'était cependant pas convaincu par la désinvolture de Ghaled. Il sentait au fond de lui une méfiance inexpliquée lui conseiller la prudence à tout prix. Il décida donc qu'ils se rendraient immédiatement au caravansérail et qu'il irait vaquer à ses affaires ultérieurement. Il voulait installer Malikah en lieu sûr le plus rapidement possible. Lorsqu'elle fut dans la chambre, il lui intima l'ordre de n'ouvrir à personne et que lui-même se ferait connaître en parlant haut et fort avec Ghaled en arrivant vers la porte. Elle reconnaîtrait leurs voix, il en était certain. Malikah n'était pas très heureuse de se sentir enfermée une fois encore. Mais elle faisait confiance au sixième sens de son mari. Elle-même avait ressenti une sorte d'angoisse l'envahir au moment où Noureddine s'était dirigé vers leur lieu de repos. Elle essaya de se calmer en s'occupant de sa toilette. Elle voulait que son mari la trouve toujours aussi attrayante que le jour de leur mariage.

En se rendant à son rendez-vous, Noureddine avait fait le tour du lieu en faisant mine de chercher des marchandises dont il pouvait avoir besoin. En réalité, il était à l'écoute de tout ce qui se disait. Ainsi surprit-il une conversation entre deux hommes qui ne l'avaient pas vu arriver. L'un disait :

– « Je suis presque sûr que c'est cette caravane. Je l'ai reconnu. Il ne passe pas inaperçu, celui-là. »

L'autre de répondre :

– « Si nous commettons une erreur, ça va mal se passer pour nous. On nous a bien recommandé de ne pas nous tromper. Il me semble avoir vu une femme dans cette caravane… »

Sa phrase resta en suspens, car l'homme venait de se retourner et de voir Noureddine. Leur regard se croisa, qui ne montra aucune aménité de part et d'autre. Sans qu'aucune parole ne soit prononcée, ils se sentirent ennemis. Sans attendre que son comparse ait pu le voir lui aussi, Noureddine se hâta hors du souk et regagna immédiatement le caravansérail. Au moins avait-il deux visages à mettre sur leurs éventuels agresseurs. Mais de quel bord étaient-ils ? Faisaient-ils partie de ceux qui convoitaient ses marchandises ou bien étaient-ils à la recherche de Malikah ? Rien de ce qu'ils s'étaient dits ne laissait préjuger du but qu'ils poursuivaient. Dans le premier cas, ils auraient à attendre d'être de retour dans cette contrée pour se mesurer à eux, car Noureddine n'avait pas encore passé la frontière pour s'approvisionner en étoffes. Dans le deuxième cas, ils pouvaient s'attendre à tout et tout de suite. Avec mille précautions, il regagna sa chambre avec l'aide de Ghaled à qui il confia en deux mots ce qui venait de se produire. Il raconta aussitôt son aventure à son épouse, la mit de nouveau en garde et la prit dans ses bras. Il lui semblait que s'il la tenait ainsi, rien ne pourrait lui arriver. Dans ses bras, et seulement dans ses bras, la sentait-il en parfaite sécurité. La mort dans l'âme, il dut repartir vaquer à ses occupations. Il était l'heure de son rendez-vous et il ne pouvait le manquer sous peine d'avoir de sérieux problèmes de finances, ce qu'il ne pouvait se permettre maintenant qu'il avait pris femme. Son amour-propre était en jeu.

10. Guet-apens ?

« Seule à seule, je me suis étendue
tout près de mon amour
et j'ai surpassé les hommes
par mon habileté. »

Anonyme du XIIe siècle,
Tiré des *Délices des cœurs*.[24]

Malikah attendait depuis si longtemps qu'elle avait l'impression que plusieurs jours s'étaient écoulés depuis que Noureddine avait quitté leur chambre. S'était-elle assoupie pour avoir cette impression désagréable d'avoir été oubliée ici ? Aucun bruit ne lui était parvenu. Que se passait-il donc de l'autre côté de cette porte ? Elle aurait aimé la franchir et aller en ville, partir à la recherche de Noureddine. Mais il lui avait recommandé de ne pas quitter ces lieux. L'angoisse montait en elle et fermée dans un endroit si restreint, elle eut la sensation d'étouffer. Si au moins elle avait entendu des voix, des bruits de pas. Ce silence mortuaire lui glaçait le sang. Elle se sentait impuissante et inutile. S'il était arrivé quelque chose à Noureddine, mieux valait en finir avec la vie. Elle avait encore le petit poignard qu'elle s'était procurée bien avant leur mariage. Dans un recoin de son esprit, avait germé l'idée qu'un jour prochain, elle aurait à s'en servir.

Soudain, elle perçut un bruit de pas précipités. Son cœur commença à battre la chamade. Qui pouvait bien arriver de manière si brutale et intempestive. Des voix se firent entendre mais elles étaient encore trop

---

[24]Citation tirée de l'œuvre de Christian Dawlat, *La grande sagesse du monde arabe*, Les Editions Quebecor, 2003, p. 44.

éloignées pour qu'elle puisse comprendre ce qui se disait. Puis elle reconnut Ghaled, mais pas Noureddine. Elle fut prise de panique et voulut ouvrir sa porte. Elle sentit alors une main se poser sur son bras et l'en empêcher. Lorsqu'elle regarda, elle ne vit rien. Elle crut devenir folle. Et si maintenant elle avait des hallucinations à cause de ce long moment de solitude ! Peut-être que ces voix n'étaient que des fantasmes que ses angoisses créaient de toute pièce. Elle fit le calme en elle de peur de poser un geste qu'elle aurait pu amèrement regretter et s'obligea à écouter attentivement ce qui se tramait de l'autre côté de la porte. Enfin, elle reconnut les voix de Ghaled et de Mohammed. Malgré le coup sur la porte et la voix feutrée de Ghaled qui lui demandait d'ouvrir, elle se prit à hésiter. Elle n'osait ni bouger ni parler. Ghaled réitéra sa demande, mais elle n'en fit rien. Noureddine n'était pas avec eux, elle en était certaine et ses recommandations avaient été formelles. Elle ne voulait surtout pas tomber dans un piège. Elle attendit et les pas finirent par s'éloigner. Quelques instants plus tard, la voix de Noureddine se fit entendre. Elle ouvrit la porte et en une seconde fut dans ses bras.

Elle l'enveloppa d'un regard amoureux tout en lui demandant :

– « Qu'as-tu fait tout ce temps. Je croyais que tu ne reviendrais plus, que tu avais été pris et emmené par ces gens qui te veulent du mal. J'ai eu si peur. Et pourquoi Ghaled et Mohammed sont-ils venus taper à la porte ? Je pensais qu'ils avaient une mauvaise nouvelle à m'annoncer. J'ai failli leur ouvrir. Mais après un moment, comme leurs voix ne paraissaient pas remplies d'anxiété ou de panique, j'ai eu très peur qu'ils ne t'aient trahi. J'ai préféré m'abstenir et suivre tes ordres. »

Noureddine lui avoua avoir voulu tester sa résistance car il voulait être sûr qu'elle ferait tout ce qu'il lui demanderait en cas de danger. Il en allait de leur sécurité à tous deux. Il sentait que quelque chose se tramait en ville, mais il ne savait pas quoi car il n'avait pas pu s'attarder plus avant. Il était resté parti très longtemps et il craignait que Malikah, en perdant patience, ne fasse une bêtise. Il n'avait pas revu les deux compères mais une certaine effervescence inhabituelle lui laissait présager quelque événement particulier. Déjà, le marchand qui avait tant fait rire Ghaled ne lui plaisait pas. Selon lui, cet homme était là pour faire diversion. Pendant que les badauds le regarderaient, certains auraient les coudées franches pour agir à leur guise. Heureusement qu'il avait lui-même avancé l'état de ses affaires et donnerait livraison des marchandises achetées en Libye dès leur retour à Medenine sans passer par le souk, ainsi ils risqueraient moins. Dans les circonstances du moment, il leur suffisait de passer la nuit ici pour repartir le plus tôt possible le lendemain. Noureddine avait demandé à Ghaled de lui faire monter le repas et il se relaxa tout en faisant un compte rendu détaillé à son épouse des décisions qu'il avait prises pour la suite du voyage.

Il regrettait qu'elle ne puisse visiter Medenine de manière plus approfondie car de toutes les villes du sud, c'était pour lui la plus pittoresque. Un jour, ils auraient tout le temps de parcourir son pays sans se sentir menacés. Trop conscient des dangers qu'il faisait courir à Malikah et désireux de passer un maximum de temps avec elle, Noureddine avait en effet décidé, depuis son mariage, de se sédentariser à plus ou moins brève échéance, avec le but d'avoir des enfants qui peut-être reprendraient un jour le flambeau, comme il l'avait lui-même repris de ses ancêtres nomades. Il savait avoir eu un arrière grand-père fort aventureux qui avait sillonné le pays de long en large avec sa famille, levant le camp de l'endroit où il avait fait halte avant même que son immense troupeau n'en ait épuisé les réserves.

S'il voulait un jour monter son commerce, il savait qu'il lui suffirait de reprendre tous les contacts qu'avait eus son père, ce qu'il avait accompli avec succès, même si ses motivations étaient différentes. Il se sentait encouragé par ce premier pas qui lui semblait décisif. Ainsi aurait-il tout le loisir de penser à sa famille et de vivre ce que son père n'avait pas eu le bonheur de goûter. C'était aussi rendre hommage à ce père qui avait accepté leur séparation si peu de temps après la mort de son épouse car il avait compris la souffrance de son fils et sa passion pour l'aventure puisque le lien si fort qui avait uni Noureddine à sa mère s'était brisé si rapidement. Il ne lui en avait jamais voulu de l'abandonner à sa solitude. Aujourd'hui, Noureddine comprenait à son tour le dénuement qui avait dû marquer la vie de son père car il sentait combien sa propre existence serait pour lui plus vide que le désert qu'il parcourait s'il venait à perdre celle qu'il aimait. Mais maintenant, là, avec Malikah, il ne voulait penser à rien d'autre qu'à eux, égoïstement. Il avait attendu cette femme si longtemps, se disait-il, et la vie de couple était parfois si courte, qu'il ne voulait perdre aucune seconde avec elle. Il savoura pleinement la nuit à ses côtés, se réveillant régulièrement pour la toucher afin de s'assurer de sa présence ou la prendre dans ses bras et la bercer amoureusement. Était-ce l'enfant en lui qui s'éveillait à cette présence féminine dont il n'avait que très peu savouré la douceur et la chaleur réconfortante ? Peu lui importait d'en connaître les raisons, il était avide de cette féminité qui adoucissait avec bonheur la rudesse de ses jours passés. Lui-même avait du mal à reconnaître le Noureddine qu'il était devenu. Il sentait une telle envie de tendresse en lui qu'il se demandait même s'il saurait se défendre en cas de problème.

Au petit matin, lorsque Noureddine s'en fut à la mosquée, il recommanda à Malikah de se préparer pour le départ. Il reviendrait rapidement, mais il se devait d'accomplir son devoir religieux comme il l'avait toujours fait, sinon tous se poseraient des questions qu'il valait mieux éviter vu la conjoncture actuelle. Malikah ne se sentait pas très rassurée, mais elle se fit une raison car la durée du service lui permettrait de faire une toilette plus minutieuse que les jours précédents. Elle y mit une certaine coquetterie, pensant en elle-même qu'elle effacerait ainsi la première image que Noureddine avait eue d'elle à leur première rencontre. Puis elle se ravisa car elle ne devait en aucun cas avoir l'air trop féminine et elle dut remettre le caftan et la tenue de nomade poussiéreuse qu'elle portait la veille. Aucun des hommes ne faisait de toilette particulière lors de ces voyages. Ils se contentaient d'être propres même si leurs vêtements étaient poussiéreux.

Au fil des jours, elle en apprenait un peu plus sur ce qu'avait été la vie de Noureddine et elle se rendait compte qu'il fallait vraiment avoir la passion des grands espaces et un désir de liberté sans égal pour ne jamais avoir envie de se stabiliser. Il est vrai qu'elle-même avait ressenti un ineffable plaisir dans cet espace illimité où l'homme se plonge en lui-même pour y puiser sa force, bien qu'un désir taraudeur de survie l'ait tenaillée les premiers jours lorsque sur des distances incommensurables ils n'avaient rencontré âme qui vive. Elle s'avouait volontiers maintenant qu'elle avait failli renoncer à aller plus avant, n'eut été l'amour protecteur de son mari et la foi qu'elle avait en lui. Aujourd'hui, elle commençait à se passionner pour cette vie au cours de laquelle les rencontres étaient souvent imprévues, mais presque toujours très fraternelles. Bien sûr, quelques exceptions pimentaient la vie des caravaniers. Mais où aurait-il fallu se rendre pour ne trouver qu'harmonie et compréhension entre les êtres ? Malikah savait qu'il était parfaitement utopique de croire en la bonté de tous les hommes et elle en avait eu la preuve avec Malek. Mais de tous ceux qu'elle avait croisés depuis qu'elle était mariée à Noureddine, aucun ne lui avait semblé avide de pouvoir et d'argent comme lui. Elle songea qu'il devait y avoir deux classes de personnes : ceux qui veulent absolument dominer le monde et se moquent de ce qui peut arriver à leurs semblables pourvu qu'ils parviennent à leurs fins et ceux qui le font avancer avec leurs idéaux fraternels et aimants. Un sentiment de reconnaissance monta en elle à l'idée que la chance lui avait été favorable en lui permettant de se lier avec des personnes comme Noureddine et ses amis, caravaniers et autres.

À peine venait-elle de songer à son mari qu'elle commença à se poser mille questions sur ce qui pouvait bien lui être arrivé. Cela faisait maintenant assez longtemps qu'il était parti alors qu'il lui avait bien spécifié qu'elle aurait juste assez de temps pour se préparer. Elle avait eu tout le loisir de changer de vêtements au moins deux fois et il n'était toujours pas de retour. Décidément, Medenine était un lieu bien particulier d'où elle n'emporterait pas de très bons souvenirs avec elle. Soudain, la voix de Noureddine se fit entendre et elle se rassura immédiatement. Elle attendit cependant qu'il arrive près de la porte pour s'assurer que c'était bien lui. Elle ne reconnaissait pas son interlocuteur. Qui pouvait bien l'accompagner à cette heure matinale ? Elle le saurait en ouvrant la porte. Mais le bruit des voix s'éloigna et le silence régna de nouveau sur le caravansérail. Un long moment s'écoula qui lui parut une éternité.

Lorsqu'à nouveau des sons lui parvinrent, c'était un brouhaha incompréhensible. Que se passait-il dans le fondouk ? Sa curiosité était piquée au vif et elle se demanda ce qu'elle pouvait faire pour la satisfaire. Désobéir à son mari aurait non seulement été un manque d'égards envers lui qui la protégeait au mieux, mais encore une atteinte à sa sécurité. D'ailleurs, peut-être était-il en grand danger et ne pas pouvoir l'aider dans un tel moment la mettait dans un état de nervosité tel que tout son corps tremblait. Encore une fois, son impuissance lui était insupportable. Lorsque enfin la voix chaude et sonore de Noureddine lui parvint accompagnée de celle de Ghaled, elle fut à la porte en une seconde, attendit qu'il fût juste de l'autre côté et lorsqu'un discret Malikah lui fut audible, elle ouvrit et se blottit dans ses bras, les larmes aux yeux. Elle se sentait comme une enfant abandonnée et le confia à Noureddine qui partit d'un grand rire dont la sonorité lui parut plutôt nerveuse. Il lui demanda de se presser car ils devaient partir sans plus attendre. Il lui expliquerait en chemin ce qui s'était passé. Tous semblaient pressés de quitter les lieux et à peine furent-ils à dos de leur monture qu'ils excitèrent les méharis pour qu'ils adoptent une allure beaucoup plus vive que d'ordinaire. Peu leur importait de se faire remarquer par la hâte avec laquelle ils paraissaient plus s'enfuir que simplement poursuivre leur chemin. Noureddine regardait droit devant lui, ne cherchant pas à savoir s'il était suivi et cela parut extrêmement étrange à Malikah qui ne l'avait encore jamais vu agir ainsi. Lorsqu'ils furent assez loin de Medenine, Noureddine entama un long discours à l'intention de tous. Il raconta de manière fort détaillée ce qu'il avait vécu depuis la veille.

Comme prévu, il s'était dirigé vers le lieu de son rendez-vous. En chemin, il avait croisé deux personnages qui l'avaient surpris non seulement par leur attitude mais aussi par le discours qu'il avait surpris entre eux. Ils avaient un air de conspirateurs et cela l'intrigua. Il fit mine de continuer son chemin, mais il revint sur ses pas par une autre rue, resta devant un étal qui par bonheur se trouvait là et tenta de comprendre leur conversation. Il entendit l'un d'eux dire qu'il savait que Noureddine était en ville, que malheureusement, il ne le connaissait pas, que cependant sa description suffirait à ce qu'il le reconnaisse où qu'il le rencontrât. L'autre répondit à son tour qu'il n'avait jamais eu ce Noureddine devant les yeux, mais que la manière dont on le lui avait présenté ne laisserait aucun doute dans son esprit, dût-il le croiser au milieu d'une foule dense. Noureddine tout à la fois riait sous cape et s'inquiétait de savoir par qui ces deux individus avaient été mandatés. Son rendez-vous ne saurait attendre et il ne put se permettre d'en écouter d'avantage. Lorsqu'il arriva devant l'imposante demeure, quelle ne fut pas sa surprise de voir que la maison était dans un état d'agitation pour le moins inhabituel. Noureddine s'empressa auprès de son ami qui lui confirma ce qu'il avait pressenti en arrivant :

– « C'est un grave malheur qui s'abat sur notre famille, Noureddine, un grave malheur ! Notre fille aînée devait se marier la semaine prochaine avec un jeune homme en qui j'avais toute confiance et il vient de se faire arrêter par le caïd. Il est accusé d'avoir voulu vendre ses étoffes à un prix outrancier à un homme dont on ne sait rien, qui est apparu dans le souk dont ne sait où et qui prétend bien connaître les marchandises proposées. Il casse le marché et personne ne peut vendre au prix qu'il demande sans aller à sa perte. Je ne sais quel pouvoir il a, mais nous sommes atterrés par ses agissements. Tous ici craignent pour leur commerce. De plus, il y a une femme qui se comporte, elle aussi, de façon étrange, mais personne ne sait si elle est partie prenante des desseins de cet homme ou si elle agit pour son propre compte. Prends garde, Noureddine, j'ai en outre entendu des rumeurs à ton sujet. Il semble que ta tête soit mise à prix, si je puis m'exprimer ainsi. En tout cas, tu dois absolument quitter Medenine au plus tôt parce que deux hommes sont à tes trousses ». Ce à quoi Noureddine répondit en souriant :

– « Merci de ton conseil, mon ami. J'ai un avantage sur ces gens qui sont à ma poursuite car moi je les connais, eux non. Je viens d'en rencontrer deux qui semblaient tellement sûrs de me reconnaître à peine croiseraient-ils mon chemin et qui pourtant ne m'ont même pas vu. Je les ai bien mémorisés, tant par leur allure que leur faciès, et à peine les verrai-je que je serai sur mes gardes, sois sans crainte ».

11. Le piège

« *Courir vers l'union n'est pas le fait d'un homme viril,*
La bravoure se manifeste au jour de la séparation. »

Rûmî, *Rubâi'yât.*[25]

À ce stade de ses investigations, Noureddine n'avait prévenu personne du danger qui les menaçait car il voulait être absolument sûr de ce qui se tramait contre lui. Il avait demandé à ses co-équipiers de redoubler de vigilance et d'avoir l'œil à tout ce qui pouvait se passer où qu'ils iraient. Tôt le matin, alors qu'ils se rendaient à la mosquée, ils eurent un court aparté pour savoir si l'un d'eux avait surpris quelque chose. Tous avaient la même remarque à rapporter à Noureddine : deux hommes étaient à sa recherche. La nouvelle s'était répandue comme une traînée de poudre dans le souk. À croire que ces deux personnages n'étaient pas très discrets. Était-ce voulu, ou alors étaient-ils à ce point peu méfiants ? Noureddine ne savait que penser de leur attitude qui lui semblait pour le moins étrange. Auraient-ils voulu

---

[25]Citation tirée de l'œuvre de Christian Dawlat, *La grande sagesse du monde arabe*, Les Editions Quebecor, 2003, p. 23.

le protéger qu'ils n'auraient pas agi différemment. Noureddine ne voulait cependant pas risquer la vie de ses caravaniers, encore moins de son épouse ou même la sienne. D'où la décision de quitter Medenine aussi rapidement. Ils avaient semé la rumeur qu'ils y séjourneraient encore jusqu'au lendemain. C'était un stratagème dont Noureddine n'était pas absolument certain qu'il fonctionne, mais il avait tenté le tout pour le tout.

Ainsi, tous leurs ennemis étaient en ville : l'homme de Ghadamès qui avait agressé verbalement Ghaled, la femme qui ressemblait à Malikah et celui qui correspondait si bien à la description que Malikah lui avait faite de Malek. Noureddine avait cru l'apercevoir une première fois au sortir d'une ruelle. Il s'était faufilé tant bien que mal à travers la foule. Puis il l'avait revu, de profil cette fois-ci, comme à leur toute première rencontre dans le caravansérail de Ghadamès. Comment se sortiraient-ils de ce piège, si piège il y avait ? Seul Allah dans sa grande mansuétude pouvait agir et les protéger. Ils s'étaient montrés volontairement à la mosquée ce matin, puis au souk quelques instants pour corroborer les affirmations de Noureddine en ce qui concernait leur départ de Medenine.

Lorsqu'ils seraient en Libye, ils risqueraient moins car il connaissait de riches et influents Libyens d'origine berbère avec qui il commerçait depuis fort longtemps. Il décida donc de se rendre au plus vite chez l'un de ces marchands qui l'avait connu dès le début de son apprentissage de caravanier. Il savait que cet homme avait une grande affection pour lui car il avait vu avec quelle aisance le jeune garçon qu'il était alors avait su, au fil des ans, se faire respecter et apprécier du monde des affaires. C'était un être éclairé qui lui avait prodigué mains conseils que Noureddine avait su mettre en œuvre et il était fier de lui. Il lui fournissait en outre toutes ses plus belles pièces de damas. Fort de sa décision, il se tourna vers son épouse et lui dit :

– « Quoiqu'il arrive, Malikah, jamais je n'oublierai ces quelques jours que nous avons passés ensemble depuis notre mariage. Longtemps je t'ai attendue. Enfin tu es venue et ma vie a changé, tellement changé. Tu es celle que je n'espérais plus. Tu as transformé mon humble existence et mon être tout entier à tel point que même mes hommes ont du mal à me reconnaître. Seul le travail comptait pour moi et j'étais extrêmement intransigeant. Tu as adouci mon caractère et les affaires n'en marchent pas plus mal. Peut-être le manque d'amour me rendait-il acariâtre ! Maintenant, il faut que tu saches que nous sommes en danger, tous, que peut-être nos ennemis parviendront à nous séparer. Où qu'ils t'emmènent je tenterai de te retrouver, fut-ce au péril de ma vie. Tu es mienne et sans toi ma vie n'aura plus aucun sens. J'ai vécu ce que nul homme ne peut oublier : un bonheur si parfait que chaque jour qui passe est pour moi divin et en même temps douloureux à la pensée que notre histoire est peut-être totalement éphémère. Nous ne sommes, bien sûr, qu'aux balbutiements de notre union et peut-être que d'ici quelques années notre relation pourrait s'altérer. C'est un fait, mais ce qui m'importe à l'heure actuelle, c'est de jouir de ces instants en évitant de penser à demain. Et je sens que tu as les mêmes aspirations que moi. C'est une des raisons pour lesquelles j'ai consenti à ce que tu m'accompagnes ».

– « Je te remercie d'avoir accepté ma présence parmi tes compagnons et ainsi de vous confronter à des risques encore plus conséquents. Je suis si heureuse d'avoir pu vivre aussi intensément le début de notre mariage. Devrait-il se terminer dans très peu de temps, j'emporterai au fond de mon cœur, où que j'aille, cet amour qui me nourrira. Et je te promets que je n'appartiendrai à aucun autre homme, dussé-je quitter ce monde ».

– « Ne commets surtout pas l'irréparable, Malikah. Mon chagrin serait trop grand. Où qu'on t'emmène, je viendrai te sauver ».

Malikah ne répondit pas et se contenta de sourire à son époux. Cette façon chevaleresque de réagir faisait écho en elle, comme si une scène d'un lointain passé se répétait aujourd'hui. Malgré tout, à cette évocation, elle ressentit un certain malaise, et une sorte de culpabilité. Avait-elle quelque chose à se reprocher à propos d'événements très anciens qui les avait liés ? Elle ne voulut pas gâcher ces instants avec Noureddine et chassa tant bien que mal les émotions qui venaient de l'assaillir à l'improviste. Elle évita même de penser à ce qui pourrait l'attendre si elle était reprise par ses poursuivants, car elle savait ce que subissaient les femmes qui s'échappaient des griffes de leurs ravisseurs et elle en frissonna d'horreur. On le lui avait clairement signifié lors de son séjour dans la riche demeure de Tozeur. Elle s'en était enfuie avant qu'il ne soit trop tard, mettant de préférence le cap sur le sud plutôt que le nord pour tenter de confondre ses poursuivants dont le filet se resserrait très certainement déjà sur elle.

Mais à l'heure actuelle, elle désirait plus que toute autre chose vivre l'instant présent et elle ne songea qu'au bonheur de cheminer près de Noureddine, de s'abreuver des beautés qui l'entouraient afin d'emporter, quel que soit le lieu où elle finirait sa vie, le souvenir d'un intense passé d'amour et de complicité, d'entente parfaite.

Ils avaient déjà parcouru une bonne distance et approchaient de la frontière. Dans quelques lieues, ils auraient atteint Zuwarah. Noureddine s'était enfermé dans le plus grand silence, car plus que jamais, il était à l'écoute du moindre bruit, à l'affût du moindre signe. Il devait absolument réagir à la moindre alerte. Ils approchaient de Zuwarah lorsqu'un bruit de galop parvint à ses oreilles aguerries. Il comprit immédiatement que le groupe qui était sur leurs talons était important. Il ne pouvait en déterminer le nombre, mais le bruit était assourdissant. En écoutant un peu plus attentivement, il comprit que cette caravane était assez mal ordonnée. Le bruit des sabots était si mal synchronisé qu'il se demanda si tous ces cavaliers formaient un ensemble ou s'ils se poursuivaient mutuellement. Bientôt, ils entreraient dans la ville et pourraient contempler, à l'abri de tout danger, cette cohorte de gens mal intentionnés, si ces derniers étaient bien à leur poursuite. Du moins était-ce le ressenti de Noureddine. Ils eurent à peine le temps de se mettre à l'écart dans une ruelle d'où ils avaient un aperçu du désert, que ce troupeau entra tout droit en ville, ne sachant visiblement pas comment s'y diriger. Ils n'avaient absolument pas l'allure des autochtones mis à part une personne qui, toujours selon Noureddine, pouvait être leur guide. Il les observa aussi minutieusement que le lui permit leur rapide passage. Il vit immédiatement qu'ils avaient une certaine semblance de Malikah, particulièrement dans le port altier qu'ils affichaient. Leurs ennemis les auraient-ils donc désertés ? Pour lui, ce n'était que partie remise, et ces quelques étrangers, peut-être à leur solde ou en affaires avec eux, étaient-ils là seulement pour faire diversion, une fois de plus ! Ils devraient redoubler d'efforts, ne sachant pas avec qui ces nouveaux venus étaient associés, mais surtout bien cacher Malikah pour le cas où ils auraient été les complices de Malek.

Noureddine conduisit la caravane chez son ami Achir par des rues détournées, ayant pris le soin de la mettre entre eux comme il l'avait déjà fait précédemment. Enfin ils atteignirent la demeure d'Achir où ils s'engouffrèrent aussi vite que leur monture et leur nombre le leur permit. Ils furent accueillis avec la plus grande affabilité par le maître des lieux. Après que Noureddine lui eut raconté succinctement les aléas de leur périple, Achir proposa de les héberger au moins le premier jour de leur arrivée, de sorte que Noureddine puisse découvrir l'identité de ces hommes. Après avoir été délestés de leur chargement, les méharis seraient conduits en lieu sûr chez un chamelier de sa connaissance dont il pouvait répondre de la discrétion. Ils étaient si heureux de pouvoir relâcher la tension qui les habitait depuis de nombreux jours qu'ils croyaient rêver. Ils avaient l'impression de revenir quelques mois en arrière, lorsque tout allait encore si bien que chaque jour ils louaient Allah pour ses bienfaits alors qu'en ce moment ils ne cessaient de lui demander aide et assistance. Ils devisaient gaiement tout en s'affairant au déchargement des bâts. Fourbus mais détendus, ils se préparèrent à partager le repas qui devait célébrer la venue de Noureddine à Zuwarah, dans la maison de celui qui le considérait presque comme un frère. Achir se réjouissait en outre de faire la connaissance de Malikah, qu'il avait aperçue à peine la caravane était entrée dans l'enceinte de sa maison.

Lorsqu'ils franchirent la porte de la magnifique demeure, une agréable fraîcheur ne fit qu'augmenter l'état de bien-être dans lequel ils se trouvaient déjà depuis un moment. Malikah sentit immédiatement qu'elle s'entendrait bien avec Adiba, la maîtresse de maison, dont elle sentit la présence feutrée et discrète se refléter dans l'art raffiné avec lequel la décoration de la pièce où elle venait d'entrer avait été choisie. Tout était artistiquement élaboré et elle ne constata aucune faute de goût dans la main qui avait orchestré ce décor : coussins dorés et argentés agrémentaient les sofas recouverts de damas aux arabesques de couleurs vives : jaune, rouge, bleu cyan sur fond noir pour en faire ressortir l'intensité et une pointe de blanc par-ci par-là pour adoucir l'ensemble. Les tentures murales feutraient l'atmosphère et relevaient encore le décor de leurs tons mordorés qui se mariaient à merveille avec le vert tendre des murs. Elle était ravie de faire connaissance avec un tel lieu qui lui donnait un avant-goût de ce qui l'attendait. Elle était certaine qu'elle se plairait énormément entre ces murs et aux côtés de ces gens qu'elle ne connaissait pas encore.

On la conduisit auprès de son hôtesse et elle resta avec les femmes puisque telle était la tradition en ces lieux. Elle pressentait que son mari ne la rejoindrait que très tard après le repas. Elle aurait longtemps à attendre avant d'apprendre tout ce qui s'était passé parmi les hommes. Reçue avec tellement d'égards, devisant et mangeant, elle en oublia les hommes et passa une soirée inoubliable. Son pressentiment s'était avéré et les deux femmes s'étaient découvert des affinités malgré les divergences dans leur éducation et leurs traditions et le grand éloignement de leurs pays respectifs. Malikah raconta son pays, son enfance à Adiba qui buvait littéralement ses paroles. De son côté, elle lui conta des souvenirs qui lui étaient chers. Toutes deux avaient été choyées par une mère dont elles éprouvaient terriblement l'absence. Mais là, ensemble, elles venaient de se créer un cocon douillet dans lequel elles s'enfoncèrent afin de combler tous les manques que leur vie de femmes d'un monde par trop masculinisé ne parvenait pas à satisfaire.

Lorsque Noureddine vint la chercher pour rejoindre leur chambre, elle fut très étonnée d'apprendre qu'il était l'heure d'aller au lit. Elle ne sentait plus la fatigue du voyage et aurait de ce fait aimé prolonger ces instants tant la complicité entre femmes lui avait manqué. Elle suivit cependant son mari et s'en fut dans la chambre qui leur avait été réservée. Ils avaient à peine passé la porte que Noureddine vint la serrer dans ses bras, en proie à une certaine inquiétude. Elle sentait en lui l'angoisse de la perdre. Elle caressa son visage, tenta tant bien que mal de le rassurer par des paroles remplies d'espoir pour leur avenir. Mais au fond, elle savait bien que ces hommes qui venaient de rallier Zuwarah étaient synonyme de danger pour eux, pour leur mariage, pour leur amour. Si comme le lui avait laissé entendre Noureddine ils avaient son allure, il était possible qu'ils aient été envoyés par son père qui n'avait pas eu de nouvelles d'elle depuis bientôt six mois, ni certainement non plus de ses accompagnateurs qui devaient, aujourd'hui encore, moisir dans une geôle tunisienne. Cependant, comment avait-il pu faire parvenir ces hommes jusque-là ? Pur hasard, ou enquête de longue haleine qui avait abouti ? Malikah était très perplexe, mais elle savait que son père ne reculerait devant rien pour la retrouver s'il s'était mis cette idée en tête. Jamais il ne lâchait ce qu'il avait entrepris. C'était d'ailleurs cette ténacité qui lui avait permis de si bien réussir dans les affaires. Demain, peut-être aurait-elle une réponse à toutes ses questions ! Pour l'instant, elle avait bien l'intention de ne se consacrer qu'à son époux. S'ils devaient être séparés prochainement, au moins aurait-elle encore quelques heures de bonheur avec lui.

Quant à Noureddine, il savait déjà que des français étaient arrivés à Zuwarah par le biais de ceux qui avaient amené les chameaux en lieu sûr. Il ne voulut cependant rien dire à Malikah pour le moment et se prépara à passer une nuit d'amour avec elle, la dernière qu'ils pourraient peut-être s'octroyer car son sixième sens pressentait un dénouement, tant au niveau professionnel que sentimental, à moins qu'un simple revirement de situation ne vienne tout chambouler. Cette dernière hypothèse était peu probable, à moins que les hommes qu'il avait vus n'aient été envoyés par le père de Malikah ! Il croyait peu à cette éventualité, sachant que le Bey de Tunis avait des relations suivies avec la France et lui-même avait déjà croisé des français sur le sol de son pays. Cependant, ici en Libye, il n'était pas certain qu'ils ne fussent pas des émissaires du père de son épouse, et si tel était le cas, il la perdrait certainement. L'homme, échaudé par la première expérience amoureuse de sa fille, ne la laisserait certainement pas dans un pays où elle avait failli perdre et sa liberté et sa vie.

Peu désireux que Malikah s'aperçoive de ses tourments, elle qui venait de passer une soirée si agréable avec Adiba, il essaya tant bien que mal de lui donner le change. Résister à son attrait lui fut insurmontable. Il s'approcha d'elle, la prit dans ses bras et la couvrit de baisers. Le soupir de désespoir qui accompagna ce simple geste fit revenir Malikah à la réalité de leur situation. Elle comprit tout de suite que son époux était très troublé par quelque chose qu'il désirait lui cacher. Elle le questionna aussitôt et insista jusqu'à ce qu'il lui livre le fond de sa pensée. Elle comprit elle aussi le dilemme auquel elle devrait bientôt faire face et sa joie s'évanouit en un instant. Une fois encore, leur bonheur ne tenait qu'à un fil ténu qui pouvait se rompre aisément, ils en étaient l'un et l'autre convaincus. Ils se couchèrent comme deux condamnés qui n'ont plus que quelques heures à vivre. Dans la détresse où ils se trouvaient, ils se sentaient comme aimantés et ne pouvaient se séparer l'un de l'autre. Leurs tendres ébats furent si pleins de fougue qu'ils restèrent éveillés longtemps, caressant mutuellement leur corps, leur chevelure. Ils se nourrissaient de paroles d'amour et goûtaient à pleine bouche les baisers assoiffés qu'ils échangeaient, leur cœur battant à l'unisson de leur si grand amour.

Au petit matin, ils étaient fourbus mais heureux d'avoir passé la nuit à satisfaire leurs désirs les plus profonds, une nuit de plénitude finalement. L'aube les cueillit avec un sentiment renouvelé par le désir d'appartenir l'un à l'autre, toujours. En serait-il ainsi ? Le verdict était proche et tous deux décidèrent d'un commun accord d'y faire face avec la plus grande foi en cet amour qui ne pouvait mourir ainsi. Si Allah pour Noureddine et Dieu pour Malikah les avait fait se rencontrer, pourquoi auraient-ils dû être séparés aussi rapidement ? Malikah essayait de se convaincre que si son père était arrivé jusqu'ici et qu'il la voyait non seulement saine et sauve, mais aussi heureuse auprès de l'homme qui lui avait sauvé la vie, elle saurait le persuader que son avenir était en Tunisie, dans ce pays où le destin avait conduit ses pas.

Ils se préparèrent donc à se rendre au souk afin que Noureddine puisse conclure ses affaires le plus rapidement possible en vue de repartir pour la Tunisie où il vendrait ses acquisitions. Il n'avait pas l'intention d'acheter trop de marchandises, n'étant pas certain de pouvoir les écouler entièrement. Il était sur la défensive, craignant de se trouver face à face avec les étrangers entr'aperçus la veille. Comme elle connaissait presque tous les collaborateurs de son père, Malikah avait désiré l'accompagner. Ainsi saurait-elle immédiatement qui étaient ces gens et s'ils représentaient un danger pour eux. Son regard aiguisé sondait la foule pour y découvrir le premier signe qui lui indiquerait ce qu'elle cherchait.

Soudain, elle crut voir un visage connu. Même si cet homme lui semblait familier, elle était cependant certaine de ne pas l'avoir rencontré dans la demeure familiale. Elle ne pouvait voir s'il était accompagné, car elle était trop loin. Elle demanda à Noureddine la permission de s'en approcher seule. Enveloppée dans sa tenue berbère et cachée derrière son caftan, elle avait un avantage sur eux : elle voyait sans être vue. Ainsi pourrait-elle savoir exactement qui ils étaient et la raison de leur présence, car elle avait bien l'intention d'écouter leur conversation. Elle était rompue à ce genre d'exercice depuis qu'elle s'était échappée de la riche demeure de Tozeur. Elle fila avant même que Noureddine ait eu le temps de lui répondre quoi que ce soit. Elle s'était déjà faufilée à travers la foule dense et il eut un mal fou à voir dans quelle direction elle était partie. Il essaya tant bien que mal de la repérer et se dirigea là où il pensait la retrouver.

Quant à Malikah, elle se portait d'un pas rapide en direction de l'homme qu'elle avait remarqué, sans se douter qu'elle venait de sceller son destin. Elle n'avait pas vu le personnage qui se trouvait à ses côtés, car il se fondait dans la masse, étant vêtu comme les autochtones. Lorsqu'elle l'aperçut, c'était déjà trop tard, car il avait immédiatement reconnu la paire d'yeux qu'il venait de croiser. Elle fit volte face, mais il était déjà sur ses talons. Elle se précipita en direction de l'endroit où elle avait laissé Noureddine, mais il n'était plus là. Elle avait le cœur battant, et ne savait que faire. Elle sentait sa présence derrière elle et décida de jouer le tout pour le tout. Elle se retourna et vit que l'homme qu'elle connaissait avait accompagné Malek, son pire ennemi. Elle s'adressa directement à lui et lui demanda à brûle-pourpoint qui l'avait soudoyé pour l'envoyer dans ces contrées lointaines pour s'attaquer à une pauvre femme, emmenée par le plus fourbe des hommes qu'elle ait jamais rencontré, et qui de fait se retrouve exilée loin des siens, sans ressources ni fortune.

La réponse ne vint pas. L'homme se contenta de sourire en la prenant par le bras et en l'emmenant avec eux. Son sourire narquois mit Malikah au comble de l'exaspération et elle ne put s'empêcher de l'agresser verbalement :

– « Je n'aurais jamais pensé rencontrer un compatriote aux manières aussi rustres que celles de votre comparse. Notre bonne société française a-t-elle donc tant changé qu'elle ne mande en ces lieux que les plus vils personnages de son royaume ? À la cour du roi, vous sembliez d'un autre rang. Seriez-vous tombé si bas ?

Elle avait menti effrontément, car elle ne se souvenait absolument pas du lieu où elle avait croisé ce mécréant. Ainsi le considérait-elle en son for intérieur. L'homme ne répondit pas, la tira en avant d'un geste brusque et se contenta de garder son sourire narquois. Malikah se demanda si ce sourire n'était qu'une façade et si l'homme était réellement aussi terrible qu'il voulait bien le laisser paraître. Elle observait les deux compères avec attention, cherchant à savoir, par son attitude envers son comparse, s'ils étaient de connivence. En même temps, elle tentait, par des efforts intensifs, de se souvenir du lieu où elle l'avait rencontré, mais en vain. Pourquoi sa mémoire lui jouait-elle des tours au moment où elle en avait vraiment besoin pour confronter son agresseur. Ils la conduisirent hors du souk, dans un endroit, elle en était certaine, où Noureddine ne saurait la retrouver. Mais elle se refusait à perdre espoir. Noureddine ne lui avait-il pas dit que, où qu'elle aille, il la retrouverait.

Préoccupée par sa situation, elle n'avait pas remarqué que deux autres personnages les avaient rejoints dans le souk et leur avaient emboîté le pas à peine s'étaient-ils mis en route. Ils restaient à quelque distance derrière eux, prenant mille précautions pour ne pas se faire remarquer. Malikah restait digne, cherchant à cacher l'angoisse qui l'étreignait à celui qui venait de l'enlever en plein jour au milieu de la foule. N'était-ce d'ailleurs pas la façon la mieux appropriée pour ce genre de méfait ? Personne ne s'était rendu compte de sa disparition, excepté son mari qui hantait le souk sans grand espoir de la retrouver.

Noureddine avait en effet tenté de suivre Malikah, mais au milieu d'une telle affluence, tous ses efforts étaient restés vains. Il se rendit chez les marchands qu'il connaissait bien afin de commencer son inquisition. Nul n'avait remarqué une femme berbère accompagnée d'un étranger. Il faudrait patienter jusqu'au lendemain pour que les langues commencent à se délier. En attendant, il vaqua à ses affaires pour ne pas trop penser à ce qui venait de se produire. Peut-être quelqu'un lui donnerait-il une information inespérée ! Il se concentra tant bien que mal sur son travail tout en songeant à son épouse. Qu'avaient-ils pu faire d'elle ? Il espérait vivement qu'elle ne soit pas maltraitée, ne sachant pas qui l'avait emmenée, mais il n'en était pas convaincu. Pourquoi ce silence autour de cette disparition ? Que cachait-il ? Tous étaient-ils d'intelligence avec son ou ses agresseurs, ou bien avaient-ils tous reçu l'ordre de se taire sous la menace ? Un immense désarroi s'empara de lui dont il sentit les effets jusqu'au plus profond de ses entrailles, mais il se domina et poursuivit son commerce.

Il avait presque fini et bientôt il pourrait retourner chez son ami Achir afin de solliciter son aide. Il était certain qu'il pourrait obtenir de lui des renseignements précieux et que même l'épouse de ce dernier pourrait elle aussi lui offrir une piste par le biais de ses gens. Tous étaient plus ou moins liés dans cette petite ville de Zuwarah et s'il devait s'y trouver des étrangers, ils seraient très vite repérés et leurs agissements seraient colportés avec précision, il en était certain. Ses seuls alliés seraient donc le temps et la patience. Ses tractations terminées, Noureddine se rendit en hâte chez Achir et manda ses compagnons au caravansérail pour s'assurer que les méharis étaient en sécurité. Lorsqu'il confia ses tourments à Achir et Adiba, tous deux furent consternés par la nouvelle. Tous savaient que des étrangers étaient en ville, mais nul n'aurait soupçonné qu'ils s'en prennent à Malikah de telle sorte qu'ils osent l'enlever en plein souk, au vu et au su de tout le monde. Ce qui les attrista d'avantage, c'était l'attitude de leurs compatriotes. Comment pouvaient-ils affirmer n'avoir rien vu alors que chacun sait combien le monde du souk est un lieu de colportage d'événements comme nul autre endroit.

Considérant la situation avec lucidité, Noureddine décida qu'il fallait agir vite, sinon il serait impossible de la retrouver. Ces hommes pouvaient très bien quitter Zuwarah aujourd'hui même. S'ils repartaient pour la Tunisie immédiatement, Noureddine n'aurait pas le temps matériel de les rattraper, n'étant pas prêt à partir sur le champ. Voyant la grande confusion dans laquelle se trouvait son ami, Achir décida de lui fournir sans plus attendre les marchandises qui lui manqueraient s'il ne restait pas en ville un jour de plus. Il dépêcha quelques-uns de ses gens pour les livrer. Les articles fournis par Achir n'étaient pas en nombre suffisant, mais avec ce que Noureddine avait acheté au souk le matin même, ils auraient assez pour se permettre de faire un trajet jusqu'à Kairouan si tout était liquidé en route. Pour Noureddine, c'était l'unique moyen de se sortir de ce mauvais pas sans trop de déboires financiers. Il lui suffisait d'avoir perdu son amour !

12. Une nouvelle croisade

« *S'il y a un homme sans chagrin, ce n'est pas un homme.* »

Proverbe turc.[26]

Il salua ses amis chaleureusement et, accompagné des hommes d'Achir, il se rendit sur l'heure au caravansérail. Son propre chameau avait été chargé par les domestiques d'Achir. En arrivant, il demanda à ses compagnons de bâter les méharis de sorte qu'ils n'auraient qu'à prendre la route du retour avec le vain espoir de rattraper les fuyards. Noureddine était si impatient qu'une violente colère s'empara de lui lorsqu'il vit que tous les méharis n'étaient pas prêts aussi rapidement qu'il l'escomptait. Il ne laissa pas même Ghaled lui répondre et le tança vertement pour son manque de célérité. Ghaled attendit patiemment qu'il se fût calmé. Quand enfin il put expliquer ce qui les avait perturbés d'une part, et d'autre part les avait incités à ralentir la cadence, Noureddine en fut abasourdi. Il n'aurait jamais pensé que ces hommes fussent à ce point fourbes. Un tel chantage lui était

---

[26]Citation tirée de l'œuvre de Christian Dawlat, *La grande sagesse du monde arabe*, Les Editions Quebecor, 2003, p. 35.

insupportable. Il laissa échapper sa colère qui gronda comme un roulement de tonnerre :

– « Que ces hommes ne croisent pas mon chemin ou je les massacre les uns après les autres. Je ne me suis jamais battu jusqu'à ce jour, mais je sens que ma hargne me ferait vaincre les plus valeureux guerriers. Pour celle qui est mienne je suis prêt à tout. Qu'on ne s'avise pas de lui faire du mal, ou je ne réponds plus de moi. »

Noureddine extériorisait en réalité toute l'angoisse qui l'étreignait face à la disparition de son épouse. Maintenant qu'il partait à la poursuite de ses ravisseurs, qu'arriverait-il à Malikah ? Ce n'était donc pas les hommes de son père qui avaient retrouvé sa piste, mais bien de malfaisants personnages qui n'hésiteraient pas à se débarrasser d'elle s'ils se faisaient rattraper. Qui pouvaient-ils bien être si Malikah n'avait pas plus de valeur à leurs yeux ? En y réfléchissant bien, il se dit que ce n'était peut-être qu'un procédé d'intimidation car si c'était bien Malek qu'il avait reconnu la veille, pourquoi devrait-il se débarrasser de Malikah alors qu'elle représentait pour lui une monnaie d'échange. Non, il ne devait prêter foi à ce que ces gens étaient venus raconter à ses hommes. Ce n'était qu'une façon de retarder son départ. Il pressa ses compagnons et ils se mirent rapidement en route vers la frontière tunisienne. Il priait Allah de tout faire pour qu'ils puissent rejoindre ces individus au plus vite afin de préserver la vie de Malikah. Pourquoi devait-on lui enlever celle qui venait tout juste de lui apporter le bonheur, celle qu'il avait attendue si longtemps.

Dès qu'ils furent hors de la ville, il se centra sur le désert. Il avait besoin de calmer son impatience mais aussi de ressentir profondément en lui quelle direction il devait suivre pour atteindre son but le plus sûrement possible. Il sentait intuitivement que Malikah était encore en vie. Il perçut qu'un lien se tissait peu à peu entre elle et lui. Le message qu'il captait d'elle était une exhortation à la confiance. Elle lui faisait comprendre qu'elle n'était pas dans des mains ennemies, mais bien plutôt avec les siens. L'espoir habitait Malikah, mais lui-même osait à peine croire à ce qu'il ressentait tant il était inquiet pour elle. Pour avancer dans la confiance il se mit à l'écoute de son environnement. Le silence le pénétra jusqu'au tréfonds de son être et une paix profonde descendit sur lui.

– « Quoiqu'il arrive, ce sera juste. » lui murmura une petite voix intérieure. Il avait perdu un être cher auparavant, sa mère, et le désert avait su panser sa plaie. En lui permettant de s'intérioriser, d'aller à la recherche de son moi le plus intime, il était parvenu à trouver le réconfort dont il avait eu besoin. Aujourd'hui encore, il savait que le seul endroit où son chagrin s'estomperait serait ici, au milieu de ces dunes de sable, là où le regard se perd dans l'infini du désert, dans l'infini de la vie éternelle. Car c'est dans ce paysage mamelonneux vierge de presque toute vie qu'il se sentait le plus vivant, le plus relié au tout, à l'univers, à Allah. Il ne savait en expliquer la raison, le processus. Rien n'était plus apaisant pour lui que le silence de cette immensité. Le désert savait exacerber en lui la moindre perception, qu'elle soit psychique, physique ou même spirituelle. Il en avait fait l'expérience à maintes reprises. C'est ainsi qu'il avait pu transformer l'être jeune et irresponsable qu'il était en un homme perspicace, solide, volontaire et intransigeant, des qualités qui lui étaient d'une grande utilité dans son métier de caravanier.

Ils allaient à vive allure malgré la charge des bêtes. Noureddine ignorait tout de la caravane qui emmenait Malikah, combien ils étaient et s'ils étaient chargés.

Cependant, il savait qu'ils n'étaient pas rompus aux difficultés d'un voyage sur le sable et dans la chaleur du désert. Bien sûr, ils étaient arrivés jusqu'à Zuwarah. Mais comment y étaient-ils parvenus ? Il savait que certains européens préféraient le bateau pour voyager plutôt que la terre ferme. Il se pouvait donc que les ravisseurs de Malikah l'aient embarquée et conduite en lieu sûr par la mer. Ce qui ne manquerait pas de compliquer grandement sa poursuite. Dans l'instant, il n'avait pas d'autre choix que de poursuivre sa route en essayant de garder le contact avec Malikah. Elle était si proche de son cœur qu'il aurait pu sentir battre le sien. Tant qu'il la sentirait vivante en lui, il aurait l'espoir de la retrouver, où qu'elle ait été conduite.

Dans cet état d'esprit, il décida de ne pas se laisser gagner par la panique et de remonter jusqu'à Kairouan en s'arrêtant dans les oasis prévues au départ afin d'y vendre ses marchandises. Il était inutile d'ajouter des problèmes financiers à ses problèmes sentimentaux. Même s'il était sur des charbons ardents, sa petite voix intérieure lui conseillait fermement de ne pas changer les projets établis avec Malikah et ses compagnons pour le trajet de retour. Ils s'arrêtèrent donc à Medenine. Sa visite au souk ne lui apprit rien sur une éventuelle caravane accompagnée d'étrangers et d'une femme berbère. Il est vrai qu'ils avaient pu emprunter un autre itinéraire que le leur. Noureddine ne s'en inquiéta pas outre mesure, sentant encore Malikah proche de lui. Il vendit tant bien que mal les marchandises qu'il avait prévu de négocier à Medenine. Après une nuit réparatrice au caravansérail, ils se rendirent directement à Matmata d'où ils rejoindraient Douz. De là et dans l'urgence, ils éviteraient la corbeille de Nefta et traverseraient en partie le Chott El Jerid en direction de Tozeur où il pensait peut-être retrouver la trace de Malikah. N'était-ce pas là qu'elle avait été amenée à son arrivée en Tunisie ? Il se renseignerait sur cet homme qui faisait enlever des femmes en Europe. Des personnes en avaient sûrement entendu parler maintenant. Malikah avait œuvré pour que ses agissements soient connus du plus grand nombre. Ils vendirent encore avec difficulté à Douz. En effet, la cargaison acquise à Zuwarah était de moindre qualité qu'à l'ordinaire et son choix moins important.

Cependant, il sentait un malaise dans le commerce itinérant, comme une gêne qui empêchait les commerçants d'échanger librement leurs marchandises. Tout semblait figé dans la peur. Et pourtant, personne n'avait revu les étranges personnages qu'ils avaient rencontrés à Ghadamès. Noureddine était vivement agacé de se sentir pris au piège dans sa profession. Jamais il n'avait eu autant de difficultés pour vendre quelques étoffes. Il se félicitait de ne pas s'être approvisionné autant qu'il le faisait d'ordinaire sinon tout lui serait resté sur les bras. Oasis de plus grande importance que celle de Douz, il espérait trouver une autre atmosphère à Tozeur, une motivation, une animation qui lui rappelleraient le temps où tout était encore normal. Grande fut sa déception, car Tozeur était engoncée dans la torpeur due au climat, torpeur qui se répercutait aussi sur le commerce. Noureddine se demanda ce que tous ces chalands étaient venus faire en ce lieu. Ils ne semblaient ni motivés à vendre, ni enclins à acheter.

Dans cette atmosphère d'inertie, il dut user de ses meilleurs arguments pour convaincre ses clients habituels de faire l'acquisition de quelques articles seulement. Il en fut de même pour ceux qui venaient occasionnellement. Même les femmes n'avaient plus l'allant d'autrefois pour marchander ce qu'elles convoitaient. Même leur convoitise semblait éteinte et leurs yeux ne brillaient plus autant lorsqu'elles regardaient ce qu'il leur présentait. Noureddine crut un instant que le souci qu'il se faisait pour Malikah était à l'origine de ses impressions. Mais lorsqu'il en parla avec ses compagnons, force fut de constater qu'il n'avait ni rêvé ni inventé. Tous avaient eu la même sensation de malaise dans le souk et même dans les quartiers des Ouled Hadef où il s'était rendu, la même atmosphère étrange régnait. Il en fut si troublé qu'il ne prit pas la peine de regarder les maisons de briques dont la disposition et le décor géométrique de leur façade, le ravissait toutes les fois qu'il y passait.

Lorsqu'ils se retrouvèrent pour le traditionnel thé à la menthe avec leurs amis avant de quitter le marché de Tozeur, la même sensation de mésaise se fit sentir au sein du groupe. Noureddine voulut aborder le sujet, mais la conversation fut aussitôt déviée. À quelles menaces inexprimables, incommunicables les marchands de Tunisie se pliaient-ils ? Quel vent soufflait donc sur les oasis ? Craignant de ne pas vendre plus le jour suivant, Noureddine repensa sa décision de commercer comme à son habitude. Il fit part de ses réflexions à ses co-équipiers et d'un commun accord, ils décidèrent de quitter Tozeur dès le lendemain, espérant un accueil plus chaleureux à Gafsa. Là encore, ils se retrouvèrent face à la même situation. Ils vendirent encore quelques damas, les moins beaux qu'ils avaient, Noureddine ayant préféré les laisser partir à un coût moindre plutôt que de devoir les brader tout à fait à la prochaine occasion. Il réservait ses plus belles étoffes pour la haute société de Kairouan. Il compenserait son manque à gagner en les vendant plus chères que d'habitude. Il était certain qu'il trouverait preneur. Il y avait souvent des mariages à Kairouan, et c'était pour lui l'une des meilleures opportunités de vente.

Rasséréné par sa nouvelle vision des choses, ils s'en furent au caravansérail d'où ils repartiraient très tôt le matin. Il leur faudrait plusieurs jours pour remonter jusqu'à Kairouan. Noureddine ne désirait pas s'arrêter trop longtemps à Sidi Bouzid, certain qu'il ne pourrait y conclure aucun marché intéressant. Il fut surpris de constater qu'au contraire, il y fit les meilleures affaires de ces quelques derniers mois. Ses plus belles étoffes avaient été acquises par la seule famille aisée de la ville qui organisait une cérémonie de mariage pour leurs deux enfants en même temps. Comme les futurs époux étaient natifs de Tunis, ils se devaient de leur faire honneur ainsi qu'à leur famille. Les futures mariées étaient restées béates d'admiration devant les soieries qu'elles allaient porter à cette occasion. Délesté de toutes ses marchandises ou presque, la caravane pourrait avancer à vive allure jusqu'à Kairouan. Noureddine était satisfait de son gain, qui était tout aussi conséquent, malgré le peu d'articles vendus. Il ne pouvait que remercier Allah de le soutenir dans l'adversité.

Aussitôt la prière du matin terminée, ils reprirent la route vers Kairouan. Comme ils avaient énormément délesté les bâts de leurs montures, ils allaient d'un pas vif malgré les escarpements rocheux qui entouraient Sidi Bouzid. N'ayant plus de valeurs dans leur chargement, ils avaient tout prévu pour bivouaquer afin de perdre le moins de temps possible. Dans ces circonstances, ils n'étaient pas tenus de passer par des villes pour se restaurer et dormir. Même ainsi, Noureddine était quasi certain de ne pas retrouver la trace de Malikah. Seul son ressenti lui permettait de ne pas perdre espoir. Car Malikah était toujours présente en lui, plus que jamais il parvenait à capter ses états d'esprit, ses craintes et ses doutes, mais aussi son regain de combativité, ses espérances. Il avait la sensation que plus il pensait l'avoir physiquement perdue, plus elle était intensément présente en lui. La distance ne faisait, pensa-t-il, qu'aviver leur amour, que rapprocher leurs cœurs et leurs âmes. Il comprenait comment rien ne peut séparer deux êtres qui s'aiment à un tel degré de connivence, de compréhension. Les liens qui les unissaient étaient maintenant indéfectibles.

Tirant une puissance qu'il ne se connaissait pas de ses intimes convictions, il allait de l'avant avec une sûreté et une rapidité qui surprit ses compagnons, trouvant toujours le passage le plus court et le moins ardu au moment le plus opportun. Ses sens exacerbés percevaient cette force surnaturelle qui souvent le guidait parmi les dunes de sable. Mais là, cette force miraculeuse semblait avoir étendu son voile de protection sur la caravane tout entière. Une fois encore, il se sentait invincible. C'était bien agréable devant une telle adversité. Ceci le convainquit de la grande mansuétude du dieu qu'il vénérait. Même si parfois ce dieu lui envoyait des épreuves comme celle de lui avoir enlevé son épouse, l'idée que peut-être sa foi aussi bien en l'amour de Malikah que celui d'Allah était simplement testée, germa en son esprit. Aussi ne baisserait-il pas les bras et irait-il jusqu'au bout de sa recherche, dusse-t-il à son tour franchir les mers ! Cette perspective l'incommodait un peu, ayant entendu des histoires peu rassurantes sur les voyages maritimes. Pourtant, Malikah avait assuré avoir eu du plaisir lors de sa traversée entre la France et l'Afrique du Nord. Mais maintenant, il se refusait à avoir des idées négatives et il s'empressa de revenir à ses sensations intimes. Malikah était toujours en pensée avec lui et cela le rassura. Ils arriveraient à Kairouan demain.

Une nuit de campement et il irait voir Khaleel, lui raconter en détail ce qui s'était passé. Lui aurait peut-être des nouvelles. Il était impatient et il dormit peu. Il pria de très bonne heure et longtemps, avant même que ses compagnons fussent réveillés. Il avait besoin de ces instants de communion avec Allah pour qu'il ait force et courage pour continuer. Lorsque l'aube se leva et enflamma l'horizon, il vit le visage de Malikah rayonner près de lui. Allah venait de lui envoyer la plus belle image qu'il ait jamais eue de la femme de sa vie. Cela lui suffit pour garder foi en l'avenir. Il réveilla ses compagnons et après avoir levé le camp, ils se dirigèrent vers Kairouan, certains d'y parvenir dès le début de l'après-midi. Lorsque, épuisés par un voyage aussi rapide, ils arrivèrent dans Kairouan, la ville était aussi animée qu'à l'ordinaire. Rien ne semblait avoir atteint sa population qui vaquait à ses occupations l'air parfaitement tranquille.

Noureddine en fut soulagé. Il craignait de ressentir le même état d'esprit que dans les oasis qu'il venait de quitter. Avec son équipage, il se rendit très rapidement au souk, désireux de liquider ses dernières acquisitions libyennes. Il n'eut pas à négocier beaucoup car encore une fois, deux familles préparaient un mariage et ses soieries firent la joie des jeunes filles. Chacune trouva ce qui convenait le mieux à son teint et à son style. Les derniers articles de sa cargaison à peine écoulés, Noureddine se rendit chez Khaleel afin de lui confier ses tourments et surtout, d'obtenir des conseils et peut-être même des renseignements à propos de l'enlèvement de Malikah. Khaleel avait des contacts avec des personnes de tous horizons car son commerce drainait sa clientèle dans tout le pays. Lorsqu'il arriva devant la demeure de son ami, celui-ci venait d'y arriver. Il le salua chaleureusement et l'invita à entrer.

Noureddine était impatient mais il fit de son mieux pour cacher son état d'esprit car, comme à l'accoutumée, Khaleel ne se pressait pas pour le faire passer dans une pièce où ils pourraient être seuls pour parler. Il avait des baisers à donner à ses femmes, des ordres à son personnel, tout cela effectué de la manière la plus tranquille qui soit. Tel était le caractère de Khaleel et Noureddine savait qu'il ne servait à rien de le bousculer. Eut-il perçu l'empressement de son ami, Khaleel aurait encore ralenti la cadence. Il aimait que chacun prenne sur soi et soit parfaitement maître de ses actes et de ses attitudes. Lorsqu'il en eut terminé avec sa tournée domestique, il invita Noureddine à s'asseoir près de lui. Il savait déjà que quelque chose de grave l'agitait. Il l'avait lu dans ses yeux dès qu'il l'avait aperçu. Mais cette manière de l'accueillir visait à faire en sorte que Noureddine tempère ses élans. Khaleel lui posa des questions sur son commerce, puis lui demanda comment allait Malikah. Ayant enfin reçu le feu vert pour se confier, Noureddine raconta, sans rien omettre, ce qui s'était passé à Zuwarah. Khaleel avait eu quelques échos à propos d'une femme berbère emmenée par des européens aidés par des tunisiens. Les tunisiens n'étaient qu'au nombre de deux, l'un se nommait Malek et l'autre Lounès. Khaleel avait ouï des rumeurs indiquant qu'ils avaient appareillé pour la France directement depuis la Libye. Malek avait des comptes à rendre au roi de France, Charles X, et Lounès faisait partie du voyage pour tenter de sauver la tête de Malek auprès de lui.

À l'écoute de cette nouvelle, Noureddine fut désespéré. L'espoir de retrouver Malikah en terre tunisienne s'évanouissait. Il préférait cependant savoir que son épouse était saine et sauve. Il comprenait mieux les perceptions qu'il avait eues dans le désert. Malikah lui enjoignait à distance de ne pas perdre confiance en l'avenir. Tant qu'elle était en vie et dans les mains des siens plutôt que dans celles de Malek, elle espérait toujours retrouver son mari. Quant à lui, Noureddine, qu'adviendrait-il de sa vie si celle qu'il aimait était repartie dans son pays natal. Que deviendrait leur amour si elle ne devait plus revenir ici, en Tunisie ? Il n'osait y penser. Il ne savait pas si son père l'autoriserait à le rejoindre un jour. La seule solution pour lui était de se lancer à corps perdu dans son métier de caravanier afin de ne plus réfléchir. Son esprit occupé à d'autres choses, il se sortirait des affres d'un tel avenir. Il avait vécu seul jusque-là et ces quelques semaines de bonheur intense resteraient un souvenir indélébile dans sa mémoire. Là où il passerait avec sa caravane, le souvenir de Malikah l'habiterait et le réconforterait.

Il salua son ami avec peu d'enthousiasme et s'en retourna au caravansérail. Il allait vendre ce qui lui restait et repartir immédiatement en direction du désert. Là était sa vraie vie, la seule qui ne l'ait jamais trahie à ce jour. Lorsque ses compagnons le virent revenir, ils comprirent que les nouvelles étaient mauvaises. Noureddine s'était à peine absenté. Il n'avait pas même pris le temps de passer par sa maison. Il en avait confié le soin aux femmes de Khaleel en leur demandant de veiller à ce que tout reste tel que Malikah l'avait laissé. Si d'aventure elle devait revenir, il voulait qu'elle retrouve sa maison comme elle s'était plu à la décorer. Il savait que les femmes de Khaleel respecteraient son souhait. Il annonça à ses co-équipiers qu'ils repartiraient dès les affaires conclues à Kairouan. Ils firent mine d'être satisfaits mais au fond, ils se demandaient si

Noureddine aurait le courage d'affronter la vie avec la fougue, la combativité qui étaient siennes. Mais aucun d'eux ne fit de commentaire. Il n'était pas encore temps de lui poser des questions. Plus tard, ils étaient certains qu'il se livrerait à eux, qu'il finirait par avoir besoin de leur soutien moral. Ils repartirent donc dès le surlendemain.

13. Un goût amer

« Le paradis est aux pieds des mères. »

Proverbe soufi[27]

Dès qu'ils furent au cœur du désert, Noureddine sentit très fortement la présence de Malikah à ses côtés. Devinait-elle où il était ou était-ce lui qui était dans un autre état d'âme dès qu'il était au milieu des dunes ? Il ne savait que croire et il laissa aller toutes ses pensées vers elle. Peut-être ressentait-elle sa présence, elle aussi. Mais comment le savoir ! Pendant ce temps, Malikah était effectivement très souvent en pensée avec son mari. Elle essayait tant bien que mal de suivre son cheminement. Ne sachant pas où il se trouvait, elle se perdait en conjectures. Était-il au souk, ou était-il simplement occupé ? Si elle le sentait au contraire ouvert, elle se doutait bien qu'en de tels instants, il devait cheminer dans le désert. Elle-même avait fait un voyage exécrable jusqu'à la demeure familiale où elle avait cependant été très heureuse de retrouver sa mère. Son père avait été inflexible quant à l'idée de la laisser en Tunisie. Il avait fait la traversée,

---

[27]Citation tirée de l'œuvre de Christian Dawlat, *La grande sagesse du monde arabe*, Les Editions Quebecor, 2003, p. 16.

lui qui détestait la mer et les bateaux, avec l'unique détermination de la ramener en France.

Maintenant qu'elle était avec sa mère, elle tenterait de la convaincre de la laisser repartir. D'autant qu'elle se sentait particulièrement faible. Il est vrai qu'elle avait un peu perdu l'appétit depuis qu'elle était séparée de Noureddine. Elle se languissait de lui, du désert, de l'entendre l'appeler Malikah alors qu'ici tous la nommaient Marianne, son véritable prénom, de la vie qu'elle avait connue en cette terre étrangère où son cœur était resté. Chaque jour, d'ailleurs, son état de faiblesse et son manque d'entrain semblaient s'aggraver, à tel point qu'elle dut garder le lit quelques jours. Sa mère s'en inquiéta vivement et envoya quérir le médecin. Le diagnostique fut si surprenant, y compris pour Malikah, qu'elle se remit quasi instantanément de son apathie. Son père entra dans une colère noire et demanda à ce que la nouvelle ne soit pas ébruitée. Malikah ne dit rien. Elle attendrait que la révélation de son état se soit estompée avant de passer à l'attaque, car rien de grave n'altérait sa santé, sinon qu'elle attendait un heureux événement.

Elle était si comblée de savoir qu'en son ventre un enfant de l'amour grandissait qu'elle n'avait en rien été affectée par la réaction paternelle. Il était déjà, même dans l'état embryonnaire où il se trouvait, le témoin de son union corps et âme avec Noureddine. Malikah commença donc à prendre bien soin de sa personne, ne voulant en aucun cas risquer la vie du petit être qu'elle portait en elle. Son visage se transforma et elle surprit toute la maisonnée par sa mine si épanouie. Nul ne l'avait jamais vue ainsi. Son père lui-même avait remarqué le changement et s'en était félicité, maintenant qu'il s'était fait à l'idée qu'il allait être grand-père. Mme La Gardère avait-elle influencé son mari dans cette acceptation de la nouvelle situation de sa fille, ou bien le fait qu'un enfant redonne un peu de vie et de jeunesse dans sa maison avait-il suffi à lui faire changer d'opinion ? Malikah était tout à fait certaine que son père avait toujours eu et avait encore beaucoup d'amour pour elle. D'ailleurs, ne disait-il pas maintenant que la grossesse lui seyait à ravir. Malikah ne disait toujours rien, mais elle se construisait petit à petit, se renforçait grâce au dessein qui avait germé en son esprit.

Actuellement, il était primordial pour elle de se consacrer à l'enfant qu'elle portait. Lorsqu'il serait là, il serait temps d'aviser. Elle se conduisit en fille modèle vis-à-vis de son père surtout, et en future mère exemplaire tant du point de vue de son hygiène de vie que de ses pensées. Elle était très attentive à ne pas se décourager, à dominer le plus possible ses crises d'angoisse à la perspective d'être séparée de son amour pour toute la vie et à se dire qu'un jour prochain ils seraient réunis, l'enfant qu'elle portait, son père et elle. Elle se sentait souvent en contact intime avec Noureddine et tentait tant bien que mal de lui faire passer le message de sa condition de future maman. Dans l'incertitude où elle se trouvait en ce qui concernait l'annonce de cette nouvelle à son époux, elle cherchait à lui faire transmettre l'information par des voies plus sûres. Elle devait cependant jouer très fin, son père étant très vigilant quant à ses agissements.

Il était à l'affût de ses moindres faits et gestes, certain qu'un jour ou l'autre elle tenterait de reprendre contact avec son nouveau pays. Ce en quoi il n'avait pas tort. Il savait combien sa fille, comme lui-même d'ailleurs, attachait d'importance à la cellule familiale. Malikah avait appris par sa mère qu'il ne pouvait s'empêcher d'avoir des craintes incontrôlées à la pensée qu'elle pourrait un jour retourner vivre si loin des siens. Dans ce cas, il ne verrait pas non plus grandir l'enfant qu'elle portait, et cela le chagrinait au plus haut point. Malgré tout, il ne parvenait pas à se confier à sa fille et préférait jouer les gendarmes afin de prévenir tout danger d'évasion de sa part, même si elle affirmait qu'elle voulait mettre son enfant au monde dans la maison familiale. Un jour, se disait-il, je n'aurai plus que ma chère épouse comme compagne. Nous finirons notre vie seuls, sans plus aucun enfant pour égayer cette maison. Dans cette optique, il disait souvent à sa fille :

– « Ma chère enfant, je vieillis et je n'ai que toi pour me succéder, à moins bien sûr que l'enfant que tu portes soit un garçon. Néanmoins, il serait tant que tu t'intéresses à mes affaires si tu ne trouves pas de mari pour le faire. Le commerce n'est pas chose facile et demande temps et dévouement pour un résultat qui n'est pas toujours à la hauteur de nos espérances. Mais c'est un métier passionnant où, j'en suis certain, tu excellerais. Je connais ta combativité, ta rigueur et ta maîtrise dans l'adversité. Prends le temps qu'il te faut pour y réfléchir. Surtout, ne perturbe pas ton état d'esprit avec ce que je viens de te dire. Je désire tout autant que toi que tu vives ta grossesse en toute sérénité. Ce n'est qu'une proposition et non une injonction. Tu es, pour l'instant, ma seule descendance et je me dois de te passer les rênes s'il ne devait y avoir personne d'autre pour prendre la responsabilité de mon commerce. Je puis d'ailleurs te dire qu'en ce moment, il est très florissant. J'ai certaines accointances en pays étranger qui me procurent d'excellentes rentrées d'argent. »

Après cette conversation, l'idée lui était venue de communiquer de manière plus concrète avec Noureddine, le pays étranger mentionné par son père ne faisant déjà plus aucun doute pour elle. Il y a quelque temps de cela un domestique s'était confessé à elle en ces termes :

– « Mademoiselle ne sait pas ce qui se passe entre ces murs. Monsieur votre père est très en colère contre M. Malek, mais M. Malek lui a rendu bien des services. C'est lui qui l'a convaincu d'exporter ses étoffes en terre étrangère. D'ailleurs, depuis le départ de Mademoiselle en vue de son mariage, d'autres personnes, sûrement du même pays que le premier soupirant de Mademoiselle, sont parfois venues jusqu'ici pour traiter plus efficacement des affaires de Monsieur. Monsieur parlait souvent de marchandises envoyées par bateau. Monsieur s'était en outre félicité d'avoir ces contacts, car grâce à eux, il était sûr de pouvoir retrouver Mademoiselle sans problème. »

Par un trait de logique pure, elle en avait déduit qu'elle-même pouvait bien avoir des échanges avec son époux par ce même biais. Il lui suffisait de poser de prudents jalons en vue de trouver la personne qui accepterait de jouer les intermédiaires sans que son propre père ait des soupçons. Elle travailla donc dans l'ombre à dénicher ce précieux intermédiaire en faisant l'effort de commencer à s'intéresser aux affaires de son père. N'était-ce pas ce qu'il lui avait instamment demandé. Au lieu d'y réfléchir très longtemps, elle se montrait bonne fille et passait gentiment à l'action. Elle ne précipitait aucun acte, prétendant ainsi ménager son état de santé. Il est vrai qu'elle était très vite fatiguée et elle devait parfois rejoindre sa chambre même lorsque des invités étaient reçus au manoir. Elle évitait de le faire lorsqu'elle était sûre qu'ils avaient un lien avec le commerce de son père à l'étranger, renseignement qui n'était pas toujours facile à obtenir. Elle s'était acquis les bonnes grâces de M. Rochebrune, un proche collaborateur de son père, en veillant scrupuleusement à ne pas lui laisser espérer plus qu'un simple échange de travail. Au début de leur collaboration, le jeune homme n'était pas toujours enclin à s'exécuter, ayant reçu des ordres formels quant à la formation de Malikah en ce qui concernait ses affaires tunisiennes. Cependant, son instinct féminin avait su flatter son ego de telle manière qu'elle était parvenue à lui soutirer innocemment des informations précieuses, mettant en avant que sa formation serait moins longue si elle commençait doucement à s'informer des tenants et aboutissants du commerce paternel.

C'est ainsi qu'elle avait appris que son père avait un important magasin à Tunis et qu'il pensait en ouvrir un autre à Kairouan. À force de cajoleries, elle réussit à soutirer à M. Rochebrune d'autres détails qui lui laissaient supposer que la boutique de Kairouan ne pourrait se monter que dans un an ou deux. Mais elle ne parvint pas à connaître la raison de ce délai, M. Rochebrune lui ayant laissé entendre qu'il n'était pas au courant. Malikah voyait d'un œil tout différent l'implantation du commerce paternel dans sa terre d'adoption. N'était-ce pas cela qui, par hasard, avait semé la panique dans le commerce itinérant ? D'ici à ce que son père ait été l'une des raisons, voire la raison qui ait fait basculer le commerce de son mari dans l'incertitude des lendemains, il n'y aurait qu'un pas.

Elle tenta de se remémorer ce que Noureddine lui avait dit de ses difficultés, quand elles avaient commencé, quelle procédure était employée, tout en essayant de recouper les dates avec ce que lui avait confié M. Rochebrune. Il lui avait en tout cas affirmé que la concurrence était vive et que les marchandises exportées n'avaient rien à envier à celles que l'on trouvait dans les souks, mis à part le prix qui était bien en dessous de ce que l'on pouvait trouver en magasin. Malikah ne cessait de réfléchir à la manière dont elle pourrait se renseigner sur la façon dont son père obtenait les marchés, sur celle dont il se forgeait une clientèle. Il devait y avoir des éléments qu'elle ignorait encore, mais elle pressentait qu'apprendre certaines choses sur le commerce paternel en Tunisie ne lui ferait pas du tout plaisir.

Elle avait cru percevoir une gêne chez lui lorsqu'elle avait commencé à confier à son père que son mari était caravanier et faisait commerce de très beaux damas de soie et de laine. Elle avait attribué l'attitude de son père au fait qu'il n'aimait pas trop qu'elle évoque des souvenirs d'un passé qui était douloureux pour tous les deux. À bien y réfléchir maintenant, n'était-ce pas plutôt de savoir que ses sbires, là-bas, en Tunisie, n'avaient pas été corrects avec les caravaniers afin de déstabiliser leur commerce ? Plus cette idée prenait corps en elle, plus elle était convaincue que là était la raison pour laquelle son père refusait qu'elle se formât aux affaires qu'il négociait avec la Tunisie. Au cours d'un dîner, un des collaborateurs paternels s'était mis à raconter, avec force détails, la façon dont il avait su provoquer un jeune marchand au souk de Tozeur. Il avait sans vergogne vanté les étoffes qu'il avait vues pour ensuite affirmer qu'il les avait dénigrées vertement auprès de son vendeur. Elle éprouvait une certaine honte que son propre père soit une source de concurrence pour le commerce arabe des soieries et des étoffes de laine car non seulement elle se sentait parfaitement intégrée dans son nouveau pays, mais aussi elle l'aimait au point de vouloir y passer sa vie entière.

Lorsque ce soir-là, Malikah comprit que l'artisan du malheur de celui qu'elle aimait par-dessus tout au monde était son propre géniteur, elle en fut désespérée. Le destin se jouait-il d'elle à ce point pour qu'elle doive un jour balancer entre deux êtres chers à son cœur. Bien sûr, son père ignorait à cette époque ce qu'elle était devenue. Elle-même connaissait à peine Noureddine puisqu'elle n'était qu'une fuyarde. Comment pourrait-elle jamais espérer faire que ces deux hommes aient un jour une relation de beau-père à gendre ? Profondément attristée par cette situation, elle garda la chambre quelques jours. Elle prétexta une grande fatigue qui risquait de mettre en péril sa grossesse. Elle refusa les visites, même celles de ses proches y compris sa mère, affirmant que dormir était le meilleur remède à son état de faiblesse passagère. En réalité, elle désirait faire le vide de son esprit et garder au maximum le contact avec Noureddine pour se rassurer, tenter de se préoccuper le moins possible de ce qu'elle venait d'entendre pour ne pas perturber son enfant.

Néanmoins, forte de ce qu'elle avait appris, et certaine d'en apprendre d'avantage d'ici à la naissance de l'enfant, elle pourrait établir un plan de bataille pour obliger son père à la laisser repartir pour la Tunisie, dès que le bébé serait né. Se servir d'un tel prétexte pour quitter la maison familiale ne lui plaisait guère, mais à l'heure actuelle, elle ne voyait pas d'autre moyen de rejoindre Noureddine avec l'enfant. Ayant la journée entière pour penser à lui, elle se plaisait à imaginer sa réaction à l'annonce de sa grossesse. Elle le sentait la serrer contre lui, la couvrir de baisers. Parfois, elle imaginait la scène avec tant de fougue qu'elle était certaine de sentir son souffle sur son visage, qu'elle sentait son cœur battre à l'unisson du sien. Comme il serait heureux de partager ces instants avec elle !

À cette pensée, une profonde tristesse s'emparait d'elle. Elle se reprenait bien vite, ne voulant absolument pas que l'enfant qu'elle portait en son ventre souffre de l'absence de son père. En se joignant avec toute la ferveur possible à ce dernier par la pensée, elle était persuadée que son bébé ne ressentirait aucunement ce manque. Leur lien était beaucoup trop fort pour que ce petit être se sente frustré par leur séparation. Dans cette optique, elle veillait particulièrement à ses ressentis, à ses états d'âme, à toujours avoir la joie au cœur, quelles que fussent les difficultés qu'elle rencontrait pour y parvenir. Un jour de plus en plus proche, ils seraient réunis et tout rentrerait dans l'ordre pour elle, pour l'enfant, pour Noureddine.

Ces quelques jours de répit lui avaient fait le plus grand bien et elle se sentait parfaitement sereine lorsqu'elle sortit de sa retraite. Ses parents se félicitèrent de la voir avec une mine aussi resplendissante. Ils étaient heureux de constater que leur fille prenait un tel soin d'elle. Comme elle avait frôlé l'enfermement à vie en Tunisie, peut-être même la mort, ils pensaient que son existence lui était devenue précieuse au point de se soigner à la moindre alerte. Elle avait si bien joué la comédie de l'oubli que ses parents ne pensaient presque plus au fait qu'elle soit mariée. Ils l'avaient retrouvée saine et sauve, et qui plus est, elle leur donnait un héritier. Ils espéraient que ce serait un garçon, son père en particulier. À maintes reprises, il lui avait dit :

– « Marianne, ma chérie, je crois bien que tu as toutes les formes d'une femme qui va mettre au monde un garçon. Ta mère n'était pas du tout comme toi lorsqu'elle t'attendait. Je serais si heureux que ce soit un garçon. Nous t'avons déjà, il serait bien que nous ayons l'autre sexe dans la famille. »

Il parlait comme si cet enfant était de lui. Elle avait été choquée la première fois qu'il lui avait tenu ce discours. Et lorsqu'il avait réitéré ces mêmes paroles devant sa mère, elle s'était dit que son seul souci était d'avoir un héritier mâle pour la conduite future de ses affaires. Ce qu'avait confirmé sa mère lorsqu'elle lui avait fait la remarque en aparté.

– « Ton père est si heureux que tu sois non seulement de retour, mais en plus dans un état intéressant. Il se fait une telle joie d'être très prochainement grand-père. Il a cru avoir perdu sa fille et il va se retrouver avec un héritier. Te rends-tu compte de ce que cela représente pour lui. Même si nous n'avons eu que toi, il a engrangé toutes ces richesses en prévision d'une grande famille, son rêve de toujours. Il se disait que si tu te mariais, tu aurais certainement plus d'un enfant. Il me disait souvent qu'il te connaissait bien et qu'il savait que tu les aimais au point de ne pas en avoir qu'un seul. Lorsqu'il me parle ainsi, il ajoute toujours qu'il ne m'en veut pas de n'avoir pu mettre que toi au monde. Je sais combien il est attristé de n'avoir pu te donner aucun frère et sœur. Lui-même a été enfant unique, tu le sais, et il en a souffert. Il aurait aimé avoir des compagnons de jeu, mais en vain. Ne prends donc pas ombrage lorsqu'il te parle ainsi. Ce n'est que pour l'amour de toi et de celui que tu portes en ton sein. »

Elle savait que sa mère avait raison. À l'adolescence, elle avait surpris une conversation entre ses parents et elle s'était rendu compte à quel point son père était en adoration devant elle et sa mère, mais combien il regrettait de n'avoir eu qu'elle. Malgré son caractère parfois buté, il respectait ses femmes, comme il aimait à les appeler, sa mère et elle, et nul ne devait leur faire de mal sous peine de représailles. Elle avait appris que son père avait été à l'origine du châtiment de Malek par le roi. Puisque le bonheur de sa fille le concernait à ce point, elle eut le vif espoir de pouvoir le convaincre de rejoindre l'amour de sa vie.

Elle jouerait sur sa corde sensible en arguant qu'un enfant ne peut vivre heureux sans un père, quand bien même son grand-père est très présent et attentif.

Malgré tous les moyens qu'elle avait déployés pour faire passer le message de sa grossesse à Noureddine, Malikah n'y était toujours pas parvenue. Et les jours qui passaient voyaient son ventre s'arrondir de plus en plus. Elle se réjouissait chaque fois qu'elle sentait l'enfant bouger en elle, parfois elle sursautait lorsqu'elle était occupée à autre chose. Était-ce sa façon à lui de rappeler sa présence à sa mère, de faire en sorte qu'elle soit toujours à l'écoute. Si cet enfant se manifestait ainsi à sa génitrice, peut-être savait-il aussi communiquer avec son géniteur ? Depuis quelque temps déjà, Malikah sentait une nette différence entre sa manière de percevoir Noureddine. Il lui semblait beaucoup plus proche encore. Elle avait l'agréable sensation de pouvoir le palper ou que parfois, c'était lui qui la touchait. Elle sentait ses mains sur son corps, particulièrement sur son ventre. Et ces mains en suivaient le pourtour avec application, comme si elles avaient voulu lui faire comprendre qu'elles savaient ce qui se trouvait à l'intérieur.

Dans ses moments de doute, certains diraient de lucidité, elle pensait avoir rêvé ces sensations. Mais lorsque cela arrivait vraiment, elle se sentait bizarre. La présence de Noureddine était alors si forte dans la pièce qu'elle était tout à fait convaincue que ce qu'elle vivait était bien réel. Elle ne savait pas à qui s'en ouvrir. Elle pensait que tous l'auraient prise pour une folle, ou qu'ils n'auraient pas manqué de lui dire qu'elle avait des hallucinations et qu'elle devait veiller à ce qu'elle ingérait sous peine de perdre complètement la raison. Elle se consola en pensant que quand elle raconterait toutes ces expériences à son mari, lui la comprendrait parfaitement. Il lui confirmerait le fait qu'il était venu auprès d'elle en pensée, si intensément qu'elle avait pu le sentir, que son âme lui avait annoncé la bonne nouvelle de la naissance imminente de leur enfant et qu'il s'en réjouissait, qu'il était persuadé que tous trois se retrouveraient pour ne plus jamais se quitter. Hélas ! Lorsqu'elle revint à la réalité physique de son environnement, ce à quoi elle venait de songer ne lui semblait plus aussi plausible. À l'heure actuelle, peu lui importait. Le bébé était bien là, qui allait bientôt naître.

Toute la maisonnée était sur des charbons ardents car on était arrivé au neuvième mois. La grossesse de Malikah atteignait son terme. Une chambre avait été préparée sous l'œil attentif de ses parents. C'était à peine si elle avait eu son mot à dire. Elle n'en avait pas pris ombrage, persuadée qu'elle ne resterait pas très longtemps en France après l'accouchement. Elle avait cependant suffisamment participé aux prises de décision, surtout dans le choix des tentures et des couvre-lits, pour qu'ils ne se posent pas trop de questions. Son père l'avait amenée jusque dans les locaux de la manufacture où il avait étalé devant elle ses plus beaux damas. Il avait d'ailleurs tenté de la convaincre de décorer la chambre en prévoyant d'y accueillir un garçon, mais elle s'y était refusée.

Le choix avait donc été fort délicat puisqu'elle ne voulait privilégier aucun des deux sexes possibles. Finalement, quasi tous les occupants de la maison avaient été ravis de la décoration. Les domestiques n'avaient pas tari d'éloges sur le bon goût de Mademoiselle. Force était pour son père de se rallier à l'avis du plus grand nombre, même si de prime abord le choix de sa fille ne lui avait pas convenu. Ce n'était pas le seul point sur lequel ils avaient eu des divergences de vue. Elle ne voulait pas de grand berceau, sachant que le jour où elle voudrait repartir pour la Tunisie, il serait trop encombrant. Mais lui voulait l'accueillir comme un prince (ou une princesse). Elle parvint à surseoir à son achat jusqu'à ce qu'ils aient trouvé celui qui leur conviendrait à tous deux. Cette insistance de son père l'avait énormément contrariée et fatiguée, aussi avait-elle désiré garder la chambre quelques jours une fois de plus. Lorsqu'elle était enfin revenue parmi eux, il avait l'air si attristé de leur querelle qu'elle ne put s'empêcher de lui dire :

– « Père, je vous remercie de votre bonté. Je sais que vous ne voulez que mon bonheur et mon bien-être, ainsi que celui de l'enfant que je porte. Mais de grâce, depuis que j'ai vécu des moments très difficiles, que des gens de simple condition m'ont aidée et soutenue beaucoup plus que les personnes nanties qui m'ont emmenée loin des miens, j'ai compris que l'argent est souvent cause de traîtrise. J'ai pu le constater à maintes reprises, et j'en ai moi-même été la victime, comme vous le savez. La simplicité me sied parfaitement et j'y prends plus de plaisir. Je vous en prie, père, essayez de me comprendre comme j'ai essayé de vous satisfaire au mieux de vos exigences depuis mon retour. Je suis la mère de cet enfant et je compte bien faire seule son éducation. Je ne désire pas qu'il ait dès les premiers instants de sa vie, des goûts d'un luxe extravagant. Je préfère l'élever dans la modestie, comme vous l'avez fait avec moi. Vous en souvenez-vous ? Vous disiez, lorsque j'étais enfant, qu'il ne fallait point gâter mes bonnes dispositions en me prodiguant tout ce que l'argent peut acheter. L'avez-vous oublié ? Voyez-vous comme j'ai bien retenu vos leçons. Elles sont encore fraîches dans ma mémoire. Et d'ailleurs, je vous sais gré de me les avoir inculquées, car elles m'ont été d'un grand secours lorsque j'étais dans la détresse. Voyez comme vous avez été un bon père pour moi. Soyez donc un grand-père avisé. »

M. La Gardère eut un sourire gratifiant à l'égard de sa fille.

– « Tu me flattes, mon enfant, et je suis extrêmement satisfait de constater que mon éducation a été à ce point empreinte de solides valeurs. Vois-tu, ma fille, il est bon qu'un enfant ait un père qui sache mettre des limites là où une mère serait trop libérale. Ta mère et moi avons su nous compléter parfaitement dans cette entreprise. Mais vois-tu Marianne, ma petite fille, je demeure persuadé que seul ton désir d'aventure et d'amour exceptionnel t'ont conduite vers ce destin. Je n'aurais jamais imaginé un seul instant, en te voyant grandir en une jeune fille modérée et parfaitement saine d'esprit, un esprit d'ailleurs très vif dont mes amis ne tarissaient pas d'éloges, que tu aurais suivi un tel chemin. J'aurais de loin préféré que tu épouses l'un des nôtres. Tu n'aurais pas été déchirée entre deux pays et nous n'aurions pas été dans les affres où tu nous as mis après ton départ, un peu précipité, avoue. »

– « Père, la vie est ainsi faite et chacun va là où sa destinée l'envoie. »

Malikah avait compris depuis longtemps que son père ne voyait pas la main du destin dans cette mésaventure. Elle ne voulut pas s'attarder sur le sujet, sentant à chaque fois qu'elle abordait cet épisode de son existence, une sorte d'angoisse l'étreindre. Cette réaction à retardement la surprenait toujours, car au moment des faits, elle s'était sentie parfaitement calme et décidée. Qui la protégeait ainsi ? Qui lui donnait alors la force d'aller de l'avant sans fléchir ? Pour l'heure, sentant en elle un profond désir de solitude, elle s'éloigna sous prétexte d'aller faire une promenade dans le jardin par cette belle journée ensoleillée. Une fois seule, elle laissa vagabonder son esprit et se demanda comment elle aurait pu rencontrer l'amour de sa vie si elle était restée bien sagement en France ? Comment aurait-elle pu porter un enfant en elle s'il n'était pas né de l'amour ? Elle n'avait eu aucune attirance pour le parti que son père lui avait proposé, et elle savait bien qu'il ne le lui aurait pas imposé ? Quel homme aurait alors croisé son chemin qui aurait pu lui plaire, dont elle aurait pu être amoureuse comme elle l'était de Noureddine ? Questions qui demeurèrent sans réponse.

Elle décida de ne pas se torturer l'esprit mais bien plutôt de profiter de la nature environnante qui, à cette époque de l'année, était extrêmement exubérante dans cette région. Elle s'enivra du parfum des résédas et des lys. Elle se récita la poésie de ce jeune poète nommé Lamartine. Son *Lac* était si empreint de lyrisme que Malikah en eut les larmes aux yeux. Cela lui rappelait trop Noureddine, de qui elle était maintenant séparée depuis de longs mois et sans aucune nouvelle de lui, ses efforts pour entrer en contact avec lui ayant été infructueux. Elle s'y était résignée et avait décidé d'attendre jusqu'à la naissance de leur enfant. Après, elle mettrait tout en œuvre pour le rejoindre, que son père soit d'accord ou non. Suite à la conversation de cet après-midi, elle était certaine de pouvoir l'en convaincre, son enfant ne pouvant décemment grandir sans père. Elle savait aussi que ce serait une dure bataille, mais que n'aurait-elle pas fait pour le bonheur de ses deux amours. Car elle sentait grandir en elle un sentiment qu'elle n'avait encore jamais éprouvé. C'était un sentiment paisible, tout de douceur, la profonde affection d'une mère pour son bébé.

Commençant à sentir son ventre la tirailler, elle se dirigea tranquillement vers la maison. Sa mère lui avait expliqué les sensations qu'elle-même avait eues avant sa naissance, et elle soupçonna que l'accouchement était proche. Ce soir ou demain, l'enfant serait là. Elle se mit alors à lui parler doucement, déversant des paroles tendres sur ce petit être qui, lové dans un cocon chaud et douillet, se préparait à naître à la vie terrestre. Quel changement de condition pour lui ! Comment pouvait-il passer d'un univers fermé et protégé à celui agressif d'un lieu ouvert et lumineux sans en pâtir ?

Lorsqu'elle rentra dans la maison, et que sa mère vit sa pâleur, elle comprit immédiatement que le travail commençait. Elle lui enjoignit de regagner sa chambre et fit préparer tout ce qu'il fallait. Elle ordonna que l'on fasse bouillir de l'eau en grande quantité, que l'on prépare des linges blancs et doux, ainsi qu'un drap de fine percale pour envelopper le bébé dès qu'il serait né. Une grande effervescence agita soudain quasi toutes les pièces de la maison. Les domestiques n'avaient pas vu pareil affairement depuis la naissance de Mademoiselle. Ils s'empressèrent, puisque l'enfant de Mademoiselle serait là bien vite, chacun en était persuadé. Les contractions de Malikah étaient fortes mais supportables. Elle en fut étonnée car sa mère avait parlé de telles souffrances qu'elle se demanda même si elle allait vraiment accoucher ou si ce n'était qu'une fausse alerte. Tout à coup, les grandes vagues de crispation à l'intérieur de son ventre se firent impérieuses et de plus en plus rapprochées et la sueur commença à perler sur son front. Puis elle eut une violente envie de pousser. Une fois, elle poussa, une deuxième fois, une troisième fois de toutes ses forces, et la tête de l'enfant sortit. Il grogna à peine et elle demanda qu'on le lui mette sur elle car elle voulait le voir.

C'était un joli petit garçon au teint mat avec une masse impressionnante de cheveux noirs comme l'ébène. Elle permit qu'on l'enveloppât dans le drap et le prit ensuite dans ses bras pour le mettre directement à son sein. Elle avait entendu les femmes berbères dire que le bébé doit être mis au sein à peine né pour qu'il se sente rassuré et que la séparation d'avec sa mère ne soit pas trop brutale. Il resterait d'ailleurs auprès d'elle dans le lit pendant quelques jours afin qu'il s'habitue à sa nouvelle existence. Malikah ne cessait de le contempler, de le caresser, essayant de voir quels traits il avait hérités de son père, mais en vain. Le visage de Noureddine était très présent à son esprit, mais elle ne parvenait pas à le retrouver dans son enfant. Et puis, au diable les ressemblances ! L'enfant était un et le père était un autre. Chacun aurait son charme et cela ne changerait en rien les sentiments qu'elle aurait pour eux. Son père avait toujours aimé son épouse et sa fille différemment mais aussi intensément l'une que l'autre. Son cœur de femme saurait se partager entre les êtres chers qui peupleraient sa vie. Elle cessa de penser à toutes ces choses pour ne se consacrer qu'à son fils qui dormait paisiblement à ses côtés.

Combien de temps resta-t-elle ainsi à l'examiner avec ravissement, elle n'aurait su le dire ? À travers la fenêtre, elle vit que le soir tombait déjà. Sa mère vint tirer les rideaux et lui porter une collation et des rafraîchissements. Elle n'avait pas très faim mais si elle voulait nourrir son bébé, elle devrait se forcer un peu. Harassée par l'effort déployé pour l'accouchement, elle voulut dormir. Le sommeil venait difficilement. Il lui semblait que tout son système nerveux avait été excité au point de la garder éveillée comme en plein jour. Sans doute serait-elle plus calme demain. Elle mit son fils tout contre elle et laissa voguer ses pensées au gré de sa fantaisie. Elles allèrent à ce jour où elle avait parlé à Noureddine pour la première fois, près du bassin des Aghlabites. C'était à Kairouan, il y avait déjà plus d'un an de cela. Le temps avait passé si vite. Où était Noureddine aujourd'hui ? Était-il retourné près du bassin ? Peut-être y était-il en ce moment, qui sait ? Si ses pensées allaient dans ce lieu, peut-être était-ce pour y retrouver son mari. Elle finit par somnoler quand l'aube pointa à travers les lourds rideaux de damas de sa chambre. Loin de Malikah, Noureddine pensait-il à elle ? Qu'était-il advenu de lui tout ce temps ?

14. Déception

*« La femme est le chameau qui aide l'homme
à traverser le désert de son existence. »*

Proverbe arabe.[28]

Homme de tête de la caravane, bercé par le
mouvement régulier de sa monture et malgré son air
tranquille, Noureddine est aux aguets. Il goûte
intensément ces instants de calme pendant lesquels il
se retourne sur son passé et se souvient des moments
inoubliables qu'il a vécus avec celle qui le hante
encore, le jour comme la nuit. Il fait route vers
Kairouan et dans quelques jours, son destin va très
certainement à nouveau basculer. Depuis que Malikah
a été enlevée, aucune nouvelle d'elle ne lui est
parvenue. Et il ne sait comment faire pour en obtenir.
Il a échafaudé toutes sortes de plans avec Khaleel pour
reprendre le contact, mais aucun n'a fonctionné
jusqu'à maintenant. De sorte qu'il a décidé de partir à
sa recherche jusqu'en France. Il n'a jamais voyagé par
bateau, mais étant donné son ressenti lorsqu'il a le
bonheur de se trouver près de la mer, ce ne devrait pas
être un problème pour lui. Il a travaillé sans relâche

---

[28]Citation tirée de l'œuvre de Christian Dawlat, *La grande
sagesse du monde arabe*, Les Editions Quebecor, 2003, p. 15.

pendant tous ces longs mois afin d'avoir l'argent nécessaire pour la traversée. Bientôt, il sera prêt à partir, et une sorte d'angoisse l'étreint de temps en temps lorsqu'il pense à cette terre inconnue où il devra se rendre, d'autant qu'il ne connaît que les quelques mots que Malikah lui a appris. Sans doute n'est-ce pas suffisant pour se déplacer dans le pays. Mais il est déterminé et rien ne pourrait modifier sa décision. Khaleel a essayé à maintes reprises de lui montrer les difficultés auxquelles il allait se heurter, mais en vain.

Enfin le jour du départ est arrivé et Noureddine se sent comme un petit enfant perdu devant cette masse imposante qu'est le navire. Il part à l'aventure car il connaît seulement le nom du lieu où habitent les parents de Malikah et la région où ils se trouvent. Il sait qu'il doit aller vers l'ouest mais par quels chemins, il l'ignore. Il sait aussi que lorsqu'il arrive au port, il doit encore voyager à cheval pendant quelques jours. Khaleel et lui ont essayé d'établir un itinéraire, mais ils ne savent pas comment écrire le nom des lieux en français. Il a entendu Malikah prononcer le nom de certains villages, mais comment les reconnaître lorsqu'on ne parle pas la langue ? C'est un immense saut dans l'inconnu, mais pour celle qu'il aime, il est prêt à tout. Son cœur se serre lorsque sa terre natale n'est plus qu'une bande sombre à l'horizon et son estomac commence à le déranger. Il n'a visiblement pas le pied marin et se demande s'il pourra tenir tout le temps de la traversée tant son malaise va en s'amplifiant.

Depuis quelques instants, un homme le regarde. C'est un compatriote, mais un parfait inconnu. Alors, Noureddine reste sur ses gardes. Depuis l'horrible mésaventure de Malikah, il sait qu'il doit se méfier des tunisiens comme des autres. Il semble être un honnête homme, mais Noureddine préfère l'observer encore un peu à la dérobée avant de lier connaissance avec lui. Lorsque tout à coup, il est pris d'un violent mal de mer, l'autre s'approche de lui et lui donne quelques conseils. Noureddine lui en est reconnaissant et il se présente. En parlant, il découvre que l'inconnu est originaire de Kairouan, qu'il s'appelle Amine et qu'il se rend en France pour affaires. Noureddine répugne à lui donner le véritable motif de son déplacement et prétend avoir le même but. Au fil de la conversation, Amine mentionne le village de Malikah. Noureddine n'ose espérer que ce soit le même. Il attendra de mieux connaître Amine avant de s'enquérir du lieu exact où il se rend.

La traversée est longue et pénible, mais au moins Noureddine n'est plus seul. Il passe le plus clair de son temps à bavarder avec Amine. Ils parlent du désert, du commerce. Peu à peu, des liens se tissent entre les deux hommes qui éprouvent une solide sympathie et un profond respect l'un pour l'autre. Noureddine en est fort satisfait, car il sait maintenant qu'il peut compter sur ce nouvel ami pour l'aider à se déplacer sur les routes du royaume de France.

Lorsqu'ils arrivent en vue de la côte française, Noureddine a un pincement au cœur seulement à imaginer que très prochainement, il va serrer Malikah dans ses bras. Car il sait que pendant tout le temps où ils ont été séparés, elle n'a cessé de penser à lui, comme il n'a cessé de penser à elle. Plus d'une fois, son visage s'est approché du sien. Il a senti comme un souffle caresser sa peau, et un long frisson a parcouru son échine au souvenir de leurs ébats amoureux. Chaque jour qui passe le rapproche d'elle, et il trouve que le bateau ne va pas assez vite maintenant. Plus il sent le moment fatidique arriver, plus il devient impatient. Amine lui a confirmé que le village où il se rend est bien celui de Malikah. Il n'a fait aucune mention des affaires qu'il est venu traiter et Noureddine n'a pas osé lui demander de l'accompagner. Il ne leur reste que quelques heures à passer ensemble avant d'accoster. Dans un sursaut de peur, il a avoué à Amine qu'il se rendait lui aussi à Carcassonne.

Amine est ravi de pouvoir l'accompagner. Après avoir débarqué, ils cheminèrent donc gaiement jusqu'à la ville. Près des enceintes, ils se saluèrent et chacun alla de son côté. Maintenant qu'il était si proche de Malikah, Noureddine était certain qu'elle le guiderait jusqu'à elle. Il savait que sa maison était située au Nord Est. En se repérant au soleil, il saurait bien comment s'y rendre. Elle lui avait maintes fois parlé des abords de la propriété, comment les grands arbres faisaient une voûte ombragée sous laquelle elle aimait se promener durant la journée. Il saurait reconnaître les lieux, car Malikah les lui avait si bien décrits que, lorsqu'elle en parlait, le paysage défilait devant ses yeux. Il avait rarement vu de grands arbres comme ceux dont elle lui parlait. Elle disait que leurs feuilles tombaient en hiver. Cela n'avait donc rien à voir avec les palmiers qui étaient verts toute l'année. La saison étant encore belle, il ne verrait pas les branches décharnées des arbres de l'allée qui conduisait à la maison de Malikah.

Tout en cheminant à dos de cheval, qu'il trouvait inconfortable en comparaison de ses méharis, il se rapprochait du lieu final de sa destination. Il était certain d'être maintenant aux abords du manoir. Il se souvenait de la tour très particulière dont elle lui avait parlé à maintes reprises. Un sentiment de panique s'empara de lui. Et si ce n'était pas elle qui l'accueillait ! Sans doute devrait-il demander Marianne et non pas Malikah, mais comment se ferait-il comprendre avec le peu de mots qu'il connaissait en français. Heureusement qu'elle lui avait appris à prononcer son prénom, plus par jeu que par nécessité d'ailleurs. Et si ses parents n'étaient pas au courant de leur mariage, comment pourrait-il légitimer sa requête ? Comment pourrait-il justifier son droit d'emmener Malikah avec lui ? Aucun papier légal n'attestait de leur situation d'époux légitimes. Courageusement, il se raisonna en se disant qu'il n'avait pas fait tout ce trajet pour ne pas aller jusqu'au bout de son entreprise.

Il suivit l'allée bordée d'arbres et arriva devant une imposante demeure dont l'austérité le mit immédiatement mal à l'aise. Comment Malikah avait-elle pu vivre dans cet endroit aussi fermé, elle qui aimait autant que lui l'immensité du désert ? Même si les fenêtres de la maison étaient grandes ouvertes par cette belle journée ensoleillée, elle lui paraissait repliée sur elle-même. Sa grandeur n'était pour lui qu'apparence. Derrière ces murs se cachait une grande tristesse. Comment pourrait-il aborder les personnes qui y vivaient s'il se sentait repoussé par le seul aspect de cette bâtisse ? Encore une fois, il domina son envie de rebrousser chemin et avança de manière circonspecte jusqu'à l'entrée. Un domestique vint lui ouvrir à qui il ne sut quoi demander. Dans un souffle il prononça « Marianne » du mieux qu'il put. L'homme l'accueillit par un long discours dont il ne comprit que quelques mots par-ci par-là. Comme il restait planté devant la porte et n'avait visiblement pas compris ce qu'on lui avait dit, l'homme s'expliqua par des gestes plus éloquents que les mots qu'il venait de prononcer.

Noureddine finit par comprendre que Malikah était partie pour la Tunisie. Il comprit aussi qu'elle n'était pas partie seule, mais il ne savait pas qui l'avait accompagnée. Il lui semblait impossible qu'elle fût partie avec un autre homme, Malikah avait toujours été si proche de lui tout au long de ces quinze mois pendant lesquels ils étaient restés séparés. Il lui semblait en outre que l'homme indiquait quelque chose de petit et non pas une personne normale. Avait-elle décidé de faire le voyage avec un animal ? Malikah n'avait jamais fait mention d'aucune bête à laquelle elle aurait été attachée, excepté le bel alezan sur lequel elle aimait se promener dans la nature, parfois en compagnie de son père. Noureddine était complètement désorienté, mais il avait parfaitement décodé le message. Le serviteur était resté planté sur le seuil à regarder Noureddine comme s'il se fut agi d'une bête curieuse. Il n'avait certainement jamais vu un tel accoutrement de toute sa vie, car Noureddine n'aurait pour rien au monde troqué sa tenue de caravanier pour un habit européen. Cet homme venait de lui donner à entendre que Malikah ne se trouvait plus en ces lieux, et il n'avait plus qu'à rebrousser chemin sans elle.

Son cœur était triste et en même temps plein d'espoir. Ses voyages au cœur du désert lui avaient appris à ne jamais désespérer. Quelles qu'aient été les situations dans lesquelles il s'était trouvé, une solution, parfois miraculeuse, s'était toujours présentée, même au moment où il s'était résigné et avait alors envisagé une catastrophe pour unique solution. Il lui faudrait maintenant faire seul tout le chcmin invcrsc. Habitué à parcourir des horizons vierges de tout repère, il avait appris à se diriger où qu'il se trouve. Il lui faudrait cependant être vigilant dans ces lieux où les repères foisonnaient, justement. Se souviendrait-il de l'endroit où il avait croisé tel arbre, tel buisson d'épineux. Il flatta le flan de sa monture et était prêt à partir au moment où une femme arrivait près de la maison. Noureddine l'aurait reconnue entre mille tant ses traits étaient ressemblants à ceux de Malikah. Elle s'adressa à lui en français, mais en prenant bien soin de détacher les syllabes, ce que n'avait pas fait le domestique qui avait ouvert la porte.

– « Monsieur Noureddine, je suppose. Marianne m'a tellement parlé de vous et décrit de manière si précise que je vous reconnaîtrais entre mille. Venez, vous devez avoir faim et soif, car j'imagine que vous avez fait tout le trajet jusqu'ici depuis Marseille. »

Noureddine acquiesça et entra à sa suite. La maîtresse de maison donna l'ordre au serviteur d'apporter tout ce qu'il fallait dans le petit salon. Noureddine ressentait la tristesse de cette femme qui essayait du mieux qu'elle pouvait de cacher son chagrin. Il lui semblait même que le voir devant elle ne faisait qu'accroître sa douleur. Il n'était pas certain de n'avoir pas vu une larme perler au bord de sa paupière. Elle s'était tournée vivement afin de tirer de sa manche un mouchoir de drap fin et se moucher. Puis elle se retourna et lui dit :

– « Il y a presque six mois, Marianne a mis au monde un petit garçon. Cet enfant est votre enfant et Marianne tenait à ce qu'il vive entre son père et sa mère. Aussi est-elle repartie pour la Tunisie il y a deux jours. Je suis étonnée que vous n'ayez pas croisé la malle-poste et que Marianne ne vous ait pas reconnu. »

Noureddine eut la sensation que la mère de Malikah voulait lui faire passer un message particulier, mais il ne sut pas très bien de quoi il s'agissait. Il avait en effet cru entendre le mot garçon, mais son mauvais français ne lui permit pas de comprendre de quel garçon il était question. Comment pouvait-il en outre expliquer à Madame La Gardère qu'il avait fait route avec Amine, lequel lui avait peut-être fait emprunter un autre chemin ? La collation qu'on lui apporta ressemblait à ce qu'il avait l'habitude de consommer en Tunisie, thé à la menthe, pain façon arabe. Il se demanda si Malikah n'avait pas incité sa famille à se nourrir à la mode tunisienne. Lorsqu'il se fut restauré et rafraîchi, il se leva pour partir.

Il avait hâte de reprendre ce maudit bateau et de rentrer au pays. Que n'avait-il attendu encore avant de s'embarquer dans une telle aventure ? Il maugréait en se reprochant tout ce temps perdu qui l'avait séparé de son amour. Il était si nerveux, qu'il ne savait plus où aller. Il sortit le papier sur lequel Amine lui avait décrit tous les lieux par lesquels passer pour retourner à Marseille. Il était hésitant et se trompa à diverses reprises. Ne sachant comment demander, il avait dû rebrousser chemin, relire les indications et comparer avec le paysage devant ses yeux. Une fois, il avait eu l'impression d'avoir déjà vu les arbres qui bordaient le chemin. Néanmoins, il avait continué à avancer, certain que ce n'était qu'un problème de ressemblance. Mais lorsqu'il arriva devant la vieille bâtisse abandonnée où il s'était arrêté pour manger, il comprit qu'il avait tourné en rond. Il relit encore et encore les explications et se rendit compte qu'il avait mal interprété ce qui était mentionné. Vu l'heure tardive, il s'installa pour la nuit dans cet abri rudimentaire, et reprit sa route au lever du jour.

Au bout de trois jours de chevauchée à un rythme soutenu, il lui sembla que ce trajet n'en finissait pas, et qu'il n'atteindrait jamais la mer. Au cœur du désert, il n'avait jamais ressenti, comme à l'heure actuelle dans cet embrouillamini de verdure, l'angoisse de ne pas retrouver son chemin. Tous les arbres se ressemblaient, de même que les routes. Lui savait différencier les dunes. Aucune n'était identique. Lorsque enfin il atteignit le port, il avait voyagé cinq longs jours en prenant du repos seulement pour que sa monture ne le laissât pas sur place. Pour la ménager, il avait parfois marché à côté d'elle, lui parlant et la caressant dans sa langue. L'animal lui avait répondu par des hennissements bienveillants et en frottant sa tête contre la sienne. Noureddine aurait aimé garder ce cheval pour Malikah. Comme elle aurait été contente d'en avoir un en Tunisie. Elle lui avait souvent dit combien elle aimait chevaucher. Il se débrouilla comme il put pour le rendre là où Amine l'avait loué et il embarqua.

Le voyage lui sembla encore plus long qu'à l'aller car il était parfaitement seul. Il ne désirait même pas lier connaissance. Pendant toute la traversée, il avait passé ses journées sur le pont à regarder la mer. Il aimait cette infinité bleue au bout de laquelle le regard ne parvient pas à définir l'horizon. Il se sentait, face à cette vastitude, dans le même état d'esprit que dans son désert. Le même sentiment de paix intérieure l'habitait. Là aussi, il se sentait relié au tout, à Allah. Était-ce le fait d'être face à soi-même, d'être profondément intériorisé, qui rendait l'homme aussi proche du divin ? Ainsi, si pour trouver dieu il fallait communier avec son soi le plus profond comme devant ce paysage, n'était-ce pas simplement parce que chacun de nous a dieu en lui ? Sinon, comment expliquer ce qu'il ressentait en ces instants ?

Il se laissait parfois bercer par le rythme régulier du tangage et il éprouvait alors la sensation d'être sur un méhari. Cela l'amusait profondément. Il se disait que s'il n'avait pas été caravanier, il aurait pu être marin. Il aurait vu des pays différents, rencontré des gens différents. Par contre, il n'aurait peut-être jamais connu Malikah. Quel dommage ! Soudain, il aperçut une fine ligne noire à l'horizon. Il la regarda longuement avant de se rendre compte que c'était une bande de terre dans le lointain. Le bateau se rapprocha et, à la vue de la côte tunisienne, il eut les larmes aux yeux.

Enfin il allait retrouver sa terre natale et certainement sa chère épouse. Cela faisait environ trois semaines qu'il avait quitté Kairouan. Comme il avait hâte d'y revenir. Ses coéquipiers seraient de retour en même temps que lui. Il n'avait pas perdu trop de temps, du fait que son voyage n'avait été qu'un aller-retour. Il ne mit pas longtemps à quitter le pont du navire et descendre à quai. Il n'avait pas de bagages encombrants car il avait laissé des effets personnels derrière lui afin d'alléger sa course. S'accorder quelques heures de repos avant de faire route pour sa ville natale n'était pas nécessaire, il avait eu tout le loisir de le faire sur le navire. Il gagnait ainsi un temps précieux. Il ne savait pas exactement la date à laquelle Malikah était partie de France, mais il était sûr qu'elle était déjà dans leur maison à l'attendre.

À peine eut-il récupéré son chameau qu'il se concentra sur elle et son visage lui apparut. Il essaya de lui faire passer le message que bientôt ils seraient réunis. Il sut qu'elle avait compris car une profonde sérénité l'envahit. Le reste du voyage serait maintenant plus agréable, sachant qu'il pourrait la serrer dans ses bras très prochainement. Il avait aussi eu la vision d'un enfant, il ne savait pourquoi. Était-ce celui dont la mère de Malikah lui avait parlé ? C'était un petit garçon, avec des cheveux noirs tout bouclés. Il n'y prêta pas attention plus que nécessaire, son principal souci étant Malikah et leurs prochaines retrouvailles. Il allait bon train, les méharis pouvant filer à vive allure. Il devait cependant ménager un peu le sien, sinon il mettrait plus de temps que prévu. C'est pourquoi quand il atteignit Takrouna, il chercha un endroit pour passer la nuit. Il avait l'habitude de dormir à la belle étoile et ce ne fut pas un problème pour lui de se trouver un coin abrité, sachant que l'aube le trouverait rapidement éveillé pour reprendre sa route. Il ne connaissait pas très bien cette contrée, n'ayant jamais voyagé vers le nord, sauf lorsqu'il s'était rendu à Tunis pour embarquer.

Lorsqu'il ouvrit les yeux le matin, il fut accueilli par une odeur agréable qui lui chatouilla les narines. Il se rendit au village d'où il s'était à peine éloigné pour trouver un refuge, et là, il vit que les femmes étaient déjà occupées à cuire le pain traditionnel dans le four à bois. Il s'approcha et elles l'invitèrent à goûter à ce pain fraîchement sorti de la « tabouna »[29]. Il mangea de bon appétit et quitta le village après avoir remercié les femmes pour cette collation matinale. Il ne savait pas très bien le temps qu'il lui faudrait pour rejoindre Kairouan, mais il était quasiment certain d'y parvenir en fin de journée. Il s'arrêterait le moins possible, juste assez pour se rafraîchir et se restaurer. Il était dans son pays et voyager ici était plus facile, même s'il ne connaissait pas les lieux car au moins il n'avait pas le problème de la langue. Lorsqu'il atteignit Kairouan en début de soirée, il était fourbu mais heureux que son voyage soit enfin terminé. Il ralentit la cadence, ne sachant soudainement plus où aller. Devait-il rentrer

---

[29] Une tabouna est un four en terre cuite de forme conique ouvert sur le haut. On le tapisse de bois au fond qu'on allume. Lorsque le feu a bien pris on aplatit les boules de pain pour en faire des galettes, on enduit le dessus du pain avec de l'eau et avec un coup de main prompt et expert, on colle le pain sur les parois intérieures du four. Le pain est cuit lorsqu'il se décolle de la paroi. Il retombe alors dans les braises. On doit le ramasser très très vite et le nettoyer avec un chiffon humide. Mangé très chaud avec de l'huile d'olive ou de la slata mechouia, je ne connais rien de meilleur. On peut ajouter une pointe de safran dans la pâte au moment de la pétrir. Avec les graines de fenouil, cela relève le goût d'une façon extraordinaire.
http://www.bladi.net/forum/74571-pain-tunisien-fabrique-tabouna/index3.html.

directement chez lui pour voir si Malikah était là ou bien devait-il aller voir si ses compagnons caravaniers étaient rentrés de leur périple eux aussi. Il balançait entre les deux et des pensées négatives l'assaillirent, lui qui perdait rarement espoir.

15. Retrouvailles

« Celui dont le cœur est ressuscité par l'amour ne mourra jamais. »

Sagesse persane.[30]

Malgré la certitude qu'il avait eue au début de son voyage de retour que Malikah l'attendrait à Kairouan, soit chez lui, soit chez Khaleel, il se refusait à croire qu'il la reverrait rapidement. L'incertitude avait persisté tout au long du trajet. Était-ce pour ne pas être déçu en arrivant qu'il avait laissé le scepticisme imprégner son esprit de manière aussi tenace ? Il se demandait comment elle pouvait aimer sa vie si frustre avec lui, quand dans la demeure familiale elle avait des domestiques qui étaient entièrement à son service. Lors de son séjour dans la tribu berbère, c'était même elle qui avait exprimé le désir d'être initiée à la préparation de mets typiques.

Sans même s'en rendre compte, il se dirigea vers le bassin des Aghlabites. Inconsciemment, après son séjour en France pendant lequel, à la vue de la demeure des parents de Malikah, le doute s'était fortement ancré en lui, il désirait se replonger dans

---

[30]Citation tirée de l'œuvre de Christian Dawlat, *La grande sagesse du monde arabe*, Les Editions Quebecor, 2003, p. 39.

certains événements de son passé avec elle. En fait, il voulait revoir le lieu où ils s'étaient parlés pour la première fois, tenter de revivre ce qui s'était déroulé ce soir-là afin de voir plus clair en lui. Ressentir tout au fond de son être ce trouble qui l'avait envahi dès que Malikah avait ouvert la bouche pour lui parler, la réaction qu'il avait perçue chez elle lorsqu'il l'avait approchée ; une réaction à la fois de crainte et d'attirance. Il ne savait par quelle alchimie leurs deux corps s'étaient sentis attirés comme deux aimants l'un vers l'autre. Il s'était contenu, mais déjà il avait eu une folle envie de l'étreindre.

Une douce torpeur l'enveloppa soudain, une mélancolie qui mettait son cœur en émoi. Il ne savait pas très bien où il en était, s'il devait vraiment croire que Malikah était en Tunisie pour lui ou non. Peut-être était-elle retournée avec Malek et l'enfant dont sa mère avait parlé était-il de lui. Il devait reprendre ses esprits avant de rentrer chez lui. Une ombre se faufila qu'il n'avait pas remarquée en arrivant, s'éloignant du bassin à pas mesurés. À cette distance, il avait l'impression que c'était une femme, mais il n'y accorda pas une très grande importance tant il était préoccupé. Il avait besoin d'un peu de solitude et il suivit lentement le même chemin que la personne, sans trop s'en approcher. Il se rendit compte que l'ombre se dirigeait vers la maison de Khaleel. Il pressa le pas en vue de la rejoindre et vit qu'elle s'apprêtait à entrer dans le passage, mais au bruit de ses pas, elle se retourna. En entendant les douces intonations de la voix de Malikah prononcer son nom, une telle joie inonda son cœur qu'il se mit à trembler. Il essaya de se reprendre mais la fatigue de ces deux longs jours de cavalcade à travers le pays avait eu raison de sa capacité à maîtriser ses émotions. Il ne s'était jamais auparavant laissé aller à une telle faiblesse, mais peu lui importait. Malikah était là et cela seul comptait. Il se retourna lentement, essayant tant bien que mal de montrer un visage paisible. Lorsqu'il la vit, quelle ne fut pas sa stupeur de constater qu'elle avait un enfant dans les bras. Il eut un instant d'hésitation, mais elle s'approcha et lui dit dans un arabe quelque peu hésitant :

– « Voici ton fils. Il est né il y a six mois, dans la demeure familiale, en France. C'est un bel enfant, très sage. S'il n'avait pas été là, dans mon ventre d'abord, puis à mes côtés, je n'aurais pas pu résister à un éloignement aussi prolongé. Viens, nous devons rentrer, le petit a besoin de soins à cette heure tardive. »

– « Avant toute chose, je dois rentrer mon chameau. Je n'en ai pas pour longtemps. Rentre à la maison, je serai là dans quelques instants. »

Il se dirigea rapidement vers le hangar à l'arrière de la maison de Khaleel et y attacha l'animal pour la nuit après lui avoir donné à manger et l'avoir pansé. Il rentra dans la maison, encore incrédule d'y voir Malikah. L'enfant était hors de la couverture qui l'enveloppait auparavant et il put voir la touffe de cheveux noirs bouclés de son apparition. Il s'approcha, circonspect. Il n'avait jamais vu d'enfant aussi petit. Il se contenta de le regarder longuement. Il prétexta la fatigue pour ne pas le prendre dans ses bras. En réalité, il redoutait de se montrer trop gauche dans ses gestes. Malikah rit de lui et commença à lui raconter qu'elle croyait ne plus supporter la mer tant elle avait été malade sur le bateau. Et pourtant, la traversée avait été particulièrement calme en comparaison de son voyage précédent.

– « C'était à tel point qu'en arrivant chez mes parents, j'ai dû garder le lit tant je me sentais épuisée. Tout d'abord j'ai pensé que c'était les effets du long voyage que je venais d'accomplir, précédé du choc de notre séparation. Le malaise persistant, mes parents ont suggéré que je consulte le médecin qui a conclu à une grossesse. J'ai préféré rester en France jusqu'à l'accouchement pour ne pas compromettre mon état. Je tenais beaucoup à ce que cet enfant naisse sans problème puisqu'il était le fruit de notre amour. Et vois-tu Noureddine, il m'a aidée à supporter ton absence. Ma mère a été plus compréhensive à l'annonce de la nouvelle. Souvent, lorsque je me promenais seule dans le parc, j'avais l'agréable sensation de sentir ta présence à mes côtés, cela m'a donné le courage de lutter pour faire accepter mon état à mon père. Il a fini par se faire à l'idée et m'a instamment priée de ne quitter la France qu'après la naissance du nouveau-né. Lorsque finalement il est venu au monde, Père a été le premier à me féliciter et à contempler notre enfant avec admiration. Ne sois pas fâché, Noureddine, nous avons dû lui donner un prénom français parce que je voulais que ce soit toi qui lui choisisses un prénom dans ta langue. Aussi l'avons-nous nommé Guillaume. Père tenait à ce qu'il ait le prénom de son propre père et je tenais à lui faire plaisir pour qu'il soit plus conciliant avec moi le jour où je lui annoncerai que je désirais quitter la maison. »

« Tu ne m'as pas appris suffisamment de français, car lorsque ta mère m'a parlé d'un enfant, je n'ai pas compris que c'était de notre enfant dont il s'agissait. Mais je sais maintenant que tu n'aurais pas fait tout ce chemin pour me rejoindre si ce fils n'avait pas été de moi. Je suis si heureux que vous soyez de retour. Inch'Allah, Achraf, sera son prénom. Achraf signifie noble, comme notre fils qui est né d'un amour digne et sincère.

Noureddine ne put s'empêcher de lui poser des questions sur la façon dont elle avait quitté la Tunisie.

Elle ne voulut pas lui en parler immédiatement, car l'histoire était longue et il était fatigué. Néanmoins, elle le rassura en lui disant que Malek n'avait été là que pour aider les siens à la retrouver. Noureddine lut dans ses yeux qu'elle disait vrai et il lui accorda un délai jusqu'au lendemain. Il est vrai qu'à cette heure tardive, il aspirait à un repos bien mérité. Malikah mit l'enfant dans sa couche après lui avoir donné le sein et enfin elle put se blottir contre son époux. Elle soupira d'aise, tant elle était heureuse de le sentir enfin à ses côtés. Elle savait qu'ils ne se quitteraient plus, que le danger était définitivement écarté.

À cette heure-ci, Malek était certainement dans une prison française. Il ne restait que les personnages douteux qui avaient troublé le commerce de Noureddine. Il était important qu'il découvre qui ils étaient et par qui ils avaient été mandatés au cas où il les retrouverait sur son chemin. Elle chassa ces pensées pour ne pas troubler ces merveilleux instants. Ils retrouvèrent instinctivement les gestes d'amour qui avaient été les leurs aux premiers jours de leur mariage. Malikah se sentit fondre de bonheur au contact des lèvres chaudes qui se posaient sur les siennes. Tout son corps frémit du désir d'être sienne. Ils s'aimèrent longtemps, passionnément. L'enfant dormait paisiblement auprès d'eux et lorsqu'ils s'éveillèrent, il commença à grogner comme s'il avait attendu un signal de leur part pour réclamer sa tétée. Noureddine était béat d'admiration devant son fils. Il ne se serait pas cru capable d'engendrer un bébé aussi beau. Ses traits fins étaient harmonieux. Il n'avait pas le faciès rude de son père, mais un mélange de raffinement et de rondeur adoucissait son visage. Malikah était une mère délicate qui s'occupait de son enfant avec beaucoup de tendresse.

Noureddine la regardait faire, ému et surpris de constater le pouvoir qu'a une mère de calmer et réconforter ce petit être lorsqu'il en a besoin. Sans doute avait-il connu cela lui aussi. Son père lui avait toujours dit que sa mère avait été une mère parfaite, et qu'il n'avait jamais manqué d'amour tant qu'elle avait été là. S'il avait été frustré, s'il avait ressenti un manque, c'est qu'elle était partie trop tôt et son père n'avait malheureusement pas pu suppléer à l'absence. Lorsqu'elle eut fini, il la quitta pour se rendre au caravansérail afin de voir si ses co-équipiers étaient de retour. Il ne savait pas à quelle heure il reviendrait à la maison. Elle ne devait pas l'attendre car non seulement il avait différentes affaires à expédier mais encore il désirait préparer son prochain départ. Il était important qu'il reparte jusqu'en Libye afin de reconstituer son stock de soieries car il avait donné l'ordre à Ghaled de ne prendre que des lainages afin de ne pas faire courir de risques à la caravane en son absence. Il la quitta et se rendit immédiatement au souk.

Il voulait vérifier certaines choses qu'il avait entendues sur le bateau au cours de la traversée vers la France. Il avait surpris une conversation entre Amine et un homme que ce dernier avait omis de lui présenter. C'est ce qu'il avait prétendu lorsqu'ils étaient descendus à terre. Il devait maintenant faire son enquête pour découvrir si, comme il le soupçonnait, le père de Malikah n'était pas l'homme qui avait semé la zizanie dans le commerce itinérant et si ce n'était pas lui aussi qui avait commandité les exactions dans les souks, exactions dont il avait entendu parler juste avant son départ pour la France. Il était impatient de savoir si la situation s'était améliorée et si ses hommes avaient eu des problèmes. Il était quasi certain qu'ils étaient de retour.

Noureddine avait demandé qu'ils s'arrêtent dans les oasis de montagne où les damas de laine étaient les plus demandés afin qu'ils puissent vendre leur cargaison le plus rapidement possible. Ici, à Kairouan, peu de gens se vêtaient de lainages. Il n'était donc pas nécessaire qu'ils aient encore du choix en arrivant.

Néanmoins, il était impératif qu'il sache tout ce qui pouvait lui être utile avant de repartir. Sa journée serait longue et pénible, car il sentait confusément que de violentes accusations rebondiraient sur le père de Malikah. Elle ne lui avait pas caché qu'il était commerçant lui aussi, et sans doute avait-il voulu établir un marché à l'étranger. L'idée de concurrencer les étoffes vendues depuis longtemps dans les souks des pays nord-africains était fort tentante pour un homme qui aimait le commerce et le gain. Il songea avec amusement que cet homme et lui se ressemblaient par certains côtés. Il ne pouvait lui en vouloir vraiment d'avoir essayé d'étendre sa clientèle au-delà des mers. Seule la façon dont il s'y était pris était méprisable. La concurrence ne le dérangeait pas tant qu'elle était loyale. Bien au contraire, c'est lorsqu'il se sentait mis en balance avec un confrère qu'il déployait ses plus grands talents de commerçant pour obtenir le marché.

Préoccupé par toutes ces pensées, il était arrivé, sans s'en rendre compte, aux abords du souk. La première personne qu'il croisa fut Ghaled. Ils s'embrassèrent fraternellement et se mirent de côté pour parler tranquillement. Ghaled lui conta son périple dans les moindres détails et Noureddine lui fit part, dans les grandes lignes, de sa croisière forcée. Ils se rendirent ensuite à l'échoppe de Khaleel, Ghaled ayant confié à Noureddine que ce dernier voulait le voir de toute urgence. Lorsque Khaleel avait de telles injonctions à son égard, c'est qu'il avait des nouvelles de première importance à lui communiquer. Effectivement, lorsqu'ils entrèrent, il les fit passer dans l'arrière-boutique afin de pouvoir leur parler en toute quiétude. Il ne désirait pas que ses employés entendent ce qu'il avait à leur dire sinon tout le souk serait très vite au courant et Noureddine deviendrait très vite l'homme maudit, le traître.

Noureddine fut choqué de cette entrée en matière. Il laissa néanmoins Khaleel lui révéler ce qui suit :

– « Noureddine, mon ami, tu sais que je te considère comme un fils. Ton père a toujours été comme un frère pour moi. Aussi, ne te cacherai-je pas plus longtemps ce qui se passe aujourd'hui. Je connais bien ton épouse et je sais que c'est une femme respectable. Par contre, je ne sais pas quel homme est son père. Il semblerait qu'il ait fort mauvaise presse parmi les commerçants du pays. Nous avions appris que les hommes qui semaient le trouble dans le commerce itinérant étaient à la solde d'un français qui n'avait jamais mis le pied en terre tunisienne. Il nous a fallu longtemps avant de faire le lien entre ces hommes et lui. Au départ, nous avions soupçonné le bey. Je pense que tu t'en souviens. Des rumeurs avaient même circulé sur un cas particulier qui, je présume, était un simple mensonge pour nous égarer. Mais longtemps après l'enlèvement de ton épouse et après avoir fait un nombre incalculable de recoupements, nous avons su qui il était, et crois-moi, j'en ai été terriblement contrarié pour toi. Je t'ai habilement caché tout ce que j'ai appris parce que je trouvais que la séparation d'avec Malikah était suffisamment dure pour toi. Je t'ai vivement encouragé à te donner à fond dans ton travail pour éviter que tu te poses et que tu me poses trop de questions. Parmi ceux qui avaient enlevé Malikah, un seul était inconnu des boutiquiers des souks qui commercent la soie et c'est ce qui nous a tous conduits, dans un premier temps, sur de fausses pistes. Néanmoins, il semblerait que ton épouse, elle, le connaissait parfaitement, mais ne l'appréciait pas. La façon dont elle s'est adressée à lui à diverses reprises à cette occasion n'a fait aucun doute sur le jugement qu'elle portait sur lui. Par contre, elle n'a pu faire autrement que d'obéir à un père qui était venu la chercher manu militari dans le pays où il avait été prévu qu'elle épouse le seul homme de la clique qu'elle semblait mépriser. Nous avons appris tout cela par bribes car comme tu le sais, petit à petit, ces hommes se sont faits plus rares dans les souks et les langues ont ainsi pu commencer à se délier, discrètement d'abord. Ils ont disparu complètement du circuit lorsque tu es parti pour la France et que Malikah est arrivée ici. Car vous vous êtes croisés en chemin. Sans doute en pleine mer pour ne pas vous être rencontrés. »

Noureddine, abasourdi par la nouvelle, était soudain devenu très pâle. Il venait d'avoir confirmation de ce qu'il avait surpris sur le navire entre Amine et l'inconnu. Par contre, il ne savait que penser de son épouse. Avait-elle été complice des agissements de son père ? Lui avait-elle menti à ce point ? Voyant son désarroi, Khaleel s'empressa de poursuivre.

– « Lorsque Malikah est venue toquer à ma porte avec son enfant dans les bras, je lui ai exposé la situation et ce qui risquait de lui arriver si elle avait été complice de son père. Elle me jura qu'elle ne connaissait pas tout des affaires de ce dernier car sa grossesse, puis l'arrivée du nouveau-né ne lui avaient pas permis d'apprendre jusqu'où s'étendait son commerce. Elle avait cru comprendre qu'il commerçait en Tunisie et elle présumait que les marchandises concernées étaient des soieries. Elle ne put m'instruire de rien autre malgré les efforts qu'elle avait déployés au début de sa grossesse pour s'initier à ses affaires, sur son conseil d'ailleurs. À toi maintenant de tout faire pour que ton épouse soit disculpée aux yeux de nos confrères, que le doute qui pèse sur elle soit levé. Tous attendent ton verdict vis-à-vis d'elle. Car si tu la répudies, cela signifiera qu'elle était complice des agissements de son père. Si au contraire, tu annonces fièrement que tu as un fils et que tu en es extrêmement heureux, tous sauront qu'elle n'est pour rien dans ces problèmes. »

Noureddine était sur des charbons ardents et il voulait aller questionner Malikah sur le champ. Khaleel le retint par ces mots :

– « Je t'en prie, mon ami. Aie confiance en ton épouse. Elle s'est enfuie de la maison paternelle avec la complicité de sa mère. Si vraiment elle était de connivence avec son père, crois-tu qu'elle se serait échappée pour venir te rejoindre, sachant qu'elle risquait une fois encore les foudres paternelles ? Peut-être a-t-il rappelé ses sbires au pays afin de revenir en force pour rechercher sa fille et son petit-fils auquel Malikah m'a dit qu'il s'était beaucoup attaché. Elle m'a même confié que c'était un grand-père bon et généreux. »

À ces mots, Noureddine eut un sourire de fierté. Alors, si son fils plaisait à ce point à son aïeul, il serait facile de traiter avec lui. Car maintenant seulement, il comprenait ce qu'il avait entendu sur le bateau. Accompagné de Ghaled, il s'en fut, rasséréné, saluer ses chameliers avant d'aller rejoindre Malikah à la maison. Ils auraient tant à se dire qu'il leur faudrait au moins deux soirées. Mais Inch'Allah, aucune ombre ne viendrait troubler leur entente et cela seul comptait. Certain du bonheur qui se profilait à l'horizon de sa vie, il rentra en chantonnant pour la première fois depuis fort longtemps.

Malikah l'attendait impatiemment. Elle avait déjà préparé le repas et s'était occupée d'Achraf qui dormait paisiblement.

Noureddine était souriant et elle en fut rassurée. Elle savait que tôt ou tard, elle devrait lui faire part de la conversation qu'elle avait eue avec Khaleel. Comment pourrait-elle aborder le sujet sans que Noureddine ne s'emporte ? Il avait toujours été très doux avec elle, mais elle savait qu'il pouvait entrer dans de violentes colères lorsqu'il se sentait menacé ou trahi. Elle décida qu'elle lui parlerait d'abord de son enlèvement puisqu'il le lui avait demandé hier soir déjà. Elle mentionnerait qu'elle avait d'autres choses à lui dire ensuite, mais qu'il était préférable qu'elle procède par ordre afin de ne rien omettre. À sa grande surprise, c'est lui qui aborda le sujet de l'enlèvement qu'il lui demanda instamment de lui raconter. Elle s'exécuta en choisissant soigneusement ses mots.

– « Lorsque je me suis approchée de ces deux hommes, j'ai immédiatement reconnu Malek, mais j'étais déjà trop loin de toi et trop près d'eux pour pouvoir revenir en arrière. J'étais prise dans leur guet-apens, et c'est ce qu'ils avaient escompté. Mon père connaissait bien mon caractère impulsif et en plantant ce français que je connaissais mal, il savait que ma curiosité l'emporterait sur ma prudence. Ils m'ont donc emmenée, me faisant tout d'abord croire à un enlèvement orchestré par Malek. J'étais très mal, car j'avais peur de ce qui allait m'arriver. Mais au deuxième jour, mon père n'a pas pu résister au bonheur de me retrouver et il est venu dans ma geôle pour me serrer dans ses bras. J'étais heureuse et soulagée de le voir, mais en même temps extrêmement vexée et furieuse de m'être fait prendre au piège. Il s'en aperçut immédiatement et, pour calmer ma colère, il argua de la terrible souffrance de ma mère qui ignorait complètement ce qu'était devenue son unique fille. Le voyage de retour vers la France se fit par mer, car mon père ne voulait pas se montrer en Tunisie. Il avait déjà débarqué en Libye et le navire qui l'y avait conduit nous y attendait. Comment avait-il appris que je m'y trouvais, je l'ignore ? Probablement Malek avait-il des contacts. Mon père a refusé de me faire part de la façon dont il avait mis ce dernier à sa solde. J'ai appris par la bande qu'aujourd'hui il moisit dans une prison royale. Voilà, tu sais tout de ce qui s'est passé lors de mon enlèvement à Zuwarah. »

Noureddine avait donc vu juste, Malikah était bien repartie vers la France par voie maritime et c'est la raison pour laquelle il n'avait jamais pu rattraper les fuyards sur le sol tunisien. Maintenant, il devait absolument savoir ce qui s'était passé à son retour en France. Il lui demanda de lui raconter sa grossesse, son séjour entre ses parents. Il voulait tout savoir, jusqu'au plus petit détail. Malikah se mit à rire en lui disant qu'il lui faudrait un temps quasi égal au temps de leur séparation si elle devait lui raconter exactement tout ce qui était advenu pendant ce long laps de temps passé dans son pays.

Néanmoins, elle satisfit sa curiosité du mieux qu'elle put. En réalité, ce qui importait à Noureddine, c'était plutôt l'implication de son épouse dans le commerce paternel. Bien sûr, il était très intéressé par la manière dont elle avait vécu ses mois de grossesse, comment elle avait accueilli son fils en son sein. Mais il était impatient de savoir si sa tendre moitié était mêlée de près ou de loin aux agissements paternels. Lorsqu'elle lui confirma mot pour mot ce qu'elle avait déjà signifié à Khaleel en le regardant droit dans les yeux sans sourciller, il comprit qu'elle disait vrai et il se réjouit à l'idée qu'il pourrait clamer haut et fort qu'il avait un fils et qu'il en était fier. « Demain, lui dit-il, demain, je pourrai annoncer dans le souk que le fils de Noureddine sera un commerçant aussi capable que son père. » Malikah ne put s'empêcher de sourire et d'ajouter :

– « Comme son grand-père aussi. »

– « Son père est un honnête caravanier, mais son grand-père est un commerçant déloyal et peu scrupuleux qui n'hésite pas à utiliser de vils moyens pour se faire une place sur les marchés étrangers. Si je le rencontre un jour, je ne me priverai pas de le lui signifier. »

Malikah se renfrogna mais ne dit mot. Elle savait que Noureddine avait au plus haut point détesté les méthodes utilisées par les hommes de son père et elle le comprenait. Elle ne désirait pas absolument défendre son père, mais elle avait été quelque peu vexée de la façon dont Noureddine le traitait. Il était son géniteur, après tout, et elle avait hérité de certains traits de son caractère, elle le savait. Notamment son goût de l'aventure, qui ne s'exprimait pas tout à fait de la même façon. Celui de son père se limitait à prendre des risques en affaires, alors que le sien s'étendait jusqu'à vivre l'aventure au quotidien si possible, comme cela avait été le cas lorsqu'elle avait accompagné Malek en pays inconnu, puis son propre mari à travers le désert.

Noureddine l'embrassa et sortit, un large sourire aux lèvres. Maintenant qu'il était parfaitement certain qu'elle n'était pas impliquée dans les méfaits paternels, elle se sentait plus sereine. Elle était satisfaite de la tournure des événements car pour elle, il était primordial de partager sa vie entre Noureddine et Achraf. Dès que possible, elle écrirait une longue lettre à son père pour lui expliquer pourquoi elle était partie de la maison alors qu'il en était absent.

Simplement, elle avait eu peur de son refus. Étant donné qu'il ne lui avait pas fait promettre de la retrouver là à son retour et qu'il connaissait son intention de rejoindre Noureddine dès que l'enfant pourrait voyager, elle s'était rapidement décidée. Elle avait elle aussi de la peine d'avoir dû agir ainsi, mais lui, n'avait-il pas à se reprocher la manière dont il l'avait fait rentrer en France ? Elle aurait pu faire une fausse-couche, tant elle avait eu peur lors de son enlèvement. Et ça, elle le lui avait pardonné. Elle espérait donc qu'il ferait de même pour sa fugue. Elle les invitait, lui et sa mère, à venir passer quelque temps en Tunisie pour voir leur petit-fils. Elle se ferait une joie de les recevoir dans sa maison. Malikah pensa s'être un peu avancée en conviant ses parents chez elle, mais elle désirait ardemment leur faire comprendre que la distance ne devait pas être un problème à leur relation. Elle-même pensait bien un jour faire connaître le lieu où elle avait passé son enfance à son fils. Sa lettre terminée, elle prit son enfant dans ses bras et porta le pli chez Khaleel qui connaissait un moyen pour l'envoyer à son destinataire. À peine fut-elle entrée dans la maison qu'un essaim de femmes les entourèrent. Toutes voulaient approcher le nouveau-né, l'une désirait le prendre dans les bras, une autre lui chanter une berceuse, une autre encore simplement l'admirer. Malikah était si contente d'entendre que ces femmes ne tarissaient pas d'éloges sur son fils. Toutes auraient aimé avoir un enfant de sang mêlé, parce que, disaient-elles, il était beaucoup plus beau que les autres avec ses traits fins de petit français. Malikah leur rétorquait immédiatement :

– « Est-ce que vous oublieriez, par hasard, qu'il est aussi tunisien que vos fils. Ce n'est pas parce qu'il est né à l'étranger de mère étrangère qu'il n'en est pas moins berbère comme son père. Et je suis certaine qu'il sera fier de l'être, comme sa mère est fière d'être acceptée et intégrée parmi vous. La seule chose que vous puissiez lui envier est le fait qu'il ait deux pays. Si l'un va mal, il pourra toujours se réfugier dans l'autre. Mais si mon fils commence à voyager à travers le désert avec son père, je suis sûre qu'il deviendra un caravanier aussi valeureux que lui. N'oubliez pas qu'il a fait sa traversée du désert dans mon ventre alors qu'il n'avait que quelques jours. D'ailleurs, il serait un jour un grand voyageur que je n'en serais pas étonnée, car il a déjà traversé la mer deux fois. Il sera un homme exceptionnel, j'en suis certaine. »

Toutes les femmes la regardèrent avec amusement. Comment cette jeune française avait-elle acquis une telle façon de percevoir l'avenir ? Le premier soir où elles l'avaient connue, il ne leur avait pas semblé qu'elle eût une telle sensibilité, qu'elle montrât une telle acuité dans la perception de son avenir. Peut-être l'angoisse de son devenir l'avait-elle perturbée au point d'annihiler ses facultés intuitives. Malikah resta encore quelques instants avec elles, puis elle se retira. De retour à la maison, elle y trouva Noureddine tout excité. Il rentrait du souk.

– « Malikah, tu es devenue une véritable héroïne en quelques heures. Tous pensent que tu vas sauver notre commerce en intervenant auprès de ton père. Je leur ai dit que tu n'avais pas été au courant de ses agissements avant que Khaleel ne t'en parle pour la première fois juste avant mon retour de France. Comme les hommes qui les menaçaient ont disparu lorsque tu es revenue en Tunisie, ils pensent que tu es intervenue pour qu'ils cessent de nous menacer. Il est absolument indispensable que tu écrives à ton père pour lui demander de venir jusqu'ici afin que nous parlions ensemble. Je pense qu'il devrait y avoir un moyen pour que nous nous entendions, lui et moi. Je t'en prie, Malikah, fais-le très vite. »

– « J'ai déjà écrit à mon père cet après-midi pour le convier, avec ma mère, à faire le déplacement jusqu'ici. Je ne sais s'ils accepteront. Il est vrai que leur petit-fils est très important pour eux et que ce sera la raison qui les fera consentir à notre invitation. Mais dis-moi, Noureddine, que se passerait-il si les hommes de main de mon père devaient revenir ? »

– « Ce serait une catastrophe. Les caravaniers t'ont fait confiance. Nous serions tous deux des parias, moi parce que je t'ai épousée en connaissance de cause, et toi parce que tu les as trahis. Ne pense pas trop à cela. Allah est grand et il nous sauvera. Il m'a toujours tiré des situations périlleuses où je me trouvais. Je vais prier pour qu'il m'accorde encore une fois son aide, pour toi aussi et pour notre fils. Maintenant, viens, mangeons car j'ai eu une dure journée. Qui sait si demain ne s'ouvrira pas sur de nouvelles perspectives ? Ayons confiance car nous nous aimons et notre fils a besoin de nous. Grâce à lui, tout va s'arranger. Je suis persuadé qu'un enfant apporte le bonheur dans une maison. Comment pourrait-il en être autrement ? L'innocence d'un enfant est une bénédiction et un gage de félicité. »

– « Comme je suis heureuse que tu aimes ton fils à ce point. Nous n'en avions jamais parlé auparavant et lorsque j'ai su que j'étais enceinte, je me suis demandé si tu m'aimerais encore. Mais comme cet enfant était de toi, il n'était pas question pour moi de risquer sa vie par des imprudences. Quelle joie ce fut de sentir ce petit être grandir en moi et comme j'ai regretté que tu ne puisses partager ces instants. Mes parents ont été aux petits soins pour moi, y compris mon père, les premiers instants de surprise et de mécontentement passés. Il espérait avoir un héritier depuis si longtemps. Il était aux anges. Cependant, même si j'étais persuadée d'avoir un fils, je me gardais de le lui dire, sinon il risquait d'être fort déçu s'il me naissait une petite fille. Tu n'imagines pas à quel point il a été heureux lorsqu'on lui a annoncé qu'il avait un petit-fils. Il redoublait de conseils de prudence à mon égard et à l'égard du bébé. Vois-tu, ce n'est pas un méchant homme. Il a simplement voulu gagner un peu plus d'argent. Comment aurait-il pu se douter qu'il sapait à la base le gagne-pain de l'époux de sa propre fille ? »

– « Soit, Malikah. Mais il y a des règles dans le commerce que ton père n'a pas respectées. Et en cela je lui en veux un peu. S'il me présente des excuses lorsqu'il vient chez moi, et qu'il cesse avec ses procédés douteux, alors oui, je le considérerai comme un confrère. Dans le cas contraire, il trouvera Noureddine en face de lui et ce sera la guerre ouverte. Tu choisiras ton camp et il pourra oublier son petit-fils. »

Malikah ne répondit pas. Elle savait que son époux était capable de lutter bec et ongle pour la sauvegarde de son commerce. Et c'était juste. Elle se contenta de se blottir contre lui. L'homme qu'elle aimait était honnête et c'était un tel homme qu'elle avait désiré pour époux. Et elle en était fière ! Achraf commença à pleurer. Ils se séparèrent pour qu'elle puisse s'occuper de lui. Noureddine resta auprès d'eux. Il aimait voir comment Malikah choyait leur enfant. Même s'il ne comprenait pas encore les paroles, il adorait l'entendre lui chanter une berceuse dans sa langue. Il trouvait les intonations si douces, si paisibles que même lui était immédiatement calmé. Lorsqu'elle eut fini, elle vint s'asseoir près de lui et ils bavardèrent un instant. Il aimait quand elle lui racontait son enfance dans ce grand parc aux arbres séculaires. Il avait beaucoup aimé cette verdure qui gardait la fraîcheur et qui permettait un repos réparateur comme la nuit dans le désert après une longue journée de marche sous le soleil.

16. Trahison ?

« La morsure d'une bouche aimée vaut mieux que le baiser d'une autre. »

Proverbe arabe.[31]

Noureddine venait de rentrer d'un second voyage mais il avait besoin d'une bonne semaine avant de pouvoir partir se réapprovisionner. Un jour où il regagnait le souk après sa prière matinale, il crut y apercevoir Malikah. Il se demandait ce qu'elle pouvait bien y faire à cette heure. Intrigué, il la suivit à distance. Il était décontenancé. Soudain, la femme se retourna et il fut extrêmement surpris de voir qu'il ne s'agissait pas de son épouse mais de cette horrible créature qui avait semé la panique dans le souk de Ghadamès. Il sentit une vague de colère sourdre en lui. Il s'approcha vivement et l'apostropha de manière assez peu cavalière. Elle fit mine de ne pas parler la langue alors qu'il voyait parfaitement qu'elle n'était pas étrangère. Il n'insista pas trop de peur de créer un scandale mais il se promit de rester sur ses gardes. Il ignorait encore si cela signifiait que le père de Malikah

---

[31]Citation tirée de l'œuvre de Christian Dawlat, *La grande sagesse du monde arabe*, Les Editions Quebecor, 2003, p. 46.

avait renvoyé ses collaborateurs en Tunisie. Il se demanda s'il devait en informer Khaleel. Peut-être savait-il déjà que ces personnages étaient de retour. Il continua son avancée à l'intérieur du souk tout en scrutant les personnes qu'il croisait. Peut-être y en avait-il de nouveaux qui échapperaient à sa surveillance. Après avoir rejoint ses chameliers, Ghaled et lui se rendirent chez Khaleel pour y tenir conseil. Il était important de mettre sur pied un plan de bataille.

Comme d'habitude, lorsqu'ils avaient des questions importantes à débattre, ils passaient dans l'arrière boutique. Khaleel leur servit un thé à la menthe et ils commencèrent à parler. Khaleel avait déjà appris que la femme était de retour et que la veille un homme au comportement étrange avait parcouru le souk et semblait s'attarder plus particulièrement vers les étals où l'on vendait des soieries. Ce n'était peut-être qu'un acheteur potentiel qui désirait comparer la marchandise avant de se décider. Mais maintenant que Noureddine avait revu la femme, il valait mieux être extrêmement prudent. Khaleel avait déjà demandé à tous les marchands de ses amis de bien faire attention à qui se présentait à leur échoppe. Après avoir dialogué pendant une bonne heure ils décidèrent d'un commun accord que la seule manière d'échapper à leurs adversaires serait de les ignorer au maximum et surtout de ne rien leur vendre, de prétexter que les marchandises sont plus ou moins réservées, qu'ils attendent la personne mais qu'ils ne savent pas si elle viendra aujourd'hui ou demain ou la semaine prochaine. Ainsi ils gagneraient du temps et finiraient par trouver le moyen de se débarrasser d'eux. Lorsque Noureddine rejoignit Malikah, il était encore sous le coup de la colère et il s'en prit violemment à elle.

– « Cet après-midi au souk, j'ai revu cette femme qui te ressemble et dont je t'ai déjà parlé. Je pensais que tu avais écrit à ton père pour l'inviter à venir nous voir. Au lieu de cela, il a envoyé ses hommes de main pour déstabiliser le commerce itinérant, une fois de plus. Je suis très fâché de sa conduite et je ne pense pas que tu puisses faire quoi que ce soit pour l'empêcher d'agir ainsi. Si les commerçants découvrent que ton père est à nouveau celui qui manigance toute cette machination, je suis un homme perdu. Plus personne ne voudra commercer avec moi. Je pensais que tu étais parfaitement consciente de cela. Qu'as-tu donc écrit à ton père ?

– « Noureddine, mon cher époux, comment peux-tu m'accuser d'une chose pareille. Je croyais que tu avais confiance en moi, que tu étais certain de mon honnêteté. Comment cette femme a-t-elle pu te faire changer d'avis aussi rapidement ? Que t'a-t-elle dit pour que tu m'accables ainsi ? Si mon père a renvoyé ses sbires ici, je n'y suis pour rien, absolument rien, crois-moi. Si tel était le cas, ne crois-tu pas que j'aurais d'abord pensé aux conséquences de mon acte ? Ne crois-tu pas que je désire que notre enfant ait tout ce qu'il lui faut pour grandir dans la sérénité ? Si j'avais agi comme tu le prétends et que tu sois rayé du commerce itinérant quel serait notre sort, à tous les trois ? Nous n'aurions plus qu'à aller quémander aux abords du souk. Crois-tu que c'est ce que je désire du plus profond de mon être ? Ou bien est-ce que je ne préfère pas que tu poursuives ton métier et que tu l'enseignes à notre fils ? Oh ! Noureddine, tu m'as profondément blessée et je ne sais si je pourrai te pardonner cette offense. »

Noureddine s'était calmé à ces mots. Il venait de comprendre qu'il était allé trop loin. La colère est souvent mauvaise conseillère et là, il venait de s'en rendre compte à ses dépens. Malikah s'apprêtait à quitter la pièce avec l'enfant dans ses bras.

– « Malikah où vas-tu ? » la supplia Noureddine.

– « Je vais demander à Khaleel de m'héberger jusqu'à ce que j'aie pris une décision. D'ici-là, ta colère sera retombée et tu seras peut-être dans de meilleures dispositions avec moi, et moi avec toi. »

Puis elle sortit sans même se retourner. Noureddine était furieux contre lui-même. Il savait très bien que Malikah était honnête et qu'elle n'aurait jamais pu demander à son père d'agir de la sorte. Il ne savait comment faire pour se faire pardonner. Il ne put dormir de la nuit tant il était agité. Le lendemain matin, il n'osa pas se rendre chez Khaleel pour demander à son épouse de regagner le domicile conjugal. Il devrait attendre quelques jours que sa blessure se soit un peu fermée. Quelle mouche l'avait piqué pour qu'il se comporte ainsi à son égard.

Un soir, il estima que le délai octroyé à Malikah pour se remettre de leur dispute était suffisamment long et il se rendit chez Khaleel. Khaleel l'accueillit d'une manière qui le surprit. Il semblait hésiter sur la conduite à tenir avec son ami de toujours et cela inquiéta Noureddine qui le questionna immédiatement.

– « Quelque chose est arrivé à Malikah, à notre enfant. Je t'en conjure, Khaleel, parle, au nom de dieu. Va la chercher, je veux la voir, je t'en prie. »

– « Calme-toi, mon ami, calme-toi. Malikah m'a laissé ce message pour toi. Elle ne sait pas écrire l'arabe, alors, je lui ai servi de scribe. Tu liras toi-même ce qu'elle a à te dire. »

À mesure que Noureddine prenait connaissance de la missive laissée par Malikah, il pâlissait. Il serra les dents et se maudit, lui et ses colères insensées. Khaleel lui ordonna de s'asseoir sur un ton que Noureddine ne lui connaissait pas et il obtempéra sans argumenter.

– « Noureddine, mon ami, nous avons beaucoup parlé, avec Malikah. Elle est profondément blessée de ton manque de confiance. Elle te l'a dit et je lui donne entièrement raison. D'autre part, elle désire aller voir ses parents et essayer de comprendre l'attitude de son père, et éventuellement la lui faire changer, deux bonnes raisons pour quitter la Tunisie pendant quelque temps. Elle est repartie il y a deux jours avec Achraf. J'aurai de ses nouvelles car elle m'a promis de garder contact avec moi, quelle que serait sa décision finale. Car elle n'est pas sûre de revenir. Les quelques jours où elle était parmi nous, elle n'a ni mangé ni ri comme elle le faisait auparavant. Je te promets que dès que j'aurai des nouvelles je te le ferai savoir. »

Noureddine rentra chez lui, amer. Il était inutile qu'il se lamente, il ne changerait rien à la situation. Aussi décida-t-il de repartir dès le lendemain. Il avait absolument besoin de se retrouver dans le désert car il savait que là, et là seulement, il pourrait avoir un contact avec Malikah. C'est dans le désert qu'il avait senti combien elle était proche de lui alors que physiquement, elle était si loin. Il rejoignit ses compagnons au caravansérail où il passa la nuit. Il ne pouvait plus rester dans sa maison vide, comme après la mort de son père. Voyant qu'il n'était pas dans son état habituel, ses amis ne lui posèrent aucune question lorsqu'il leur fit part de sa décision de partir à l'aube du jour suivant. Ils préparèrent tout ce dont ils avaient besoin pour bivouaquer, sur l'ordre de Noureddine.

– « Nous camperons le plus possible dans le désert, cette fois-ci. »

À ces mots, tous comprirent que quelque chose de grave était arrivé. Si Noureddine ne se reprenait pas très vite, le voyage serait extrêmement pénible et harassant car à aucun moment ils ne pourraient se détendre dans un caravansérail parmi d'autres chameliers. Ils savaient cependant qu'ils auraient beaucoup de mal à faire revenir Noureddine sur sa décision.

– « Inch'Allah », se dirent-ils. « Dieu nous garde. »

Si Noureddine avait eu à l'esprit ce proverbe arabe qui traduisait parfaitement sa situation du moment, peut-être aurait-il réagi avec plus de philosophie :

– « *Le mariage est comme un mirage dans le désert : palais, cocotiers, chameaux [...] Mais soudain, tout disparaît et il ne reste que le chameau.* » Sagesse arabe.[32]

Dès qu'ils eurent quitté Kairouan, il prit la tête de la caravane sans dire un mot. Il était taciturne et d'une humeur exécrable. Il allait rapidement, comme s'il avait eu le diable à ses trousses. Il semblait fuir quelque chose que d'aucuns ignoraient. Celui qui était parmi eux n'était plus le Noureddine qu'ils connaissaient : jovial, bon vivant, aimant plaisanter. Il faisait grise mine et était muet comme une carpe. Lorsqu'ils atteignirent les premières dunes de sable, il ralentit la cadence. Tous savaient que l'homme de tête doit être vigilant dans ces endroits, mais la façon dont Noureddine se déplaçait était exagérément prudente. À tel point que ses compagnons se demandèrent s'il n'était pas en train de perdre la tête. Ils n'osèrent cependant pas dire un mot et se contentèrent de suivre en devisant gaiement.

Noureddine, lui, tentait de rentrer en contact avec Malikah qui à cet instant semblait inatteignable. Par contre, il sentait son fils bien présent à ses côtés. Il lui suffisait de penser à lui, et l'image d'un enfant paisible lui apparaissait. Il ne sentait d'ailleurs aucun signe inquiétant chez lui. Mais il était très troublé par

---

[32]Citation tirée de l'œuvre de Christian Dawlat, *La grande sagesse du monde arabe*, Les Editions Quebecor, 2003, p. 52.

le fait que Malikah ne tente pas de se connecter à lui. Sans doute l'avait-elle effacé de sa vie à cause de sa rudesse. Il l'avait pourtant prévenue de ne pas faire attention à ses sautes d'humeur, que ce n'était souvent que passager et que dans ces moments-là, il prononçait parfois des paroles qu'il regrettait amèrement ensuite. Il avait exagéré et elle ne le lui pardonnerait jamais. Sinon, son image serait là, près de lui comme si aucune distance ne les séparait.

Pour la première fois de sa vie, Noureddine était extrêmement malheureux à cause d'une femme. Soudain, il se souvint du rêve étrange qu'il avait fait au début de leur rencontre. Il se souvenait qu'elle avait provoqué sa mort pour qu'ils se séparent à jamais. La soif du pouvoir l'avait fait agir ainsi. Et si elle était encore comme dans son rêve, qu'elle se soit jouée de lui et qu'elle ne se soit séparée de lui que pour mieux régner. Non, il délirait. Régner sur quoi ? Sur lui ? Il n'y avait pas de quoi, son métier était trop particulier pour qu'une femme puisse s'y initier et être à la tête d'une caravane. Et elle ne connaissait pas assez bien le pays pour prendre sa place. Quant à régner sur les affaires de son père, là était peut-être la clé du mystère ! Il fallait qu'il y réfléchisse. Mais il ne voyait d'ores et déjà pas l'intérêt d'avoir eu un fils avec lui uniquement pour pouvoir diriger le commerce paternel. Et si en réalité ils ne s'étaient retrouvés que pour revivre une fois encore la séparation !

Cette idée lui sembla la plus logique de toutes. Pourquoi ne serait-il pas possible que deux êtres se retrouvent indéfiniment pour revivre une leçon de vie jusqu'à ce qu'ils la comprennent ? S'il voulait que Malikah lui revienne, il aurait intérêt à comprendre le schéma qui les unit et à lui en faire part afin de ne plus reproduire « ad vitam aeternam » ce qu'ils avaient vécu dès leur première rencontre. S'il en était ainsi, il comprenait mieux pourquoi il s'était laissé emporter jusqu'à blesser son épouse. Il comprenait aussi sa réaction et sa décision de le quitter. S'ils voulaient se retrouver et finir leur vie ensemble, il devrait lui expliquer ce cheminement de pensée. Le comprendrait-elle ou bien se rirait-elle de lui en lui disant qu'il affabulait. Il se sentait mieux maintenant car il pensait avoir compris la véritable raison du départ de Malikah pour la France et de sa bouderie actuelle. Il sortit de son état de rêverie et il accéléra le pas, à la grande surprise de ses compagnons qui furent bien contents de retrouver le vrai Noureddine, sa maussaderie commençant sérieusement à leur peser.

Ils firent le même périple que celui au cours duquel Malikah était apparue dans sa vie pour la première fois, à Ghadamès. C'était pour lui comme un pèlerinage. Il était heureux de marcher à nouveau dans les pas qui l'avaient conduit au bonheur quand bien même ce bonheur était maintenant compromis. Après toutes ces réflexions, il était certain de la retrouver un jour. Il savait même que c'était lui qui retournerait les chercher, elle et leur fils, quand le moment serait venu. Pour le moment, Malikah avait besoin de digérer l'affront qu'il lui avait fait, et il l'acceptait. Il se consolait en se disant que tôt ou tard elle aurait certainement envie de le revoir, qu'elle ne pourrait pas vivre toute sa vie loin de lui. Allah lui faisait passer le message maintenant qu'il avait fait le vide de ses pensées négatives, il en était convaincu.

Ils arrivaient justement près de l'oasis de Tozeur. Noureddine se réjouit à l'idée d'y passer la nuit. Ils n'avaient pas énormément de marchandises à écouler. Aussi avaient-ils décidé de repartir rapidement, leur but ultime étant Syrte, où il allait parfois se réapprovisionner de soieries à motifs particuliers. En se remémorant l'épisode si pénible de Ghadamès, il se souvint des personnes qui avaient perturbé le souk, et en particulier de la femme qui ressemblait à Malikah, il recommanda à ses co-équipiers d'être extrêmement vigilants. Peut-être l'image de cette femme, associée d'aussi près à Malikah, plantait-elle à chaque fois un couteau dans la plaie encore béante provoquée par leur séparation aussi brutale qu'inattendue pour lui.

La caravane ayant quitté Kairouan rapidement, leurs ennemis n'avaient peut-être pas eu le temps de se renseigner et d'essayer de les rejoindre. L'ambiance du marché semblait tout à fait normale. Noureddine en fut rassuré, même si les affaires qu'il devait y traiter n'étaient pas très importantes. Il préférait que tout se passe de manière agréable plutôt que les gens hésitent à acheter parce que préoccupés par ce qui pourrait arriver. Néanmoins, il était exagérément sur ses gardes et il supportait difficilement leur marchandage. La traversée du Chott El Jerid fut pénible car la chaleur était suffocante. Où étaient les grands arbres qui bordaient les chemins de France ? Comme il aurait été plaisant de flâner sous ces ombrages en compagnie de Malikah et d'Achraf. Un jour peut-être, qui sait ?

Après avoir fait une journée de halte à Kebili, ils avaient repris la route en direction de Douz où ils ne feraient qu'une courte halte, le temps pour eux de se restaurer et de prendre un peu de repos. Ils s'apprêtaient à débâter lorsque Noureddine aperçut son ami Habib avec qui il avait monté la garde à Ksar Ghilane. Ils échangèrent quelques banalités comme de coutume avant d'entamer un sujet plus sérieux. Chacun voulait savoir tout ce qui s'était passé pendant les mois écoulés. Noureddine de son côté, n'avait rien d'exceptionnel à lui raconter et Habib lui confia qu'il en était de même pour lui, que rien ni personne n'était plus venu troubler le souk. Seule la ville de Kairouan avait eu à se plaindre des agissements de ces nouveaux commerçants. Noureddine ne parla ni de son épouse ni de son fils car il était certain que la tristesse se ferait sentir dans sa voix en les évoquant. Il n'avait aucune envie de raconter son histoire personnelle à un homme qu'il connaissait, certes, mais avec qui il n'avait jamais été très intime. Ils se séparèrent rapidement après leur discussion, chacun devant poursuivre sa route vers des destinations différentes. Le marché de Douz était incontournable pour eux car un échange important de marchandises y avait lieu. De nombreux nomades venaient s'approvisionner en tapis tissés, burnous, bijoux ou articles de cuir. Le marché au bétail drainait une clientèle que Noureddine apprécierait vu les marchandises dont il avait fait provision en partant de Kairouan. La vente fut plus conséquente même que ce qu'il avait espéré et ils quittèrent l'oasis fort satisfaits. Ils avaient encore deux arrêts avant la frontière pour se défaire entièrement de leur cargaison et Noureddine pensait qu'il n'aurait peut-être pas suffisamment à offrir à sa clientèle.

– « Inch'Allah », se dit-il, « ce qui sera, sera. »

Tout se passa à merveille jusqu'à ce qu'ils atteignent la frontière libyenne. À Ghadamès, rien ne vint troubler le commerce dans le souk. Ils purent remonter tranquillement jusqu'à Syrte et de là revenir en direction de Zuwarah où Noureddine se faisait déjà une joie de rencontrer à nouveau son ami Achir et son épouse Adiba. Il ne les avait revus que sporadiquement depuis l'enlèvement de Malikah. Lors de sa dernière visite, il leur avait exprimé son intention de partir pour la France. À l'annonce de ce voyage en pays étranger et par mer, ils lui avaient montré un certain scepticisme.

– « Noureddine, mon ami, tu devrais te faire accompagner par quelqu'un qui parle parfaitement le français. »

– « Tu sais bien que Malikah m'a appris quelques notions après notre mariage. »

– « Vois-tu, Noureddine, la différence est très grande entre comprendre quelqu'un qui enseigne quelques mots à un être proche et devoir se débrouiller pour manger, boire et dormir en terre étrangère. J'ai voyagé une seule fois à l'étranger, et si je n'avais pas été accompagné, je serais mort de faim, de soif et de fatigue. »

Noureddine avait remercié pour les précieux conseils, mais n'en avait finalement pas vraiment tenu compte. Il devait leur raconter son aventure française afin qu'ils se rendent compte qu'il s'en était fort bien tiré. Il ne serait pas fier cependant d'évoquer l'altercation avec Malikah, altercation qui avait provoqué son retour en France. Dire en outre qu'il n'avait aucune nouvelle d'elle serait un calvaire par où il devait passer pour avoir l'avis d'Adiba sur la situation. En tant que femme elle-même et parce que Malikah et elle s'étaient trouvé tant de points communs, cet avis lui paraissait plus que crédible. Une fois ses co-équipiers installés au caravansérail, il s'empressa de rejoindre le domicile de ses amis. Il y fut chaleureusement accueilli. Après avoir longuement débattu de son périple jusqu'à Zuwarah, sans omettre les succès et les échecs de ses ventes, il commença à se sentir nerveux, car il désirait maintenant aborder le sujet qui l'intéressait. Ses amis ne voyaient-ils pas ou faisait-ils semblant de ne pas voir qu'il brûlait de leur parler d'autre chose ? Enfin, lorsque Adiba lui dit :

– « Et comment va mon amie Malikah ? J'espère qu'elle est en bonne santé ! »

C'était le signal tant attendu. Noureddine annonça fièrement qu'il avait un fils de Malikah à qui l'enfant ressemblait beaucoup. Il raconta le bonheur qu'ils avaient eu de se retrouver, la joie et la fierté d'être père à son tour. Puis il se lança dans le récit de ce qui s'était passé à Kairouan, sans occulter le fait que le père de Malikah était soupçonné de fomenter les troubles qui étaient survenus au cours de ces deux dernières années. Il dut mentionner sa dispute avec Malikah et l'accusation qu'il avait formulée contre elle. Il admit que sa réaction avait été exagérément dure, mais que la situation de tension à l'idée que ces hommes étaient de retour y avait beaucoup contribué. Adiba réfléchit un instant avant de lui répondre :

– « J'ai beaucoup parlé avec ton épouse le soir où vous avez séjourné à la maison. Elle t'aime profondément, et je suis persuadée qu'en ce moment, elle est très malheureuse d'être loin de toi. Elle ne conçoit pas la vie sans toi. Je suis donc intimement convaincue qu'elle a maintenant envie de vivre une vraie vie de famille entre son mari et son enfant. Bien sûr, là où elle est actuellement, elle est très entourée. Elle ne manque pas d'amour non plus, mais ce n'est pas de cet amour-là dont elle rêve et dont elle a besoin. En plus, son fils n'a pas de père et ce n'est pas non plus ce à quoi elle aspire pour son enfant. Elle te reviendra, j'en suis persuadée. Ce n'est qu'une question de temps. Déjà maintenant, ses pensées reviennent vers toi, je le sens. »

– « Je souhaite du plus profond de mon cœur que tu dises vrai, Adiba. Elle me manque terriblement, ainsi que mon fils. Je suis un ours, et je l'ai toujours été. Avec Malikah, je commençais à m'améliorer et voilà que j'ai tout gâché avec mon terrible orgueil. Si je savais écrire le français, comme j'aimerais lui écrire et lui demander pardon, la prier de revenir parce que mon bonheur est avec elle et elle seule. »

Achir, qui connaissait les bonnes intuitions de son épouse, consola Noureddine par ces mots :

– « Aies confiance, mon ami. Adiba sent bien les gens et les choses. Si elle pense que Malikah reviendra, tu peux lui faire confiance. Chaque fois qu'elle a prédit l'avenir à des personnes de nos amis, elle ne s'est jamais trompée. Aies confiance. »

Cette conversation lui avait mis du baume au cœur et lorsqu'il rejoignit le caravansérail, sa poitrine s'était allégée d'un grand poids. Il était plus souriant car il avait retrouvé foi en l'avenir et en même temps, son optimisme légendaire ne serait plus un vain mot. Il fit des affaires comme jamais il n'en avait fait et lorsqu'ils repartirent pour la Tunisie, les chameaux étaient chargés au maximum. Noureddine avait trouvé des soieries extrêmement luxueuses qu'il escomptait vendre dans la région de Tozeur. Il avait entendu parler d'un prochain mariage au sein d'une famille très aisée, et il espérait bien être le premier à revenir dans l'oasis pour leur fournir les damas dont ils auraient immanquablement besoin.

Il se sentait suffisamment fort pour vaincre tous les obstacles qui se présenteraient sur son chemin. Sa confiance retrouvée lui apporterait la chance, se disait-il. En se remémorant les périodes de sa vie où il avait eu une foi aveugle en l'avenir, en la vie, tout s'était déroulé comme si une force surnaturelle avait étendu un voile protecteur sur sa vie, son commerce, ses voyages. À cette époque, rien ne semblait pouvoir lui arriver. Tout ce qu'il entreprenait était couronné de succès. Il était jeune et fougueux et ne se posait pas autant de questions qu'aujourd'hui. Il prenait la vie à bras le corps sans penser au lendemain. Si là était le secret de la réussite, ce n'était vraiment pas difficile d'y parvenir. Il suffisait de… Il s'interrompit au milieu de cette pensée, car il savait pertinemment que, pris par les soucis, il ne suffisait pas de… Il venait de passer quelques mois à ne penser qu'à la séparation d'avec celle qu'il aimait le plus au monde, à vivre des instants de désespoir et de découragement. Dans ces moments-là, il savait combien il était difficile de se nourrir de pensées positives, parce que celles négatives vous assaillent de nuit comme de jour. Même le désert ne suffit plus à calmer les angoisses qui vous triturent les tripes. La maussaderie est de mise chaque jour et même les meilleurs amis n'ont plus envie d'être avec vous. Voilà ce que Noureddine venait de vivre ces derniers mois. Adiba venait de faire renaître le vrai Noureddine, celui qui ne se laisse jamais abattre face à l'adversité. Il lui en savait gré, oh, combien !

La chaleur était particulièrement suffocante et les arrêts de quelques jours dans les premières oasis furent un séjour béni des dieux. Leurs produits de moyenne valeur se vendirent à merveille, car la période était propice. De nombreux mariages avaient lieu et Noureddine voyait son stock s'amenuiser avec bonheur. Lorsqu'ils gagnèrent Tozeur, une rumeur leur parvint aux oreilles à peine ils étaient entrés dans le café pour se rafraîchir. Un marchandage acharné obligeait les commerçants à vendre à prix défiant toute concurrence. Il se disait que la faute venait du souk de Kairouan où les soieries, même celles de qualité étaient offertes à des prix dérisoires. Noureddine pensa immédiatement au père de Malikah. Il cherchait certainement à déstabiliser complètement la valeur des soieries afin de pouvoir s'implanter dans le pays. En faisant passer des étoffes de qualité moyenne pour de belles étoffes et en les vendant à leur juste valeur, il créait le marasme dans le commerce de tout le pays. Noureddine était bien décidé à ne pas se laisser impressionner par cette manœuvre peu cavalière. La perspective de retrouver Malikah et de pouvoir enfin connaître l'homme qui était à l'origine de tous ses tracas lui donnait une énergie redoutable. Ses amis étaient étonnés et inquiets de voir qu'il ne prenait pas ces dires très au sérieux. Ils espéraient qu'il établirait avec eux une sorte de plan pour pouvoir contrer, par une bonne stratégie, les effets pervers de la situation.

Au lieu de cela, Noureddine plaisantait et riait comme s'il n'avait rien entendu. Sa confiance retrouvée, il se sentait à nouveau invincible, et il lui était difficile de faire comprendre son état d'esprit à ses confrères. Ne se souvenaient-ils pas que, lorsque psychiquement il se sentait ainsi, il avait fait ses meilleures affaires. Les gens venaient automatiquement vers lui et il parvenait à les convaincre d'acheter tout ce qu'il voulait. Ils regagnèrent le caravansérail et s'installèrent pour la nuit. Il savait maintenant comment le père de Malikah agissait et il pourrait le battre sur son propre terrain. Noureddine, lui, était honnête, et cela lui avait toujours valu d'être reconnu comme tel dans sa manière de commercer. Il était un fin connaisseur en soieries et il attendait avec impatience de voir quel genre d'articles les gens avaient acheté pour si peu. Il trouverait bien le moyen de s'en procurer. Il saurait attendre le moment propice. Puisqu'il en était ainsi, il était prêt à se battre, non seulement pour retrouver Malikah, mais aussi pour récupérer la clientèle perdue, si tel devait être le cas en arrivant à Kairouan.

Il passa une nuit agréable. Malikah était venue le visiter dans ses rêves. Il avait eu avec elle une conversation très enrichissante. Il avait appris qu'elle se languissait de lui et que chaque jour elle ne songeait qu'à revenir auprès de lui. Leur fils grandissait et cela la chagrinait énormément que ce soit sans Noureddine qui, lui, avait grandi sans mère. Pour elle, c'en était assez de ces enfants déchirés par un destin que peut-être ils n'avaient pas voulu ainsi.

À son réveil, Noureddine était satisfait de cet échange avec Malikah. Il se souvenait lui avoir exprimé, dans son rêve, que les querelles des adultes, bien que parfois légitimes, sont souvent des enfantillages qu'ils devraient regarder par l'autre bout de la lorgnette. Cela leur donnerait une autre vue de la situation et une plus grande tolérance dans leurs affrontements. Il lui assurait qu'il avait compris, à ses dépens, que l'orgueil était un très mauvais conseiller. Il lui sembla même que cette conversation avait vraiment eu lieu. Une sensation étrange l'habitait. C'était comme si Malikah et lui s'étaient retrouvés quelque part dans le cosmos pour échanger ces propos. Cela lui donna une confiance accrue en l'avenir proche.

Après la prière du matin à la mosquée, ses amis et lui regagnèrent le caravansérail afin d'aller s'installer dans le souk le plus rapidement possible et ainsi vendre leurs damas aux premiers clients qui approcheraient de leur étal. Noureddine arborait un large sourire et son air avenant attira déjà quelques curieux. Il ne vanta pas immédiatement ses étoffes. Il permit aux personnes de les toucher, de les retourner, de les palper à nouveau. Cela faisait partie de ses tactiques de commerçant. Lorsqu'elles se furent bien imprégnées de la qualité de la marchandise, Noureddine commença à faire l'article. Il sut user d'une telle stratégie que toutes les personnes qui s'étaient arrêtées devant son échoppe avaient acheté qui un lé de tissu pour un simple foulard, qui une dizaine de mètres pour se faire des vêtements pour une occasion particulière, sans jamais abaisser le prix plus bas que ce que Noureddine pouvait se permettre. Les clients se décidaient à en faire l'acquisition dès qu'il leur disait :

– « Si c'est trop cher, tu laisses. J'ai vendu la même étoffe à Douz pour quelques piastres de plus. Si tu ne veux pas, tu ne prends pas. J'ai déjà réservé mes plus beaux tissus pour les grands mariages de Kairouan. Ils ne veulent que des damas originaux. Et moi, je n'ai que des damas originaux. Tu ne trouveras jamais de contrefaçons chez moi. »

Même si ce n'était pas tout à fait vrai, le fait de posséder une soierie qui pouvait rivaliser avec celles achetées par les grandes familles du pays suffisait à aiguiser l'envie de ces gens simples. Ils étaient en outre impressionnés par la sûreté de son attitude et de ses paroles. Ses compagnons lui laissaient d'ailleurs le soin de vendre. Ils se contentaient de refournir l'étal en tissus dès que le stock commençait à diminuer en assortissant les couleurs de sorte qu'elles attirent l'œil.

Lorsqu'ils arrivèrent à Kairouan, il ne restait que quelques très belles pièces. Quand bien même il aurait des difficultés à s'en défaire, Noureddine avait déjà gagné suffisamment pour être à l'abri des soucis matériels et pouvoir payer ses compagnons. Sa confiance était inaltérée. Il s'était promis de casser le commerce du père de Malikah, et le battre ici, dans son propre pays, avec la connaissance qu'il avait de la nature humaine, il estimait que ce serait un jeu d'enfant. Il pensait avoir un autre avantage sur lui : il connaissait les rouages de son organisation. Tout se passait par personne interposée et ne pouvait réussir que si ses agents étaient suffisamment intéressés aux profits. Noureddine traitait directement. Son intérêt relevait non seulement de ses finances, mais aussi de la réputation qu'il se devait de maintenir. Il avait baissé la tête quelque temps, le temps pour lui de laisser cicatriser sa blessure d'amour propre. Le moment était maintenant venu de la redresser avec courage et détermination. C'est dans ce combat contre son « beau-père » qu'il désirait montrer sa valeur. S'il était tel que Malikah le lui avait décrit, l'homme ne pourrait qu'apprécier ses talents de commerçant. Et qui sait, peut-être pourraient-ils un jour s'associer ? Noureddine s'interdit de rêver l'avenir. Aujourd'hui, il se devait de le conquérir. Et il s'y était si bien préparé qu'il ne doutait pas une seconde de son succès.

C'est dans cet état d'esprit que, accompagné de ses chameliers, il atteignit Kairouan. La ville était tranquille. Il était heureux à la pensée de retrouver Khaleel qui serait lui-même ravi de voir le changement qui s'était opéré en lui. Il lui avait reproché de se laisser aller à la mélancolie, à la tristesse, de ne plus être aussi combatif que par le passé. Retrouver le vrai Noureddine n'était-il pas un signe avant-coureur que bientôt, il serait aussi heureux que par le passé, entre sa femme et son fils. Cette pensée, qui s'était imposée à lui de manière spontanée, n'était-elle pas les prémisses de son bonheur à venir ! Enfin, son cœur lui parlait, lui disait que Malikah serait là très prochainement. Il en était maintenant persuadé.

Le marché de Kairouan était toujours aussi animé qu'à l'ordinaire. Après s'y être installé, il se rendit auprès de ses collègues les plus proches afin de se forger une opinion sur la conjoncture actuelle. Noureddine perçut immédiatement qu'elle n'était pas bonne et devant le mutisme de ses confrères, il sut que sa journée serait bénéfique. Tous étaient découragés et avaient plus ou moins baissé les bras comme lui-même l'avait fait il y a quelque temps. Il envoya cependant Ghaled faire un tour pour savoir si de nouveaux marchands s'étaient installés dans le souk.

En effet, lorsqu'il revint, il put annoncer à Noureddine qu'un étal vendait des soieries qui étaient complètement différentes de celles que l'on a l'habitude de voir sur les marchés tunisiens. Les motifs n'avaient rien de comparable, ni même les couleurs. C'était joli, mais l'art oriental n'y apparaissait nullement. Noureddine sut que ces soieries étaient celles que fabriquait le père de Malikah. Bien décidé à prendre sa revanche sur celui qui gardait sa femme et son fils loin de lui, il se sentit encore plus ferme dans ses résolutions. Fort de la stratégie de vente qu'il avait utilisée dans les oasis du sud tunisien, il laissa les curieux venir voir ses étoffes. Simplement, il disait qu'il avait vendu ses plus belles soieries à de riches familles de Tozeur, que malheureusement, c'était tout ce qu'il lui restait. Il appâtait si bien ses clients que certains n'hésitaient pas à dépenser plus que ce qu'ils avaient escompté. Il espérait ainsi faire venir à lui ceux qui auraient les moyens d'acquérir ses pièces luxueuses. Il connaissait ses compatriotes et bientôt le bruit courrait dans le souk que Noureddine avait des tissus d'une très grande qualité et qu'il refusait d'en baisser le prix parce qu'il était déjà au plus bas. Ils diraient que ces soieries n'avaient rien de comparable en élégance et en qualité à celles des autres marchands. Il connaissait le moteur qui faisait avancer le monde : l'envie et la jalousie. Les stimuler lui apporterait la clientèle adéquate. Il avait vu juste. Deux femmes arrivèrent, chacune accompagnée de son mari, qui achetèrent les dernières pièces qu'il avait à un prix qu'il n'espérait même pas. Il avait en apparence gagné son pari sur son concurrent le plus acharné. Pour combien de temps, il l'ignorait. Il ne cacha pas sa joie à ses amis commerçants et leur suggéra de ne pas se laisser aller à la morosité, sinon les clients n'auraient plus jamais envie de venir acheter chez eux. Le sourire était le passeport pour la réussite, ainsi qu'un air convaincu. Après avoir fermé son étal, il se rendit au café le plus proche avec ses compagnons pour se rafraîchir et commenter leur journée. Une petite voix intérieure suggérait à Noureddine de ne pas trop se gausser de son succès. Malikah n'était pas encore de retour auprès de lui et sa bataille n'était donc qu'à moitié gagnée. Inch'Allah, bientôt peut-être, elle et lui pourraient fêter sa réussite.

17. Ironie du sort

*« La séparation d'avec toi est telle l'heure
de la mort, elle emporte l'âme. »*

Rûmî, *Rubâi'yât.*[33]

En France, la vie était bien triste pour Malikah.
Certes, elle avait son fils avec elle, mais Noureddine
lui manquait terriblement. Et puis, elle se sentait à
nouveau un peu faible et nauséeuse. Elle refusa de
voir le médecin, bien que sa mère insistât sur le fait
qu'elle avait peut-être contracté une maladie et qu'elle
pouvait la transmettre à son fils. Malikah s'était
contenté de sourire sans répondre. Elle savait très bien
ce qui lui arrivait. Elle n'avait pas besoin de médecin
pour en avoir confirmation. Au début, il est vrai
qu'elle avait cru que la séparation, le chagrin de leur
dispute était à l'origine de son malaise. Maintenant,
elle était tout à fait sûre qu'elle attendait un autre
enfant de Noureddine. C'est pourquoi elle avait décidé
de rester en France pendant quelque temps encore, ne
désirant pas voyager au tout début de sa grossesse.
Elle était heureuse et son état intéressant lui avait
permis d'oublier sa rancœur envers son mari. Elle ne
voulait pas élever seule ses deux enfants et avait
cherché dans son cœur la vraie raison de son départ de
Tunisie. Elle s'était rendu compte que son orgueil
avait été blessé, alors que son amour pour Noureddine
était intact. Devait-elle être malheureuse toute sa vie
pour un orgueil bafoué ou bien l'amour ne devait-il
pas régner en maître dans sa vie ? C'était à elle de
faire le meilleur choix. Sur quelle base désirait-elle

---

[33]Citation tirée de l'œuvre de Christian Dawlat, *La grande
sagesse du monde arabe*, Les Editions Quebecor, 2003, p. 54.

bâtir son avenir et celui de ses enfants ? L'amour n'était-il pas le plus sûr, celui qui apporterait le plus de joie et le moins de désillusions ! Elle comprit que son bonheur était dans ses propres mains et que le choix lui incombait, à elle et à elle seule. Les conseils de ses parents ne devaient en rien l'influencer. Ils étaient si heureux qu'elle et le petit soient revenus qu'ils n'avaient de cesse qu'elle oublie Noureddine.

– « Marianne, mon enfant » lui disait son père « nous sommes très heureux que tu aies pris ta destinée en main. Ton fils va grandir dans l'amour de notre famille et il sera très heureux au milieu des siens. Bien sûr, je ferai de mon mieux pour compenser le manque lié à son père. La vie est parfois ainsi faite que deux êtres qui s'aiment, mais n'ont pas eu la même éducation, ne soient en réalité pas faits l'un pour l'autre. Ne sois pas triste si finalement, ta vie est ici, avec les tiens. »

– « Père, vous êtes tous très bons avec moi et je vous en remercie. Je vous prie de ne pas mentionner Noureddine devant mon fils. Il a bientôt deux ans et il pourrait comprendre. Je ne veux pas qu'il sache que son père et moi sommes fâchés. Je préfère qu'il pense qu'il est en voyage pour le moment. C'est l'excuse que je lui donne pour justifier son absence. »

– « Je respecte ta décision et je te promets de ne pas aborder le sujet de votre dispute devant mon petit-fils. Si c'est pour le protéger, je suis entièrement d'accord avec la conduite que tu as décidé de tenir vis-à-vis de lui. »

– « Quant à la décision de rester loin de lui pour toujours, elle n'est pas encore arrêtée. Je reconnais me sentir bien parmi vous. Je vois combien vous-même êtes présent pour Guillaume, mais en aucun cas j'estime que vous ne pourrez remplacer son père, quelles que soient vos qualités et les efforts que vous déployez en tant que grand-père. »

À ces mots, M. La Gardère se renfrogna. Il avait espéré que sa fille ait décidé d'en finir avec son mari de sorte qu'elle ne penserait plus jamais à repartir et qu'ils vivraient parfaitement heureux tous les quatre, ici près de Carcassonne.

– « Je te remercie de tes compliments mais c'est sans aucun effort que je chéris cet enfant. C'est le sang de mon sang et il est si doux, si affectueux qu'il serait bien difficile de ne point le choyer. Demande à ta mère combien d'heures elle aimerait passer avec vous, et elle te répondra très certainement toute la vie ! »

– « Vous êtes tous vraiment adorables avec nous. Mais ne vous faites pas trop d'illusions, père. Un jour viendra où certainement Guillaume me réclamera son père et je ne pourrai le tenir loin de lui plus longtemps. Les querelles d'adulte doivent être résolues et oubliées pour le bien des enfants. Et puis, vous savez bien que ma rancune ne dure jamais. Je vous ressemble, en cela, père. Vous le savez bien. »

Malikah savait comment s'y prendre avec son père et elle avait souvent eu gain de cause grâce à la diplomatie avec laquelle elle s'adressait à lui pour des causes de première importance. Aujourd'hui, elle venait de gagner la bataille sournoise qu'ils se livraient depuis quelque temps à propos de son avenir. Elle savait que M. La Gardère voyait son retour en Tunisie d'un mauvais œil. Il avait tellement peur pour ses enfants s'ils devaient vivre si loin de lui. Il trouvait les voyages malaisés et pénibles. Il se déplaçait rarement et lorsqu'il le faisait, c'était toujours de mauvais gré, alléguant qu'il avait bien autre chose à faire que se promener sans but, même si ce qui l'y contraignait était capital pour ses affaires.

Il avait donc tout le loisir de s'occuper de son petit-fils lorsqu'il n'était pas à la manufacture. Il arrivait fréquemment qu'ils se promènent tous les quatre, avant le dîner, sous les grands arbres de l'entrée principale. Ils affectionnaient particulièrement cette somptueuse allée qui menait aux bâtiments d'habitation. La fraîcheur de l'endroit permettait au petit Guillaume d'avoir un meilleur appétit. Il avait fait ses premiers pas sur ce chemin, entre sa mère et sa grand-mère et aimait bien y revenir. C'était un lieu plat où il pouvait marcher sans tomber. Malikah se plaisait à y venir seule, elle aussi. L'endroit lui rappelait de nombreux souvenirs d'enfance. Elle aussi avait commencé à marcher ici. Elle en avait souvent parlé avec Noureddine. Elle aimait à se dire qu'il l'imaginait en ce lieu qu'il avait connu l'espace d'un aller-retour vers la demeure familiale. Mais qu'importe. Noureddine avait une excellente mémoire et il devait certainement se souvenir du moindre détail du lieu. Il lui avait dit avoir beaucoup aimé cette allée bordée de grands arbres protecteurs. Passer du temps ici était comme passer du temps avec son mari.

D'ailleurs, elle recommençait à sentir sa présence autour d'elle. Lorsqu'elle pensait à lui, son image lui apparaissait immédiatement et un léger souffle balayait sa nuque et son visage. Un jour, elle eut même l'impression qu'il s'était posé près d'elle et qu'il caressait sa main. Elle désirait si ardemment sa présence ! Encore quelques semaines à tenir et elle pourrait commencer à organiser son voyage de retour vers la Tunisie. Ce serait long et fastidieux car l'enfant était encore petit et elle devait prendre de lourds bagages avec elle. Elle était décidée à ne pas fuir comme la fois précédente. Elle préférait de loin mettre sur pied son départ avec l'aide de son père. Elle n'osait pas lui demander de l'accompagner et pourtant elle avait grande envie de le confronter à Noureddine. Pour l'instant, elle ne devait songer qu'à sa grossesse. Elle annoncerait son intention de quitter la France à sa mère en premier.

Un jour où les deux femmes devisaient gaiement en promenant Guillaume, Malikah commença à préparer le terrain sans toutefois faire comprendre son état à Mme La Gardère.

– « Mère » lui dit-elle « n'avez-vous jamais regretté de n'avoir pas eu d'autre enfant que moi ? Vous auriez aujourd'hui d'autres petits-enfants, peut-être. Ne serait-ce pas magnifique de voir tous ces petits êtres s'accrocher à vos jupes et quémander vos baisers ! »

– « Certes, ma chérie. Je serais bien heureuse d'avoir une ribambelle d'enfants dans ce parc. Il est si vide lorsque nous sommes seuls, ton père et moi. Il en est de même de la maison. Mais que veux-tu, la vie en a décidé ainsi. Tu es la seule héritière que nous avons pu avoir. Ton père aimerait tant te former à ses affaires, mais tu ne sembles pas très intéressée. Enfin, c'est ce qu'il pense. Il te voit à nouveau si fragile. Tu es pâle et tu manges peu. »

– « C'est juste une fatigue passagère. Je pense, mère, que l'amour que je porte à mon mari est en cause. Je n'ai aucune nouvelle de Noureddine depuis mon départ, et je redoute le pire, surtout pour mon enfant. Vous savez à quel point je désire qu'il ait un père comme tous les autres enfants du monde. »

– « Je conçois que l'idéal pour ces petits est d'être élevé entre des parents aimants. Mais si la discorde les sépare, n'est-il pas préférable que ces bambins en soient écartés ? Tu as choisi la bonne solution, en tout cas dans l'immédiat. Laisse l'avenir se décanter et peut-être que tout s'arrangera. »

– « Sans doute avez-vous raison, mère. »

Malikah en resta là. Elle préférait procéder par petite dose afin de ne pas asséner un coup trop violent à ses parents. Surtout que dans sa colère initiale, elle avait eu le tort de dire que jamais plus elle ne désirait revoir Noureddine, qu'elle ne méritait pas un tel affront. Ses parents avaient généreusement abondé dans son sens, trop contents que leur fille et son fils leur reviennent. Maintenant, elle commençait à faire machine arrière et se donnait un mois pour les convaincre. C'est ainsi que lors d'une autre promenade, Malikah s'empressa de parler à sa mère en ces termes.

– « Mère, Guillaume grandit et si nous devons un jour rejoindre son père, mieux vaudrait qu'il soit encore un petit garçon. Noureddine a été terriblement éprouvé d'avoir perdu sa mère à un âge précoce et à cause de cela, il a perdu ses repères. Longtemps, il a souffert de l'absence de caresses et d'attentions féminines et son jeune âge s'en est ressenti. Je ne voudrais pas que Guillaume passe par le même schéma et souffre d'une vie sans père. Je suis extrêmement reconnaissante à père qu'il s'occupe de lui ainsi. Mais je pense que tôt ou tard le manque se fera sentir. C'est pourquoi je pense qu'un jour prochain je repartirai pour la Tunisie où Noureddine m'attend, j'en suis sûre. »

– « Mon enfant, tu sais combien nous serons tristes de votre départ. Cependant, nous ne pouvons priver Guillaume de son père. Toi-même as eu la chance d'avoir un père très disponible et présent. Comment pourrai-je être aussi cruelle envers mon petit-fils ? »

– « Je dois en outre vous annoncer une autre nouvelle, mère. J'attends un deuxième enfant et j'ai terriblement envie de partager cet événement avec celui que j'aime. N'est-il pas juste mère, que le père de ce bébé puisse vivre avec moi la période merveilleuse qu'est la grossesse ? »

– « Ma petite Marianne, comme je suis heureuse d'apprendre cette nouvelle. Depuis quand le sais-tu ? Pourquoi ne m'as-tu rien dit ? J'espère que ce sera une petite fille. Ton père m'a déjà dit qu'il était extrêmement satisfait d'avoir un petit-fils mais qu'il regrettait que tu n'aies pas eu le temps de lui donner aussi une petite-fille puisque les choses semblaient jusque-là compromises pour que te naisse un deuxième enfant. Peut-on lui annoncer la nouvelle ce soir même ? Je suis certaine qu'il sera fortement ému et comblé tout à la fois. »

– « Je vous remercie mère de l'accueil que vous faites à ma grossesse. Quant à annoncer la nouvelle à père, je vais y réfléchir. Peut-être le ferai-je au dîner. Permettez-moi maintenant de regagner ma chambre. J'aimerais me reposer un peu jusqu'à l'heure du repas. Je vous laisse Guillaume. »

– « Bien sûr, ma chérie. Va te reposer. Tu en as certainement besoin. Nous te rejoindrons plus tard. La matinée est encore agréable et le grand air fait du bien à Guillaume. »

Malikah avait très envie de se retrouver seule pour évoquer Noureddine. Elle avait besoin de son contact de temps à autre, de se rassurer en sentant sa présence si ténue soit-elle. Elle était ainsi assurée qu'il ne l'avait pas oubliée. Dans quelque temps, ils seraient à nouveau réunis. Les jours ne passaient pas assez vite pour elle. Et cependant, elle devait être prudente si elle ne voulait pas mettre sa grossesse en danger. Le voyage jusqu'en Tunisie était long et pénible, elle le savait pour l'avoir expérimenté à plusieurs reprises. Elle devrait par conséquent convaincre son père que quelqu'un l'accompagne. Pour cela, elle devait faire de sa mère sa meilleure alliée car il serait risqué pour elle de faire seule la traversée dans son état, surtout avec un enfant en bas âge. Non seulement sa mère était bonne et compréhensive, mais encore elle aimait les êtres qui lui étaient proches sans limite. Elle saurait la rallier à sa cause. Elle cessa de se tourmenter inutilement, pensant que si ce bébé avait décidé de naître en Tunisie, Inch'Allah, il naîtrait en Tunisie.

Elle sourit en se disant qu'elle avait l'impression que cela faisait une éternité qu'elle n'avait plus parlé l'arabe. Ce n'était qu'une impression car que représentent quelques mois sur toute une vie ? Elle se rendit compte cependant que trois mois sur neuf mois de grossesse signifiaient que le tiers de cette période serait passé loin de son époux. Et ça, c'était beaucoup. Elle se tança de sans cesse se torturer l'esprit. Sa vie avait pris ce tournant et elle en était tout aussi responsable que Noureddine. Elle devait l'accepter et simplement considérer l'avenir avec confiance et détermination. C'est pourquoi, lorsqu'elle descendit pour le déjeuner, elle avait décidé d'annoncer en même temps les deux nouvelles à son père, ne lui laissant ainsi aucun choix. Elle serait ferme dans ses décisions. Il serait contraint de l'aider pour que tout se passe au mieux. Elle prit place en face de lui, comme à l'accoutumée et n'attendit que quelques minutes avant de l'interpeller par ces mots :

– « Père, j'ai déjà annoncé la nouvelle à mère ce matin. Je pense que je me dois de vous en faire part, à vous aussi. J'attends un deuxième enfant de Noureddine et dans quelques semaines je vais repartir pour la Tunisie afin que mon mari puisse profiter de cette deuxième grossesse, étant donné qu'il a été privé de la première, alors que vous avez eu la chance de la partager. N'est-ce pas juste ainsi, père ? »

M. La Gardère fut tellement abasourdi par la nouvelle que, dans l'instant, il ne sut que répondre. Puis il se reprit et dit :

– « Ma chère Marianne, tu sais que ta mère et moi ne voulons que ton bonheur. Tu es notre seule enfant et nous préférerions que tu vives près de nous à défaut de vivre auprès de nous. Tu as choisi de t'expatrier à l'autre bout de la planète – enfin c'est ainsi que je considère un pays qui nécessite des semaines de voyage par mer et par terre pour l'atteindre – et nous ne pouvons t'en empêcher. La porte de notre maison te sera toujours ouverte, à toi, ton mari et tes enfants. »

Malikah se leva et se précipita au cou de M. La Gardère pour l'embrasser. Elle était si surprise qu'il accepte sans sourciller qu'elle n'en croyait pas ses oreilles.

– « Merci, père, merci d'être aussi bon et généreux avec nous. Ce n'est pas parce que je pars vivre loin de vous que j'ai l'intention de vous oublier tous les deux. Vous êtes mes parents et je vous aime. Mais mon cœur est resté dans ce deuxième pays qui est maintenant le mien et je désire que ma famille soit une famille unie. Si nous sommes séparés comme en ce moment, comment pourrait-elle être soudée un jour ? »

M. La Gardère sortit précipitamment de la pièce, prétextant une affaire urgente. Il ne voulait pas montrer à sa fille combien la nouvelle l'attristait. Mais il savait parfaitement qu'il ne pouvait l'obliger à rester avec eux. Le soir au dîner, il revint sur le sujet en ces termes :

– « Ma chère enfant, combien de temps comptes-tu rester encore avec nous ? Je te conseille de préparer ton voyage minutieusement afin de ne courir aucun risque. Je pourrais certainement obtenir l'aide de certains de mes amis afin que tu puisses faire la traversée maritime dans les meilleures conditions possibles. Cependant, je ne sais pas, en arrivant en Tunisie qui pourrait t'organiser la suite de ton périple. Ne ferais-tu pas mieux d'essayer d'envoyer un message à ton mari pour qu'il vienne te chercher et qu'ainsi nous soyons plus tranquilles de te savoir accompagnée. »

– « Votre sollicitude me touche profondément, père. Mais il y aurait aussi une autre solution, c'est que vous m'accompagniez en Tunisie. Je pourrais toujours prévenir Noureddine d'organiser la partie du voyage en terre tunisienne et vous la partie française. Qu'en pensez-vous ? Et vous, mère, n'aimeriez-vous pas connaître le pays où nous allons vivre, mes enfants et moi ? »

– « Certes, ma fille, il me plairait immensément de connaître ta future demeure et la ville où tu vas passer le reste de ta vie. Il incombe à ton père de prendre la décision, tout en sachant que je suis tout à fait favorable à l'idée que tu viens de nous soumettre. »

M. La Gardère, sur qui reposait maintenant la responsabilité des conditions du voyage de retour de ses enfants et petits-enfants demanda à y réfléchir. Il ne voulait pas prendre de décision hâtive, sachant combien ce genre de déplacement interminable allait le mettre dans tous ses états. Néanmoins, il désirait ardemment connaître l'homme qui venait de lui enlever un marché, marché au départ prometteur. Il venait en effet d'apprendre que les soieries envoyées en Tunisie récemment avaient non seulement été vendues avec difficulté mais qu'en outre elles avaient dû être cédées à un prix dérisoire à cause d'un certain Noureddine, ce caravanier dont ses hommes lui avaient déjà parlé.

Fort connu à Kairouan pour la qualité de ses produits, il avait récemment ramené des étoffes d'Orient d'une telle perfection qu'il en avait tiré un bénéfice conséquent, mais et surtout qu'il les avait écoulées en totalité et en très peu de temps. Il avait reçu la nouvelle quelques heures auparavant. L'idée avait déjà germé en lui de devoir un jour traiter avec cet homme. Il semblerait que l'heure était proche de passer à l'action avec ce concurrent. Il sentait qu'il était préférable pour lui de s'en faire un ami plutôt qu'un ennemi. Avec tout ce qui s'était passé auparavant sur les marchés tunisiens, il venait de se rendre compte que finalement ce n'était pas lui, un étranger, qui avait gagné la bataille malgré les autochtones intrigants et madrés dont s'était entouré son assistant.

L'échec cuisant qu'il venait de subir lui imposait de jouer la carte de la prudence. Mieux valait avoir Noureddine dans son camp que comme adversaire. Il comptait sur Marianne pour l'y aider. Il lui avait caché sa défaite en Tunisie, mais un jour viendrait où elle l'apprendrait. Il devait jouer fin avec elle pour qu'elle ne se doute pas de ses arrières pensées. D'ailleurs, mieux valait peut-être lui exposer clairement la situation. Sa petite Marianne était une femme maintenant et il voyait que son caractère, déjà très entier lorsqu'elle était enfant, s'était affirmé. S'il voulait conserver une bonne relation père/fille, il ne devait absolument pas trahir sa confiance.

Il décida donc qu'il lui parlerait le plus rapidement possible. Il lui avait déjà demandé de se familiariser avec ses affaires et la grossesse l'en avait empêchée. Maintenant qu'il avait perdu son assistant et qu'elle était à nouveau enceinte, il devrait surseoir à l'en convaincre. Dans quelques années, il lui demanderait de prendre part à ses affaires pour que, le jour où il partirait, il puisse le faire l'âme en paix. Il avait un petit-fils et sa manufacture pourrait peut-être l'intéresser quand il en aurait l'âge et les capacités, qui sait ? Rasséréné par ses pensées, M. La Gardère afficha un large sourire de satisfaction. Il mettrait tout en œuvre pour que Marianne puisse rentrer en Tunisie dans les meilleures conditions et accompagnée de son mari. C'est la décision qu'il venait de prendre après toutes ces cogitations. Il ne manqua pas de s'en ouvrir à son épouse lorsqu'il la rejoignit quelques instants plus tard.

Il lui semblait en effet trop tôt d'aller dans le pays où, pour le moment, il n'était pas en odeur de sainteté. Il préférait donc que son gendre fasse le premier pas, en quelque sorte. Il se montrait en outre beau joueur en l'invitant chez lui pour reprendre celle qui maintenant était sienne. Sa fille lui en saurait gré, pensait-il. C'est avec un air joyeux qu'il annonça le lendemain matin au petit-déjeuner :

– « Marianne, ma chérie, j'ai bien réfléchi et je pense qu'il est préférable que ce soit ton mari qui vienne te chercher. Il saura mieux que nous gérer la partie du voyage dans son propre pays. Quant à son arrivée sur le sol français, nous irons nous-même l'y accueillir. Marseille n'est qu'à trois jours de la maison. Nous irons suffisamment à l'avance pour faire tranquillement le voyage jusqu'à Marseille, ta mère et moi. J'ai cru comprendre qu'elle le connaissait. »

– « De fait, ils se sont rencontrés ici lorsque je suis partie pour le rejoindre et que Noureddine a fait le trajet inverse pour venir me chercher. Mère vous en a donc parlé. »

– « Ta mère m'en a fait part hier soir seulement, ce qui m'a permis d'opter pour cette solution plutôt que l'autre. Si tu le veux bien, nous nous isolerons après le repas, car je dois absolument te parler avant l'arrivée de ton époux. Ne t'inquiète pas, ce n'est rien de grave. »

La collation terminée, M. La Gardère invita Marianne à le suivre. Ils s'enfermèrent dans son bureau où la conversation dura plus de deux heures. Il tenait à ce que sa fille connaisse tout de ses affaires tunisiennes. Il ne désirait cependant pas trop la perturber pendant sa grossesse. C'est par ces mots qu'il aborda la longue confession qu'il devait lui faire :

– « Marianne, tu es mon unique enfant et tu sais que je n'ai toujours voulu que ton bien et que mon amour t'est acquis quoique tu fasses. Mais il est dans la vie des hasards qui ne sont pas toujours heureux et celui dont je vais te parler va sans doute te chagriner. Sache que je n'ai pas voulu de mal à ton époux en personne, mais que les aléas de la vie ont fait qu'il a pâti de mes désirs d'étendre mon commerce à l'étranger, cela contre mon gré, bien entendu. Tu as certes été mise au courant par ton mari de certaines personnes qui ont quelque peu déstabilisé le commerce sur le sol tunisien. Je leur ai fait confiance ainsi qu'à d'aucuns qui se sont montrés vils, contre mon accord de principe avec eux. Je ne l'ai appris que par la suite, et par la bande. Comme tu as pu le constater, M. Rochebrune ne fait plus partie de mon personnel. Ce serait une longue histoire, mais sache qu'il est pour beaucoup dans les agissements de ces auxiliaires étrangers. Lorsqu'il a fait ta connaissance et que je lui ai suggéré de te former à mes affaires, il a cru comprendre que je donnais ma bénédiction pour une plus ample coopération, voire alliance. Son ambition aidant, il se voyait déjà à la tête de la manufacture. Ton départ lui a fait comprendre que tu lui avais échappé et il a commencé à se désintéresser de mes affaires, cherchant alors de meilleures perspectives. Quelque temps après, lorsque notre collaborateur tunisien, Abdullah – je dis « notre » car j'avais chargé M. Rochebrune de le recruter, ayant à l'époque entière confiance en lui – vint me rendre compte de ce qui se passait là-bas, j'appris que M. Rochebrune avait fait les choses à sa façon. Il me fallut très longtemps pour qu'Abdullah se sente à l'aise et parle. Je sus donc que par son biais Rochebrune avait fait employer des commerçants peu scrupuleux qui ont semé la zizanie dans les souks du pays pour déstabiliser le commerce. Ils ont fait courir des bruits bizarres dont Abdullah n'a pas voulu me parler. En peu de mots, ils avaient presque réussi jusqu'à ce que je ne vienne te chercher en Tunisie. Sachant que je venais dans le pays et par peur que j'aie vent de leurs méthodes, ils se sont tenus tranquilles. Ayant informé M. Rochebrune de mon départ pour la Tunisie, ce dernier ne donna plus aucun ordre à ses sbires, ce qui incita Abdullah à venir en France pour prendre les consignes et les soieries. Sur le bateau, je ne sais si tu t'en souviens, j'avais eu une longue conversation avec le capitaine à qui je révélais que j'avais une manufacture de soieries dont j'avais confié les relations commerciales avec l'étranger à un certain Rochebrune. Il m'apprit alors que ce dernier avait fait deux ou trois fois la traversée à distance de quelques mois seulement. L'homme s'était vanté de commercer la soie entre la France et la Tunisie et qu'avec ces gens peu cultivés, il était facile de faire des affaires juteuses puisque souvent frauduleuses et que ses hommes de main savaient parfaitement s'y prendre pour obtenir les marchés les plus porteurs du pays. Il leur avait donné carte blanche pour qu'ils obtiennent l'exclusivité de la vente d'étoffes de soie, même de celles de moindre qualité qu'il faisait tisser au nez et à la barbe de son propre patron. Le capitaine m'avait profondément vexé ce jour-là lorsqu'il avait ajouté que M. Rochebrune avait bien ri en disant que

« le pauvre bougre », c'est-à-dire moi, n'y voyait que du feu tant il était bonasse avec lui et lui faisait confiance. Inutile de te dire que je l'ai congédié dès que je suis arrivé en France, sans même lui en préciser la raison. Au vu de ma colère et sachant d'où je venais, cela n'était pas nécessaire. Si tu ne m'avais pas tu la profession de ton époux, peut-être aurais-je été plus vigilant avec Rochebrune. Sache encore une fois que mon intention n'était pas de causer du tort à ton mari puisque, par ricochet, c'est contre ma propre fille que j'agissais. »

– « Je vous remercie, père, d'avoir eu l'honnêteté de me raconter tout cela. Je ne vous aurais jamais pardonné si j'avais appris cette histoire par quelqu'un d'autre. Sachez en outre que vous auriez aussi défavorisé vos petits-enfants en continuant à laisser agir Rochebrune de la sorte. Dieu merci, le destin a voulu qu'il soit démasqué à temps. J'ose espérer que cela lui servira de leçon. Quant à Noureddine, il sera soulagé et heureux d'apprendre que vous n'avez pas été l'instigateur des exactions qui ont eu lieu à Kairouan, ni non plus de la situation exécrable qui a sévi dans le commerce itinérant tunisien pendant ces dernières années. Il ne vous aurait que très difficilement pardonné le fait d'être un commerçant malhonnête et sans scrupules. »

18. Savoir pardonner

« Le temps est avec vous, et, dans votre quête, vous trouverez votre nourriture et l'accomplissement de vos désirs. Et bien qu'au lever du jour votre réveil efface la mémoire, la table des rêves est dressée pour toujours et la chambre nuptiale vous attend. »

Khalil Gibran.[34]

Le peu de temps qui restait à Malikah avant de regagner la Tunisie passa avec une rapidité extraordinaire. Prise entre l'organisation de son voyage, la prise de contact avec Noureddine – qui était très malaisée car elle ne savait pas écrire l'arabe et avait dû recourir aux services d'Abdullah – et sa grossesse, elle avait à peine le temps de s'occuper d'Achraf, ce qu'elle déplorait vivement. C'est ainsi qu'elle appelait son fils en dehors de la présence de ses parents. Heureusement, Mme La Gardère passait de longs moments avec lui et il ne ressentait pas le manque d'attention. Il était très observateur et posait de nombreuses questions à sa grand-mère car il était curieux de tout ce qui l'entourait. Pendant ce temps,

---

[34]Gibran, Khalil. *Le jardin du prophète*, Ed. Casterman, Tournai, 1980, p. 30.

Malikah avait fini par obtenir une réponse affirmative de son mari. Elle était aux anges de penser que très bientôt, il serait là. Ses bras protecteurs lui manquaient tellement.

Bien sûr, elle ne risquait rien dans cette maison, mais elle se sentait plus protégée auprès de Noureddine. Il avait une façon de la tenir contre lui qui l'apaisait à tel point qu'elle était alors parfaitement calme et sereine. Cette force tranquille à laquelle il l'avait habituée lui faisait terriblement défaut. Elle se demanda même comment elle aurait pu vivre toute sa vie loin de lui ? Comment, alors qu'elle était rentrée en Tunisie, avait-elle pu en repartir pour une raison aussi futile ? Elle était certaine que maintenant elle analyserait la situation avant de réagir, qu'elle parlerait avec son mari avant de prendre une décision quelconque. Le dialogue n'était-il pas plus simple que de poser un acte qu'elle aurait pu regretter toute sa vie ?

Noureddine était heureusement peu rancunier. Sa vie dans le désert lui avait appris à mieux comprendre ses frères humains. Bien sûr, il connaissait peu les femmes, mais son ami Khaleel le guidait dans ce domaine. Elle avait pu le constater lors de son arrivée chez lui. Entouré d'une nombreuse gent féminine comme il l'était, il savait les comprendre et il les respectait. Ce qui n'était pas le cas de tous les amis de Noureddine. Mais les quelques exceptions qu'elle avait eues l'occasion de connaître en faisait des hommes extrêmement attachants et leurs femmes les servaient comme aucune autre femme nord-africaine. Ce n'était pas la première fois que Malikah repensait à son départ précipité de Kairouan. Elle regrettait encore parfois d'en être partie aussi vite. Si elle était restée quelques jours chez Khaleel, elle n'aurait pas à refaire le trajet en sens inverse et dans son état. Elle espérait maintenant que Noureddine arriverait très bientôt. Aucune missive n'était parvenue disant qu'il fallait aller à sa rencontre. Quelques jours plus tard, elle ressassait encore ses éternels regrets d'être là. Perdue dans ses pensées, elle n'avait pas entendu la porte s'ouvrir. Lorsqu'une main toucha la sienne, elle sursauta. Quelle ne fut pas sa surprise de voir Noureddine devant elle, souriant et heureux. Achraf le tenait par la main.

– « Qui as-tu trouvé, mon fils ? Qui est ce monsieur avec qui tu viens d'entrer ? »

– « Grand-mère a dit que c'était père. Je suis content qu'il soit rentré de voyage. »

– « Moi aussi, mon fils. Il y a si longtemps que j'attends ce moment. »

Voyant ses parents s'embrasser longuement, le petit garçon finit par tirer sa mère par le pan de sa robe et lui dit :

– « Et moi, est-ce que je n'ai pas droit à un baiser de mon père ? Moi aussi je l'ai attendu longtemps. »

Noureddine demanda la traduction à son épouse. Ils rirent tous deux de bon cœur. Noureddine souleva l'enfant dans ses bras et ils le couvrirent de baisers. Il riait aux éclats. Il n'avait plus ri comme cela depuis plusieurs jours, depuis que Malikah commençait à se demander si son mari allait venir la chercher comme il le lui avait laissé entendre. Après avoir partagé silencieusement son angoisse, l'enfant participait de bon cœur au bonheur de sa mère. Noureddine ne cessait de regarder son petit garçon. Il avait tellement changé. Puis il vint toucher le ventre de Malikah. Une légère rondeur marquait sa taille. Enfin, il allait pouvoir partager la gestation, puis la venue de son enfant. Il confia à Malikah que Khaleel lui avait depuis raconté comme la maison ressemblait à une ruche en pleine effervescence au moment de chaque naissance. Il n'avait pas omis cette angoisse qui étreignait toute la maisonnée tout au long du travail et jusqu'à ce que l'enfant soit dehors et qu'on ait vérifié qu'il était tout à fait sain et entier. Et puis le plus grand des bonheurs, c'était de voir ce petit être téter le sein maternel avec une fougue dont on ne l'aurait pas cru capable.

Noureddine semblait fasciné par le changement opéré, aussi bien chez son épouse que chez son fils. Il la trouvait embellie. Sa grossesse lui donnait un air de plénitude qu'il ne lui connaissait pas. Son visage s'était un peu arrondi et cela lui allait à ravir. Il était sur un nuage. Il ne parvenait pas à croire qu'elle attendait à nouveau un enfant, qu'elle était prête à revenir vivre avec lui et qu'il aurait son fils pour toujours maintenant. Partager les instants de la grossesse de Malikah était tellement nouveau qu'il se demanda comment il allait réagir, comment il devrait se comporter. Il avait à peine eu le temps de s'habituer à la vie de couple que Malikah avait été enlevée de sa vie, puis de se familiariser avec son fils que Malikah s'était enfuie avec lui. Comment pouvait-il se faire à une nouvelle situation si son ancienne condition d'homme seul lui était imposée régulièrement ? Que devait-il faire pour qu'il n'en soit pas ainsi ?

Pour éviter que cela ne se reproduise indéfiniment, il décida d'exposer ses craintes à son épouse. Il voulait aussi pouvoir la toucher sans choquer leur fils. Il lui exprima donc le désir de lui parler seul à seul. Malikah appela sa mère pour qu'elle aille se promener dans le jardin où Achraf serait ravi d'écouter sa grand-mère lui raconter l'histoire de chaque arbre, comment il avait été planté et pourquoi. Malgré les aléas des générations précédentes, le manoir avait pu être conservé dans la famille de Mme La Gardère contre vents et marées. Restés seuls dans la pièce,

Noureddine aborda le sujet qui le tourmentait sans ambages.

– « Malikah, je veux que tu saches que quoique je fasse ou dise contre toi, c'est seulement sous l'effet de la colère. Je suis tout à fait conscient d'être un peu trop passionné. Mais mon amour pour toi est si fort que je te pardonnerai toujours et qu'il n'est donc pas nécessaire que tu fuies si loin de moi. Si vraiment tu devais beaucoup m'en vouloir, je te demande instamment de ne plus partir comme tu viens de le faire. Il te suffirait de rester pendant quelque temps chez Khaleel. Je suis certain qu'il nous aiderait à faire en sorte que nous dialoguions afin d'aplanir nos difficultés du moment. Je t'en conjure, Malikah, ne m'abandonne plus ainsi. J'ai vécu longtemps seul et on dirait que le destin s'acharne contre moi. Chaque fois que j'ai commencé à être heureux, d'abord seulement avec toi, puis avec Achraf et toi, ceux que je chéris m'ont été enlevés. Bien sûr pas pour toujours. Mais je vais finir par croire que je ne mérite pas le bonheur. »

– « Ne parle pas ainsi, Noureddine. Tu connais mon attachement. Moi aussi, je reconnais être un peu trop passionnée. Permets, mon amour, que cette passion soit notre force au lieu d'être notre faiblesse. Nous allons avoir deux enfants et je te promets que je ferai tous les efforts possibles pour que nous soyons unis comme je l'ai été au sein de ma famille. Je sais combien tu es lié à moi puisque, à deux reprises, tu n'as pas hésité à venir seul me chercher. Je ne m'enfuirai plus de la maison comme une misérable. Après ce que j'ai vécu au début de mon séjour en Tunisie, je dois prendre conscience que tu n'es pas comme les personnes que j'ai rencontrées. Ton honneur bafoué est la seule raison qui t'a fait agir. Je comprends que ta colère ait pu te rendre aveugle au point de croire que j'étais complice de mon père. Je t'en conjure, Noureddine, oublions ce passé qui ne nous apportera que tristesse et regrets. Pensons à cet enfant qui nous a permis de nous retrouver. Car c'est ce petit être, encore une fois, qui en a décidé autrement, comme Achraf l'avait fait lorsque mon père m'a enlevée à toi. Ne vois-tu donc pas que notre amour est plus fort que tout puisque chaque fois que nous sommes séparés, c'est la création née de cet amour qui nous réunit. »

– « Tu as raison. Les épreuves que nous avons subies n'ont pas altéré nos sentiments l'un pour l'autre. Je dois faire confiance à l'avenir sinon je risque de reproduire les mêmes erreurs, encore et encore. »

– « Noureddine, viens, allons voir notre fils. Le passé n'a plus cours maintenant. Seuls le bonheur retrouvé, l'instant présent comptent. Ne nous torturons pas l'esprit inutilement. Il sera temps de le faire si un jour nous avons un souci important. Pour l'heure, goûtons à cet instant magique de nos retrouvailles. Qu'elles se passent dans la joie et l'insouciance. »

Ils sortirent dans l'allée que bordaient les grands arbres et Noureddine put enfin concrétiser son secret désir de marcher sous leur voûte en compagnie de Malikah et d'Achraf. Ils devisaient gaiement, car Malikah avait déjà commencé à instruire Achraf en langue arabe. Bien sûr, elle n'avait pas le bon accent de Noureddine, mais l'enfant comprenait même s'il lui répondait en français. Jamais il n'avait fait d'erreurs dans ses réponses. Avec son père qui lui parlait en arabe, il hésitait à se lancer. Il regardait sa mère qui l'encourageait à s'y essayer. Noureddine était un peu mal à l'aise. Il ne pourrait pas dialoguer avec son fils, et cela lui posait problème. Malikah le rassura par ces mots :

– « Je te garantis qu'il suffira de quelques mois en Tunisie pour qu'Achraf parle parfaitement la langue, j'en suis sûre. Vu les quelques mots et expressions qu'il a déjà acquis, il lui sera facile de maîtriser ta langue. Ton fils n'est-il pas un petit garçon vif et intelligent ? »

– « Tu as raison. En cela, il ressemble à sa mère. Il ne lui a pas fallu longtemps, à elle non plus, pour maîtriser parfaitement l'arabe, alors que j'ai beaucoup de mal à prononcer un mot de français. »

– « Tu as d'autres qualités que je n'ai pas. Ne te mésestime pas. Et sache que je n'aurais jamais pu épouser un homme qui aurait manqué d'intelligence, surtout de l'intelligence du cœur. Tu es un homme bon et généreux avec ceux que tu aimes, Noureddine. Et cela vaut tout l'or de la terre ! »

Ils devisèrent encore un peu puis rentrèrent pour se préparer à rencontrer M. La Gardère qui avait été retenu par ses affaires depuis le matin. Noureddine commençait à se sentir nerveux. Il ne cessait de prendre la main de Malikah. Il cherchait à ce qu'elle lui insuffle le courage d'affronter celui qu'il croyait être son ennemi. Ne lui avait-il pas enlevé sa fille ? Il savait que l'homme était très attaché à sa famille et que le fait d'emmener Malikah dans un pays aussi éloigné et qui plus est, séparé par une mer, ne devait certainement pas le rendre sympathique à ses yeux. Malikah le rassura.

– « Sois sans crainte. Père t'appréciera, j'en suis certaine. Et lorsqu'il te connaîtra mieux, il t'aimera comme ce fils qu'il n'a jamais eu. Cesse de te tourmenter sinon tu vas avoir un visage revêche et il ne pourra effectivement pas te considérer à ta juste valeur. Sache que tu as déjà fait très bonne impression sur ma mère. Elle aime les hommes qui montrent sans hésiter et sans faux-semblants l'amour qu'ils portent aux leurs. »

– « Khaleel m'a toujours dit, il est vrai, que le jour où je penserai à prendre femme, si je conquiers la mère, le père se mettra très vite au diapason. Mais peut-être y a-t-il des hommes au caractère bien trempé qui peuvent se montrer récalcitrants. Et peut-être que ton père fait partie de cette catégorie ! »

– « Père n'est pas un ours, que je sache. Il adore son petit-fils et est ravi que j'attende un deuxième enfant. Comment pourrait-il ne pas aimer l'homme qui a engendré ses petits-enfants ? Ton fils sait parfaitement convaincre son grand-père lorsqu'il sent que celui-ci est réticent. Et je l'ai élevé dans l'amour et le respect de son propre père. Il n'aura donc de cesse que son grand-père et son père ne se contentent pas seulement de s'entendre mais plutôt qu'ils s'apprécient et se respectent mutuellement. »

– « Bon, je vois que tu réfutes toutes mes protestations. Cela signifie qu'ici, c'est toi qui diriges notre vie. Qu'il en soit ainsi. Moi je te guiderai dans le désert aussi longtemps que tu le désireras. Et quand nous viendrons en France, tu seras notre éclaireur, que ce soit sur la conduite à tenir avec les tiens et vos amis ou pour les lieux que nous visiterons ensemble. Car j'ai bien l'intention de revenir dans ton pays. Toute cette verdure me plaît tellement, moi qui n'ai connu que les vastes étendues de sable ponctuées d'oasis plus ou moins grandes. En remontant vers le nord tunisien, j'ai pu apprécier les oliviers, mais ils ne sont en rien comparables avec les grands arbres qui bordent vos routes et comme ceux de cette allée qui nous prodiguent leur agréable fraîcheur. Sais-tu que lors du voyage que j'ai entrepris juste après ma première venue en France, j'avais du mal à supporter la chaleur. »

– « Je n'en crois pas mes oreilles ! Que me dis-tu là, toi, ne pas supporter la chaleur ! Voilà qui est fort nouveau ! Tu devais être ou fatigué ou soucieux, sinon tu n'aurais pas même pris garde à la chaleur. C'est l'état d'esprit dans lequel tu te trouvais qui t'a exaspéré et par voie de conséquence, tu as trouvé la chaleur intolérable. Ne crois-tu pas que c'est plutôt ainsi que tu devrais considérer les choses ? »

– « Je ne sais pas si ce que tu dis est juste. Je sais que depuis que je suis venu en France, je ne suis plus le même homme. Je ressens une douceur dans les paysages de ce pays qui résonne profondément en moi. Lorsque je suis venu te chercher la première fois, j'avais l'impression d'être déjà passé par certains endroits. C'est une sensation très étrange que je ne saurais expliquer. D'ailleurs, si je te raconte ce qui m'est arrivé, tu vas sans doute te moquer de moi.

– « Pourquoi le devrais-je ? Raconte-moi, je t'en prie. »

– « Je chevauchais tranquillement car je cherchais un endroit où je pourrais me reposer et manger. J'avais les provisions que ta mère m'avait gentiment offertes pour mon voyage de retour. Je ne voulais pas passer la nuit dans une auberge car j'avais envie d'être seul. Soudain, je me suis rendu compte que j'étais déjà passé devant la vieille maison abandonnée qui se trouvait au bord de la route. C'est à ce moment précis que mon cheval a refusé de continuer. Il a freiné des quatre fers devant la bicoque et j'ai bien failli passer par-dessus sa tête. Je venais ainsi de m'apercevoir que je tournais en rond. Et comme non seulement mon fier destrier, mais aussi Allah m'avaient ramené devant ce gîte qui s'offrait à moi, je suis rentré, j'y ai mangé et dormi. Heureusement pour moi, car la nuit, un violent orage a sévi, qui m'aurait complètement trempé. Et comme j'avais abandonné la moitié de mes effets personnels parce qu'ils ralentissaient ma cavalcade, j'aurais dû rester mouillé jusqu'à ce que le soleil ait séché mes vêtements. Cette petite maison était si agréable que je me suis réveillé fort tard le matin suivant. »

– « Et comment as-tu fait pour retrouver ton chemin, puisque tu avais tourné en rond. »

– « J'ai regardé à nouveau les explications que m'avait données Amine et j'ai retrouvé la direction de la mer. Mais il m'a fallu encore trois jours pour y parvenir. Et toi, pendant ce temps, tu étais sur le bateau qui te ramenait à la maison. »

– « Cette fois-ci, nous serons ensemble. Ce sera magnifique de faire ce trajet tous les trois, n'est-ce pas ! Je pourrai te commenter les lieux que nous traverserons. L'histoire de mon pays est intéressante et je ne t'en ai jamais parlé. Une vieille légende raconte qu'un seigneur de la contrée s'est marié avec une très belle femme au caractère extrêmement violent et qui était aussi très ambitieuse. Le jour de ses noces, elle l'a empoisonné afin de gouverner seule le comté. Je te montrerai le château. Il est maintenant en assez mauvais état car il a été abandonné il y a trois siècles déjà pour une raison que j'ignore. »

– « Va pour le château abandonné. Je me réjouis de le voir. Peut-être devrions-nous rentrer maintenant. Je sens que mon estomac est au supplice car je n'ai rien pris depuis ce matin. J'avais une telle hâte de vous retrouver. »

– « Viens, Achraf, allons faire manger père. Toi et moi, nous attendrons encore une heure qu'on sonne le dîner. Mais je ne voudrais pas que ton papa se sente mal. »

Sans s'en rendre compte, Malikah avait employé ce mot tellement plus affectueux dont elle-même avait usé étant enfant à l'égard de son propre père mais qu'elle avait abandonné à l'âge adulte. Le soir, au dîner, Achraf se servit du moindre prétexte pour se faire aider par Noureddine. Il était si heureux de l'avoir retrouvé qu'il voulait à tout prix qu'il s'occupe de lui. Il ne demandait plus rien à son grand-père qui prit un air maussade. Il avait la sensation de perdre son petit-fils. Malikah s'en aperçut et s'empressa de demander au bambin de bien vouloir laisser son père un peu tranquille car il était fatigué par le long voyage qu'il venait de faire. Ceci rasséréna quelque peu M. La Gardère qui s'empressa auprès de l'enfant. Il voulut montrer combien il était attentif à ses moindres désirs, à tel point que Malikah lui demanda de ne pas exagérer sinon il en ferait un enfant gâté, et cela elle ne le tolèrerait pas. Lui-même n'avait jamais passé tous ses caprices à sa fille, pourquoi devrait-il agir ainsi avec son petit-fils maintenant ? M. La Gardère se renfrogna une deuxième fois, mais il savait que sa fille avait raison et il prétexta un travail urgent pour quitter la table, vexé dans son amour-propre. Malikah arrêta sa mère qui s'apprêtait à rejoindre son mari pour essayer de le raisonner.

– « Ce n'est pas à vous, mère, d'intervenir. J'irai moi-même voir père et lui demander ce qui ne va pas. Je sais qu'il voit d'un mauvais œil mon retour en Tunisie, mais il doit se faire à cette idée, car je ne reviendrai pas sur ma décision. »

– « Je pense que tu n'es pas seule en cause, Marianne. Sois bienveillante avec ton père. Je crois qu'il a quelques petits soucis en ce moment. »

– « Je n'ai nulle intention de faire des reproches à père. Je comprends sa réaction, elle est tout à fait naturelle. Je veux simplement aller voir ce qui ne va pas. »

– « Je t'en prie, va. »

Malikah quitta la salle à manger et se dirigea vers le bureau de son père. M. La Gardère n'y était pas. Elle sortit dans le jardin et le vit assis sur une bergère, la tête dans les mains.

– « Que vous arrive-t-il, père ? Êtes-vous souffrant ? »

– « Ma petite Marianne, excuse-moi. Je suis odieux, mais je ne parviens pas à m'imaginer que très bientôt, vous ne serez plus parmi nous, ton fils et toi. Je vieillis et je deviens un grand-père gâteux. Tu as eu raison de me reprendre. Ce n'est pas ainsi que j'ai envie de gagner l'amour de mon petit-fils. Je ne sais pas ce qui m'a pris. Un peu de jalousie, sans doute. Peut-être suis-je aussi inquiet à cause de ton mari. Il me met mal à l'aise. Il a l'air si austère. »

– « Surtout, ne vous mésestimez pas, père. Vous avez été parfait jusque-là. Vous venez d'avoir une réaction tout à fait humaine. Seul un grand-père sans cœur aurait réagi différemment. C'est un grand bonheur pour moi de voir l'attachement que vous avez pour Guillaume. Je suis vraiment déchirée entre vous et Noureddine. Mais je dois penser au bien de mes enfants. Grandir sans père ne serait pas la bonne solution, vous le savez aussi bien que moi, vous qui avez été un père merveilleux. Quant à Noureddine, père, sachez qu'il a toujours été très bon avec moi. Non seulement il m'a sauvé la vie, mais il m'aime très sincèrement et me le prouve régulièrement. Il est comme le désert, aride en apparence, mais riche de trésors cachés. Certes, c'est un homme fier, comme beaucoup d'hommes du sud. Mais croyez-moi, il est bon et généreux. Soyez sans crainte pour moi. Avec lui, je me sens parfaitement protégée, autant qu'avec vous avant de quitter cette maison. Je vous aime, père, soyez-en assuré et ne vous oublierai jamais, ni vous, ni mère. »

Malikah put voir deux larmes couler le long des joues paternelles et elle-même fut si émue qu'elle ne put s'empêcher de pleurer. Elle se blottit contre sa poitrine, comme elle le faisait enfant, et tous deux mêlèrent leurs pleurs. C'est dans cette position que Mme La Gardère les retrouva.

– « Il est de fait que notre fille s'en va, mon ami. Mais elle est bien vivante et s'est sortie des griffes d'un homme fort dangereux. Vous devriez vous réjouir qu'elle ait été sauvée de cette situation grâce à l'amour d'un homme aussi respectueux que Noureddine. Pensez à ce qui aurait pu advenir à votre fille unique. Au lieu de cela, elle vous a donné un petit-fils remarquable par son intelligence et sa gentillesse. Venez, maintenant, nous ne pouvons laisser notre gendre seul avec son fils. Il ne saurait pas comment faire pour le mettre au lit. »

À ces mots, M. La Gardère et Malikah se calmèrent et rentrèrent vers la maison. Noureddine était aux prises avec les vêtements de son fils car le petit garçon avait refusé que quelqu'un d'autre que son père ne s'occupât de lui.

19. Re-naissance

« Fiez-vous aux rêves car en eux est
cachée la porte de l'éternité. »

Khalil Gibran, *Le prophète.*[35]

Quelques jours plus tard, tout fut prêt pour leur départ. Le voyage de retour serait long et pénible. Aussi partaient-ils un peu en avance afin de prendre le temps de s'arrêter régulièrement à cause de l'état de Malikah. Les adieux furent un déchirement réciproque pour elle et ses parents. Elle nourrissait cependant l'espoir de les revoir très vite, ayant demandé à sa mère de venir lorsqu'elle accoucherait, car elle aurait bien besoin que quelqu'un s'occupe de Guillaume. Ce à quoi M. et Mme La Gardère avaient acquiescé sans hésitation. En passant dans la région du château, Noureddine demanda à le visiter. Une raison obscure l'y poussait. Lorsqu'il vit le corps de bâtiment, le parc alentour, il fut médusé de s'y sentir comme chez lui. Quelque chose lui disait que cet endroit lui était familier. Malikah, quant à elle, s'y sentait mal à l'aise.

---

[35]Citation tirée du site internet :
http://www.evene.fr/celebre/biographie/khalil-gibran-503.php?citations.

Un sentiment morbide l'habitait qui lui donnait des frissons dans le dos. L'endroit était pour elle sinistre et elle aurait voulu s'enfuir à toutes jambes tant il l'impressionnait. Était-ce à cause de la légende ? Tout à coup, en atteignant la grande salle du château, Noureddine lui dit revoir la vision d'un rêve dont il ne lui avait jamais parlé, mais qu'il avait eue lorsqu'il l'avait rencontrée la toute première fois à Ghadamès. Il se revoyait allongé à terre et le visage de la femme au-dessus de lui prenait petit à petit les traits de... Malikah. Il en fut bouleversé et Malikah put voir son visage changer à tel point qu'elle en fut presque effrayée. Noureddine se reprit très vite. Il lui prit la main et lui dit :

– « Je comprends beaucoup mieux maintenant ce qui m'a poussé vers toi. Nous avons eu une vie ensemble dans cette contrée. Je comprends aussi mieux pourquoi j'aime ces grands arbres et pourquoi ces paysages me semblaient déjà connus lorsque je les ai traversés la première fois. Je te raconterai ce rêve ou plutôt ces rêves que j'avais faits après t'avoir poursuivie dans Ghadamès. »

– « Je ne sais pas si j'ai vraiment vécu ici avec toi, mais je n'aime pas cet endroit. Je m'y sens oppressée, et je suis parcourue de frissons qui me glacent jusqu'au sang. »

Ils prirent Guillaume par la main et sortirent du château sans dire un mot. Malikah semblait avoir le diable à ses trousses. Noureddine eut la délicatesse d'attendre qu'ils aient quitté le parc pour raconter les deux rêves impressionnants qu'il avait faits après leur première rencontre poursuite. Malikah écoutait très attentivement.

– « Je commence à comprendre pourquoi je m'y suis sentie aussi mal. J'avais l'horrible sensation que la mort planait sur ce lieu. D'ailleurs j'ai eu, moi aussi, une courte vision. Un homme était étendu à terre et son visage, tout violet, était déformé par la douleur. Et, chose étrange, c'est comme si une partie de moi ne voulait pas voir cette image qui pourtant s'imposait à moi mais que j'avais la sensation de repousser, de réfuter pour je ne sais quelle raison. »

– « Ce sont des événements du passé. Ils n'ont plus cours aujourd'hui. Peu importe ce que nous avons vécu alors. Une nouvelle vie s'annonce pour nous. Soyons plutôt à l'écoute de nos cœurs et de nos sentiments l'un pour l'autre, pour nos enfants, Achraf et celui à venir. Construisons notre avenir sur des bases plus agréables que ces vieux fantômes du passé. Viens, quittons cet endroit qui ne nous apporte que tristesse. Je comprends que ce château ait été abandonné. Il ne respire que la mort, je l'ai senti moi aussi, et le malheur. Nous n'avons nullement besoin de cela. »

– « J'entrevois mieux la raison pour laquelle je t'ai parlé de cette légende. Ne crois-tu pas que nous avons été ce couple maudit ? »

– « Je ne peux l'affirmer. Je le soupçonne. Mais quand bien même ce serait le cas, oublions que nous avons eu une courte vie de souffrance ensemble et préparons-nous à ne vivre que bonheur, amour et la satisfaction d'être enfin réunis. »

– « Pourquoi dis-tu « courte » vie ? »

– « Si ce que je t'ai raconté est vraiment notre histoire, nous étions très jeunes lorsque tu m'as empoisonné le jour de nos noces. Viens, mon amour. Nous avons un long voyage à faire et tu risques d'être très fatiguée lorsque nous devrons reprendre la malle-poste demain matin. Mieux vaut que nous allions nous reposer au caravansérail. »

Malikah se mit à rire. Noureddine la regarda, perplexe. Qu'avait-il dit de si drôle. Lorsque enfin

Malikah put reprendre son souffle et parler, elle le corrigea en ces termes.

– « Te croirais-tu déjà de retour au pays que tu veuilles aller au caravansérail plutôt qu'à l'auberge ? »

– « Oh ! Est-ce vraiment ce que j'ai dit ? »

– « Parfaitement. D'ailleurs, ça m'a fait du bien de rire. Je me sens beaucoup mieux maintenant et nous pourrons affronter la suite de notre périple avec plus de sérénité. C'est comme un coup de baguette magique qui m'aurait fait sauter du passé dans le présent, un présent que je ne me lasse pas de contempler. »

Elle avait prononcé ces derniers mots en montrant son mari et l'enfant qu'il tenait dans ses bras. Ils s'enlacèrent tous trois et s'embrassèrent. Noureddine sentit son cœur bondir dans sa poitrine tant il était heureux de les avoir retrouvés et de les ramener à la maison. Dans un mois environ, ils seraient à Kairouan. En attendant, il devait veiller à ce que Malikah et Achraf fassent cette longue expédition dans les meilleures conditions possibles. Le matin suivant, ils reprirent la malle poste et arrivèrent à Marseille vers la fin de l'après-midi. Ils embarquèrent tôt le lendemain matin et le bateau prit la mer aussitôt. Malikah se demandait si elle allait être malade, cette fois-ci, comme elle l'avait été lorsqu'elle attendait Achraf. Tout se passa pour elle sans aucun inconfort les premiers jours. Cependant, une tempête se leva lorsqu'ils étaient au large des côtes sardes. Le capitaine décida de rallier une calanque qu'il voyait au loin afin de ne pas prendre de risques avec le chargement de son bateau. Un des passagers avec qui Noureddine et Malikah avaient lié connaissance trouva cela fort étrange, lui qui était habitué à voyager par voie maritime, et de fait il supputa la valeur inestimable dudit chargement ou sa fragilité. Tous se posaient des questions qui restèrent sans réponse. Ils passèrent la nuit dans cet endroit, ballottés par la forte houle qui venait mourir en vagues incessantes sur la berge.

Lorsqu'au matin ils voulurent reprendre le large, ils étaient presque complètement échoués sur le rivage. Il fallut quelques heures à l'équipage pour parvenir à remettre le bateau à flot. Ils regagnèrent Tunis avec un jour de retard et durent trouver d'autres montures que celles que Noureddine avait retenues à l'aller. Ce ne fut pas chose facile car vu l'importance de leurs bagages ils avaient besoin d'animaux de bât pour les transporter. Enfin, il trouva ce qu'il cherchait et ils empruntèrent la direction de Kairouan sur une charrette tirée par un âne jusqu'en dehors de la ville. Le pauvre baudet avait tiré tant bien que mal le poids très conséquent qu'il avait derrière lui. Ils mirent d'autant plus longtemps que la charrette débordait de bagages. Eux-mêmes avaient un espace restreint pour s'asseoir. À Tunis, on avait suggéré à Noureddine de s'arrêter à Zaghouan pour changer d'équipage. Là encore, il eut du mal à trouver ce dont il avait besoin. Il remplaça l'âne par un cheval et ne trouvèrent des chameaux que lorsqu'ils atteignirent Saouaf. Noureddine était fortement contrarié car le voyage s'éternisait et était plus qu'inconfortable pour Malikah. Elle commençait d'ailleurs à se sentir mal et il craignait qu'elle ne mette sa vie et celle de l'enfant en danger. Elle eut des accès de colère qui inquiétèrent vivement Noureddine.

– « Comment nous, pauvres femmes, pouvons-nous voyager par des chaleurs pareilles et affublées de tels oripeaux ! Je n'en peux plus. Je t'en prie, Noureddine, laisse-moi ici. Continue seul avec Achraf, moi je reste ici. Mourir pour mourir, autant que ce soit tout de suite. Les chacals sauront au moins que faire de ma dépouille. » s'était-elle récrié tant son mal-être la rendait irritable.

Il avait refusé tout net d'accéder à sa demande, lui disant que bientôt ils seraient à la maison, que ce n'était plus qu'une question d'heures et non pas de jours. Enfin, ils furent en vue de Kairouan. Malikah reprit soudain des couleurs. La vue de la ville lui redonna instantanément le courage de poursuivre. Elle s'était résignée et n'avait plus prononcé un mot. Achraf était assis devant son père et ne cessait de s'émerveiller sur le fait qu'il soit si haut perché. Malikah, agacée et harassée par les efforts qu'elle devait fournir pour continuer, avait fini par lui demander sèchement de se taire. L'enfant avait regardé sa mère avec un air si incrédule qu'elle s'était excusée de sa mauvaise humeur en lui expliquant qu'elle était exténuée. Achraf lui avait souri en lui disant que tout à l'heure, il lui ferait un gros câlin pour se faire pardonner. Malikah avait eu un pâle sourire puis s'était murée dans un mutisme que même Noureddine n'avait pas réussi à briser. Il comprenait son angoisse et il respecta son silence.

La maison à peine atteinte, Malikah y pénétra sans même s'occuper d'Achraf. Elle était à bout de forces et le plus petit effort lui était intolérable. Elle s'étendit toute habillée sur la couche. Elle sentait des tiraillements dans son ventre. Les derniers kilomètres avaient été les plus durs pour elle. La chaleur l'avait anéantie. Elle n'en avait plus l'habitude. Noureddine avait raison de dire qu'après avoir connu la fraîcheur de l'allée bordée d'arbres au domicile de ses parents, il était très difficile de s'habituer à la chaleur torride de la Tunisie. Dans quelques jours, elle irait mieux, se disait-elle. Mais elle sentait que son état était sérieux. Son ventre était en feu maintenant. Elle appela Noureddine et lui demanda d'aller chercher l'épouse de Khaleel. Si elle ne faisait pas quelque chose tout de suite, elle était persuadée qu'elle perdrait l'enfant qu'elle portait. Elle avait trop présumé de ses forces. Ils auraient dû s'arrêter avant d'entreprendre la dernière étape de leur voyage. Noureddine l'avait suggéré, mais elle avait une telle hâte d'arriver à la maison qu'elle avait fait fi de ses valeureux conseils.

Mounia, l'épouse de Khaleel mit un moment à arriver. Malikah était si angoissée qu'elle parvenait à peine à prononcer une parole en arabe. Elle ne parvenait à s'exprimer qu'en français. Enfin, Mounia entra accompagnée d'une vieille femme qui portait un panier rempli d'herbes de toutes sortes. La femme vint près d'elle et mit sa main sur son ventre. Elle resta un long moment ainsi. Malikah sentit peu à peu la sensation de brûlure s'estomper. Puis elle se sentit glisser dans un état de somnolence. Ce n'était pas un sommeil profond car elle entendait tout ce qui se disait autour d'elle. Elle entendait son fils parler en français à son père, lui poser des questions sur la santé de sa mère, mais elle était incapable d'ouvrir la bouche. Elle était là sans être là. La vieille femme était toujours auprès d'elle, mais elle ne disait rien. Ses mains parcouraient son corps et cela lui faisait du bien. Elle entendait comme en rêve la voix de cette dernière donner des ordres à Mounia pour préparer une décoction. Puis elle sombra dans une profonde léthargie dont elle ne sortit que quelques jours plus tard.

Les deux femmes la veillèrent jour et nuit et Noureddine s'occupa de son fils du mieux qu'il put. Les premiers échanges furent succincts, l'enfant ne parlant pas l'arabe et le vocabulaire français de Noureddine étant très limité. Mais dès le deuxième jour, ils apprirent à se comprendre par signes, ce qui fit naître entre eux une grande complicité. Achraf montrait une certaine inquiétude qui le rendait parfois taciturne. Il restait de longs moments au chevet de sa mère, lui prenait la main en lui demandant de revenir avec eux.

– « Ma petite maman, cesse de dormir. Je sais que le voyage t'a fatiguée, mais nous sommes à la maison maintenant. Si tu as fait un autre voyage jusqu'aux étoiles, reviens avec nous tout de suite. Je sais que tu aimes bien les étoiles, mais s'il te plaît, reviens à la maison. Tu ne peux pas rester si loin sans nous. »

Il lui disait encore :

– « Veux-tu que j'appelle grand-père pour qu'il aille te chercher là où tu es partie. Lui, il voyage en calèche. Ce serait plus facile pour te ramener. »

Noureddine se remémorait les tristes moments pendant lesquels il avait assisté, impuissant, à la maladie puis à la lente agonie de sa mère. Il avait prié avec toute la force de son jeune âge pour qu'elle reste en vie. Voyant que l'état de santé de Malikah ne s'améliorait pas et attristé d'entendre son fils parler ainsi, il s'en voulait de n'avoir pas été plus ferme avec elle. Il savait la résistance qu'il fallait pour soutenir le rythme avec lequel ils avaient voyagé. Même Achraf aurait pu être complètement épuisé. Mais l'enfant avait été tellement émerveillé par la découverte de ces nouveaux paysages qu'il n'avait pas senti la fatigue. Noureddine était dès lors convaincu que son fils suivrait ses traces et qu'il serait un grand caravanier. Il chassa ses pensées pour revenir à Malikah. Il priait chaque jour à la mosquée qu'on ne lui enlevât ni son épouse ni son enfant. Maintenant qu'ils étaient réunis, le destin ne devait pas s'acharner sur eux une fois de plus et les séparer. Chaque fois qu'il demandait à la vieille guérisseuse où en était l'état de santé de Malikah, chaque fois la réponse était identique.

– « Prie Allah de te la rendre, c'est la seule chose que tu puisses faire, et moi, je fais le reste. Je ne peux rien te dire. Je l'aide de mon mieux. En dernier ressort, seul Allah va décider. Prie-le de te la rendre. »

Lorsqu'au bout du troisième jour, Malikah ouvrit enfin les yeux, Noureddine poussa un long soupir de soulagement. Achraf alla immédiatement embrasser sa mère. L'enfant avait été si tendu et était maintenant si heureux et soulagé qu'il se mit à pleurer.

– « Ma petite maman, j'ai eu très peur que tu nous abandonnes pour rester avec ma petite sœur, là-bas, très loin dans le ciel. Papa et moi nous avons prié pour que tu reviennes. »

– « Qui t'as dit que tu auras une petite sœur ? »

– « Je l'ai vue dans mon rêve. Même elle m'a dit qu'elle s'appelait Nadya. »

– « Certes, mon ange, si tu dois avoir une petite sœur, elle se prénommera Nadya. »

Malikah était faible et elle demanda à Achraf de ne pas trop la fatiguer, de garder le silence s'il voulait rester près d'elle. L'enfant acquiesça immédiatement, ne voulant plus quitter sa mère. Quelques instants plus tard, Mounia et la vieille guérisseuse devaient encore donner des soins à Malikah et Achraf dut quitter son chevet. Comme il montrait une certaine réticence, Noureddine lui proposa de l'emmener voir quelque chose qu'il n'avait jamais vu en France. Les voyant partir tous les deux, la main dans la main, Malikah fut ravie de voir Noureddine se familiariser si volontiers à ses devoirs de père de famille. Elle était heureuse de voir que son époux serait un père modèle, comme le sien l'avait été pour elle. Elle se réjouit intérieurement du fait que son fils soit déjà aussi proche d'un père qu'il ne connaissait en réalité que depuis peu de temps. Elle soupira d'aise et se retourna vers la vieille femme pour lui demander ce qui s'était passé. La vieille guérisseuse n'avait pas l'habitude de dire ce qu'elle voyait lorsqu'elle faisait des séances aussi longues et intenses. D'ailleurs, les malades ne comprenaient pas toujours ce qui leur arrivait, et c'était parfois tant mieux. S'ils avaient su, peut-être se seraient-ils à nouveau laissés prendre par le mal qui les avait rongés. Voyant que Malikah était assez bien pour entendre et surtout pour comprendre ce qu'elle avait senti, elle ne put s'empêcher de la morigéner sur son passé :

– « Tu as cru que ce qui t'arrivait était dû au fait que tu aies trop présumé de tes forces. En réalité, il n'en est rien. Cette fatigue passagère n'en a été que l'élément déclencheur. Tu dois chercher le lien dans ton passé, mais pas dans ton passé récent. Tu as la chance d'être aimée d'un homme dont tu sembles ignorer la puissance. Allah a entendu ses prières et celles de ton fils qui sont agissantes elles aussi parce qu'un enfant est tout amour, toute innocence. Bienheureuse, toi qui es aimée à ce point. Je sais que dans cette vie, tu mérites cet amour, même si tu n'as pas toujours été bonne par le passé. Un passé fort lointain qui t'a rejointe aujourd'hui dans cette maladie qui t'a presque enlevé la vie. Mais tu as eu de la chance que ton mari t'ait pardonné ce maudit passé de souffrances pour lui. Lui seul a décidé de ta survie. Allah l'y a aidé parce que ton mari l'a voulu ainsi. Ton mari est puissant, sache-le, et il a un grand cœur et une grande bonté. Il a toujours été ainsi, mais tu ne le voyais pas dans cette autre vie. Tu étais aveuglée par le pouvoir. Aujourd'hui, tu es venue pour régler cette histoire avec lui. Aime-le comme il t'aime et tu sauras pour toujours ce que signifie le bonheur. Cela restera ancré dans ton âme et ton corps de manière indélébile. Tu es sur le bon chemin, et si tu continues, ta vie sera un paradis sur terre. »

Après avoir promis de revenir le lendemain pour voir comment elle allait, tout en affirmant qu'elle était persuadée que pour elle Malikah était sortie d'affaire, la vieille femme quitta les lieux. Mounia remit en place les quelques objets dont elles avaient usé pour soigner son amie et attendit que Noureddine et Achraf fussent de retour pour rentrer chez elle, ne voulant pas la laisser seule. Les deux femmes bavardèrent à bâtons rompus jusqu'à ce que les deux hommes reviennent. Mounia avait préparé une collation légère pour Malikah et l'enfant. Noureddine, quant à lui, saurait se débrouiller seul. Il était parfaitement rompu à cuisiner son propre repas lorsqu'il voyageait dans le désert et y bivouaquait.

Lorsqu'ils arrivèrent, ils furent heureux de voir que Malikah reprenait des couleurs. Noureddine voulut immédiatement mettre sa main sur son ventre, « afin de sentir », dit-il, « que l'enfant était bien là ». Achraf voulut imiter son père et vint « sentir sa petite sœur ». L'atmosphère était détendue maintenant, et l'enfant mangea de si bon appétit que Malikah en fit autant, mais en moins grande quantité. Elle devait reprendre des forces et elle préférait le faire à petite dose. Quelques jours plus tard, la guérisseuse lui intima l'ordre de se lever. Malikah n'avait pas osé mettre le pied à terre, habituée à garder le lit très longtemps lorsque, en France, elle se sentait mal.

– « Si tu veux résister à la chaleur et au désert, tu dois être forte et ne pas te faire cajoler pour un rien. Le corps est plus résistant que tu ne le crois. Il suffit d'écouter lorsqu'il te dit « assez ». Et si tu sais te ressourcer régulièrement en priant Allah, tu peux engranger des forces que tu ne soupçonnerais même pas. Regarde ton mari. Il sait qu'Allah est toujours près de lui et il puise à sa source. Fais de même et tout ira toujours bien. »

Décidément, cette vieille femme ne mâchait pas ses mots, se dit Malikah. Noureddine la regarda d'un œil amusé. Il savait parfaitement ce qu'elle avait voulu dire car lui-même l'avait expérimenté. En effet, lorsque dans le désert, la fatigue le gagnait, il devait se centrer et penser à Allah. Aussitôt, il commençait à percevoir le changement dans son corps. C'était comme un souffle puissant qui lui insufflait de l'énergie. Il était certain aussi que Malikah avait perçu ce souffle un jour où ils avaient parcouru une très longue étape. Elle avait commencé à s'affaisser sur son chameau, à pâlir et les traits de son visage s'étaient rigidifiés. Il lui avait alors intimé l'ordre de se centrer et d'être à l'écoute de son environnement. Peu à peu Malikah avait repris des couleurs et le sourire était revenu sur ses lèvres. Elle avait dit sentir comme un grand souffle balayer son visage et sa nuque.

Noureddine s'approcha du lit pour l'aider à se lever. Il lui rappela ce jour où elle avait senti le souffle d'Allah la remettre sur pied. Malikah sourit et essaya de se centrer. Ici, dans cette maison et avec les personnes autour d'elle, cela lui était difficile. Elle vacilla et s'accrocha à son mari de toutes ses forces. Il la tint un moment par le bras pour lui faire faire le tour de la pièce. Dans quelques jours, elle aurait récupéré son énergie et elle pourrait vaquer elle-même aux besognes de la maison.

– « Doucement mais sûrement, je vais aller de mieux en mieux. Je suis très affaiblie, mais je sens que mes forces reviennent grâce à l'amour qu'Achraf et toi me portez et à l'enfant qui grandit dans mon ventre. Pour vous, je suis prête à guérir très vite. Et je sais que je vais y parvenir. Tu verras, dans quelques jours, il n'y paraîtra plus. Je serai comme avant et tu pourras repartir dans le désert sans inquiétude. »

– « J'ai eu immédiatement confiance en cette vieille guérisseuse. Je ne l'avais jamais vue, et cependant c'était comme si je la connaissais depuis toujours et j'ai eu immédiatement confiance en son savoir. Je t'ai abandonnée entre ses mains sans même me poser de questions. Je savais qu'elle ferait un miracle, qu'elle me devait ce miracle. Car lorsqu'elle s'est approchée de ta couche, une image s'est imposée à moi qui m'a donné des frissons dans le dos. Je la voyais penchée sur un récipient dans lequel elle mettait des ingrédients et elle avait un sourire sardonique sur les lèvres. Puis d'autres images ont continué à défiler devant mes yeux et les choses devenaient très explicites. Cette femme m'avait empoisonné avec la complicité de mon épouse et aujourd'hui, elle se devait de me rendre service. Sauver la femme que j'aime et l'enfant qu'elle porte en son sein afin de ne pas revivre la souffrance de perdre des êtres chers. En sauvant mon épouse, elle permet aussi à notre fils de ne pas connaître le même sort que moi. Et cela aussi était important. Voilà tout ce que j'ai compris en quelques secondes lorsque cette guérisseuse s'est penchée à ton chevet. »

– « Pendant que tu vivais tout cela, moi je me trouvais loin dans un univers de lumière et d'amour d'où je n'avais pas envie de revenir. J'ai cependant eu le choix soit de rester sur cette terre pour m'occuper de vous, soit de rester là-haut. Je t'ai vu si malheureux et notre fils si angoissé que je n'ai pas pu résister au désir de vous embrasser, de vous chérir. On m'a aussi montré la petite âme qui se faisait une joie d'avoir un grand frère pour la guider dans la vie. Alors, je suis revenue à moi et la première chose que j'ai vue, ce sont vos visages qui se sont éclairés d'une belle flamme d'amour. Je suis heureuse d'être de retour parmi vous. Je vous aime. »

Lorsque Noureddine se mit au lit ce soir-là, il put enfin serrer Malikah dans ses bras, la garder contre lui longtemps, caresser son ventre où il essaya de sentir battre cette nouvelle vie. Elle se moqua gentiment de lui :

– « Crois-tu, mon cher mari, que tu peux sentir battre le cœur de ton enfant comme ça, juste en mettant ton oreille contre ma peau ? »

– « Bien sûr que j'avais espéré entendre ce petit cœur. Je n'ai pas pu vivre ta première grossesse et j'ai bien l'intention de profiter le plus possible de celle-ci. Je dois bien évidemment repartir avec la caravane, mais je vais faire le plus vite possible afin d'être de retour bien avant l'accouchement. Khaleel m'a raconté que le plus extraordinaire est de sentir bouger le bébé. Je ne voudrais manquer cette étape pour rien au monde. Je sais que si je programme mon voyage dans cette optique, tout se déroulera de sorte que je puisse y parvenir. J'ai confiance en l'avenir maintenant, plus que jamais auparavant. Si tu as pu revenir à la vie avec notre enfant, alors je peux revenir de mon expédition dans les temps. »

20. Initiation

« Il existe bien des chemins de recherche, mais la recherche est toujours la même. [...] par conséquent, la distance de ces chemins à parcourir est chaque fois différente, mais lorsqu'ils aboutissent, les controverses, les discussions et les divergences de vues disparaissent, car les cœurs s'unissent [...]. Cet élan du cœur n'est ni la foi ni l'infidélité, mais l'amour. »

Rûmî, *Le Livre du Dedans.*[36]

Le lendemain matin, Malikah voulut se lever seule, mais elle vacilla. Noureddine, qui se tenait près d'elle, la cueillit dans ses bras.

– « Ferais-tu exprès de te jeter dans mes bras alors que tu viens d'y passer la nuit ? »

– « Je t'en prie, Noureddine, ne plaisante pas. Je suis encore très faible et tu dois me soutenir jusqu'à la table du petit déjeuner. En commençant à manger un peu, je vais reprendre des forces. Peut-être faudra-t-il du temps. »

– « J'ai l'impression que tu as envie de te faire servir encore un peu. Tu n'as pas tout à fait perdu tes

---

[36]Citation tirée de l'œuvre de Christian Dawlat, *La grande sagesse du monde arabe*, Les Editions Quebecor, 2003, p. 62-63.

habitudes françaises, cela se voit. Et moi, je suis là à te passer tes caprices. Je suis vraiment trop bon. »

– « Tu as raison, tu es trop bon avec moi. C'est aussi pour cela que je t'aime autant. Comment vais-je faire sans toi ces deux prochains mois ? Ton absence va me paraître une éternité. »

Tout en parlant, Malikah, nullement préoccupée par son état de faiblesse, était debout sans l'aide de son mari et sans ressentir de fatigue. Elle rit de constater que finalement, ce sont souvent nos pensées qui nous conditionnent. Elle se dirigea vers la cuisine où le repas était déjà prêt. Elle sentait que son appétit était de retour et se promettait de faire un véritable festin. Noureddine lui conseilla de manger avec modération afin de ne pas se surcharger. Elle se plia volontiers à ses conseils car elle désirait que son mari reprenne ses activités le plus vite possible sinon l'argent commencerait à manquer et il était impératif qu'ils puissent survivre maintenant que tous les dangers avaient été écartés de leur vie. Noureddine n'aurait plus à craindre pour son commerce et Malikah pour sa sécurité.

Les parents de Malikah étaient arrivés depuis deux semaines lorsque Malikah commença à sentir que le travail s'annonçait. Sa mère avait ainsi pu s'occuper d'Achraf et elle avait pu se reposer ou aller marcher près du bassin des Aghlabites en compagnie de ses parents. Quant à Noureddine, il avait eu tout le loisir de s'occuper de ses affaires, sachant que Malikah n'était pas seule à la maison, surtout après ce qui lui était arrivé à leur retour à Kairouan. Il la savait hors de danger, mais une crainte était restée en lui, surtout en ce qui concernait la naissance à venir. Cependant, quand arriva pour elle le moment d'accoucher, Malikah voulut faire appel à la guérisseuse. Elle voulait être sûre que l'enfant qui naîtrait ait les premiers soins au cas où cela s'avérerait nécessaire. Cette dernière accepta sans se faire prier et elle prit place auprès de l'accoucheuse. Une petite Nadya vint au monde avec force cris. Toutes les femmes présentes s'émerveillèrent de ce que cette enfant émettait déjà un souffle de vie aussi puissant. Noureddine s'était absenté un peu plus longtemps que prévu mais il était revenu à temps aussi bien pour profiter des derniers mois de la grossesse de Malikah que pour ce moment si particulier. Il avait prié Allah chaque soir et chaque matin non seulement pour que mère et enfant se portent bien pendant la gestation mais aussi pour que l'accouchement se passe dans les meilleures conditions. Il avait d'ailleurs été très content de voir que la vieille guérisseuse était là elle aussi.

Ainsi était-il heureux aujourd'hui d'avoir une petite fille qui ressemblait tellement à une petite berbère. Ses cheveux noirs ondulaient sur son petit crâne et sa peau était aussi mate que celle de Noureddine. Visiblement, elle ressemblait à son père. Quelque temps après la naissance, il dut repartir. Il en fut très contrarié même s'il savait que Malikah avait encore ses parents auprès d'elle pour la soutenir dans les premiers instants de cette nouvelle situation familiale. Il n'était de ce fait plus aussi certain de poursuivre son métier de commerçant itinérant car cela l'obligeait à se séparer de ceux qu'il aimait pendant plusieurs mois d'affilée. Il envoyait des pensées d'amour à sa petite famille chaque fois qu'il le pouvait. Malgré cela, pour eux, il avait repris son allant et sa fougue de farouche caravanier et ses affaires étaient devenues florissantes. Il avait étendu son commerce à d'autres oasis car ses soieries étaient très demandées. Il avait la chance d'avoir un beau-père qui lui fournissait des étoffes qu'aucun autre commerçant n'avait la chance d'obtenir. Certaines étaient plus belles et plus coûteuses que celles qu'il se procurait en Libye, d'autres au contraire étaient plus abordables tout en étant de bonne qualité, ce qui avait élargi l'éventail de sa clientèle. Aujourd'hui, s'il devait faire le point de sa vie, il se considérait comme un homme heureux parce qu'il parvenait à se partager équitablement entre sa famille et son travail. Malikah était une mère aimante mais ferme avec ses enfants. Achraf disait souvent à son père qu'il ferait un jour comme lui, qu'il irait dans le désert pour faire du commerce. Noureddine était très fier d'entendre son fils parler ainsi.

Quand aux parents de Malikah, ils venaient régulièrement avec le prétexte de lui fournir les soieries dont il avait besoin. Lorsque la saison était un peu plus calme, ils allaient parfois en France pendant quelque temps, afin que les enfants profitent aussi de la maison natale de leur mère. Ils aimaient bien leur deuxième pays, surtout Nadya. En petite fille coquette, elle aimait particulièrement quand la femme de chambre de Mme La Gardère venait coiffer ses cheveux rebelles devant le miroir. Par voie de conséquence, en grandissant, elle avait développé une certaine coquetterie. Elle passait parfois des heures à s'admirer. Son père la taquinait en lui disant :

– « Nadya, ne vois-tu pas que le miroir est en train de se déformer à force de t'y regarder avec autant d'insistance. »

Elle riait et lui rétorquait :

– « Un miroir ne peut que se briser, mon cher papa. Grand-père m'a expliqué comment on le fabrique et il est absolument impossible qu'il se déforme. Pour cela, il y a des procédés bien précis qui demandent un savoir-faire que je ne possède pas. Je le lui ai demandé expressément après la première remarque que tu m'as faite à ce sujet. »

– « Si je comprends bien, l'éducation française que tu as reçue aussi bien de ta mère que de tes grands-parents ne s'arrête pas aux choses de la vie quotidienne. Je constate en outre que ma fille est très futée et qu'elle ne croit pas les gens sur parole, même son père qui ne lui veut pourtant que du bien. C'est bien d'être circonspecte, mais quelquefois, il faut savoir écouter son intuition. Et pour cela, le désert te l'apprendra. »

Noureddine avait en effet projeté d'amener toute la famille avec lui à son prochain voyage vers le sud tunisien. Il était important pour lui que ses enfants connaissent la vie de nomade. Malikah était tout à fait d'accord avec le principe. D'ailleurs, il y avait bien longtemps qu'elle n'avait plus voyagé avec son mari et elle en éprouvait le désir et le besoin. Se retremper dans l'atmosphère de cette immense sablonnière silencieuse leur permettrait de retrouver la complicité que la séparation régulière et la présence des enfants avait quelque peu estompée. Nadya et Achraf étaient impatients de partir. Peu de filles avaient la chance de traverser le désert, mis à part les vrais nomades. Étant lui-même issu d'une vieille famille de nomades berbères, Noureddine considérait que le fait de ne pas avoir fait au moins une traversée du désert n'était pas digne d'une telle ascendance.

Lorsque la caravane s'ébranla, tous les amis des enfants étaient là pour les voir partir. Filles et garçons enviaient Achraf et Nadya qui partaient pour la grande aventure de leur vie, pensaient-ils. Il est vrai que rares étaient les femmes et les enfants qui se joignaient ainsi à une caravane. Mais Noureddine n'était pas de ceux qui se laissent influencer par les idées reçues de ses concitoyens. Il savait ce que ses enfants et son épouse retireraient de ce périple dans les dunes de sable et cela seul comptait pour lui. La vie de nomade était un apprentissage de la vie tout court et donnait à celui qui la pratiquait une ouverture d'esprit que d'aucuns pouvaient leur envier. Noureddine voulait que ses enfants en particulier aient cette conscience du monde et même de l'univers, que donne le désert. Pour lui, ne pas hanter ces lieux où l'horizon n'est que sable à perte de vue garde l'être humain dans un carcan de principes étroits.

– « Plus ton horizon est ouvert sur l'infini », disait-il, « plus ton esprit s'ouvrira au monde parce que tu sauras que ce monde ne s'arrête pas aux choses finies que tu vois mais qu'il va bien au-delà, dans l'infinitude de l'univers. »

Nadya fut très troublée par son voyage au cœur du désert. C'était une jeune fille très gaie, et le désert la rendait pensive, mélancolique. Quelque chose la perturbait au point de la rendre maussade et même agressive. Elle aimait, disait-elle, entendre le silence mais il réagissait si fort en elle qu'elle aurait parfois aimé s'enfoncer dans le sable et ne plus exister. Noureddine comprenait parfaitement qu'elle puisse réagir aussi intensément, elle qui jusque-là ne s'était attachée qu'à apprécier les choses superficielles que sa grand-mère française n'avait pas manqué de lui inculquer, telles que savoir se tenir en société, se coiffer, se vêtir. Ici, dans le désert, elle se trouvait confrontée à son être le plus intime, le plus vrai.

Quant à Achraf, il avait l'instinct du caravanier. À l'image de son père, il humait le désert et sentait immédiatement ce qui se profilait à l'horizon. Noureddine était très fier de lui. Il serait visiblement son successeur et il pourrait lui faire confiance. Lorsqu'il serait fatigué de parcourir cette immensité, il n'y reviendrait avec Malikah que pour le plaisir. Il n'était pas question pour elle de ne plus venir hanter ces contrées où elle se sentait en paix avec elle-même et le monde alentour. D'ailleurs, lorsque Noureddine regardait son épouse et ses enfants poursuivre paisiblement leur traversée du désert à ses côtés, il se disait que tous avaient des qualités innées de nomades. De retour à Kairouan, Nadya était transformée. Elle était plus posée, plus adulte enfin. Elle confia à sa mère son désir d'aller en France en ces termes :

– « Grand-père et grand-mère sont âgés maintenant, me permettriez-vous, mère, d'aller vivre quelque temps avec eux. J'ai besoin de savoir où sont mes vraies racines, si c'est dans le désert ou bien dans la maison de votre enfance. »

– « Qui t'y accompagnera ? »

– « Achraf le pourrait. Il en profiterait pour s'initier aux rudiments de la manufacture de grand-père, afin que l'affaire ne périclite. »

– « Nous verrons cela avec ton père. »

Décision fut prise, quelques jours plus tard. Les enfants séjournèrent en France pendant trois mois. Mais l'appel du désert était si fort chez Achraf, qu'il ne put rester plus longtemps. Il lança un ultimatum à Nadya.

– « Si tu veux un jour rentrer en Tunisie, c'est maintenant ou tu devras attendre que mère ou père viennent t'y chercher. Moi je rentre, je n'en peux plus des affaires de grand-père. C'est trop cérébral et cela me provoque de terribles maux de tête. J'ai besoin d'aller m'oxygéner dans le désert. »

– « Moi aussi, j'en ai assez de toutes les simagrées qu'il faut faire quand nous sommes à table. Je n'ai rien dit à grand-mère pour ne pas la blesser, mais tous ces gens qu'ils invitent sont mièvres et beaux parleurs. Leurs discours sont cousus de fil blanc et pauvre grand-mère ne s'en rend même pas compte. En plus, ce sont de vraies sangsues qui ne sont là que pour profiter de leur grand âge. Ils trouvent le moindre prétexte pour se faire inviter car leur table regorge de victuailles. »

– « Je l'ai vu moi aussi. Je vais demander à maman de revenir avec moi mettre de l'ordre dans les comptes de la manufacture avant que nos grands-parents ne soient ruinés. Il me semble, d'après ce que j'ai pu constater, que l'assistant de grand-père n'est pas très honnête. Avec mère, je pourrai le confondre. »

– « Alors, rentrons et nous reviendrons après notre voyage en Libye. Car je compte bien y retourner, moi aussi. J'ai aussi besoin d'aérer mon cerveau. »

De retour en Tunisie, Achraf et Nadya firent tout leur possible pour convaincre leur père de les emmener avec lui jusqu'en Libye. Noureddine trouvait le trajet un peu long pour Nadya. Il se souvenait de l'expérience avec Malikah et de vieux souvenirs ressurgirent qui le mirent mal à l'aise. Malikah se proposa pour les accompagner, car elle pensait que sa présence pourrait infléchir la décision de son mari, qui semblait irrévocable. Il demanda un jour de réflexion.

Voyant finalement que tous étaient sur des charbons ardents dans l'attente d'une réponse favorable, il acquiesça. Ses enfants n'étaient-ils pas des enfants du désert ? Et Malikah aimait partager son amour pour le silence enveloppant qui permet la communion parfaite entre l'homme et la nature, entre l'homme et le cosmos. À plusieurs reprises, il l'avait sentie vibrer au même rythme que lui à l'appel de ce désert de sable ou de rocaille qui met le cœur de tout être humain à nu et lui montre le chemin de la tolérance et de la bienveillance. De là était né en elle cet amour inconditionnel pour toute vie, avec comme elle le percevait chez lui, ce sens du pardon. La famille ferait donc le voyage qu'il n'avait jamais osé refaire avec son épouse après cet horrible jour où il avait cru l'avoir perdue pour toujours. Peut-être était-ce une façon de guérir ce vieux traumatisme ?

La population de Kairouan allait les considérer bientôt comme de vrais nomades s'ils partaient aussi régulièrement tous ensemble. Noureddine ne s'en préoccupait pas. Il n'avait que très rarement accordé foi aux racontars, et la seule fois où il s'y était aventuré, son union avec Malikah avait failli tourner court. Il en avait tellement souffert qu'il s'était juré de n'écouter que son propre ressenti avant de décider si tel ou tel événement ou telle ou telle décision était à son avantage. Lorsqu'ils revinrent à Kairouan, trois mois plus tard, la famille n'avait jamais été aussi soudée. Noureddine se dit que les enfants avaient vu juste sans même s'en douter. Il avait, il le sentait, complètement guéri des angoisses qui parfois l'assaillaient vis-à-vis de Malikah. La peur de la perdre avait maintenant disparu de son esprit. Il se sentait parfaitement serein face à leur avenir. Même s'il devait repartir seul ou accompagné d'Achraf dans le désert, ce serait en toute quiétude, sans que la peur de ne pas la retrouver là à son retour ne le taraude pendant tout le périple.

À peine étaient-ils revenus de Libye que Malikah, Achraf et Nadya se rendirent en France. Malikah utilisa toute sa force de persuasion pour convaincre son père de vendre la manufacture. Elle savait que c'était pour lui un crève-cœur, mais il en allait de leur quiétude à tous. M. La Gardère en était parfaitement conscient, mais sa manufacture avait été toute sa vie et aussi sa fierté et sa réussite. Il leur fallut quelques mois, mais finalement ils trouvèrent un acquéreur qui fut particulièrement sensible au fait que M. La Gardère ait conclu des arrangements avec un pays étranger. Ceci facilita grandement les tractations et Malikah put conserver les accords tacites que son père et son mari avaient conclus entre leurs commerces respectifs. Une ouverture sur la Tunisie était un plus indéniable qu'elle avait en outre su monnayer avantageusement. Son père en avait été extrêmement surpris et en même temps fort satisfait.

Lorsqu'au bout de quelques mois, tous trois rentrèrent en Tunisie, Achraf était impatient de repartir. À peine était-il arrivé à Kairouan qu'il pria instamment son père d'organiser leur prochain déplacement. Le jour du départ, Malikah et Nadya exprimèrent le désir d'accompagner la caravane jusqu'aux abords de la ville. Elles voulaient absolument voir s'ébranler le convoi en direction de ces lointaines contrées désertiques. Lorsque leurs deux silhouettes se détachèrent sur l'horizon, Malikah comprit que ce ne serait pas la dernière fois que Noureddine s'en irait ainsi, même s'il lui avait promis que c'était son ultime traversée du désert. Quant à Noureddine, voyant Malikah et Nadya serrées l'une contre l'autre à ne faire quasiment qu'un seul corps, eut un petit pincement au cœur qui s'estompa très vite, dès que son regard se perdit dans l'espace infini devant lui. Il sut que Malikah avait ressenti cet appel qui le ramenait sans cesse dans le désert et qu'elle accepterait toujours qu'il reparte. Sa vie était entre elle, ses enfants et le désert. Il en était ainsi. Inch'Allah ! À la grâce de dieu !

FSC
www.fsc.org

MIXTE

Papier issu
de sources
responsables
Paper from
responsible sources

FSC® C105338